U0794369

KUWEI
酷威文化
图书 影视

黑·白

朝小诚 著

江苏凤凰文艺出版社
JIANGSU PHOENIX LITERATURE AND ART PUBLISHING

黑门

目 录

终于来了，他的无间地狱

Chapter 01

他明白在她眼里他疯得不像话，他不介意，对她疯起来的样子，回回都令他很痛快。

凌晨一点半，夜凉如水。

阳台上，一个男人凭栏而立，站也没个站形。方才从卧室走出来时，男人随手捡起地上的衬衫穿在了身上，把一件衬衫穿得松松垮垮，也让身上的深色痕迹暴露无遗。锁骨、手臂、肩，一场情爱的痕迹，触目惊心。

生来一张艳丽至极的脸，又刚从情事中抽身而退，来不及散去一身的性感，旁人见了，只觉这人似一场浩劫，不伤己，只伤人。

他身后站着几个人，为首的管家了解他的性子，自知大祸已闯，向他深深鞠躬："今日之事，是我的责任。"

他只是听，不答。

半晌，男人掐灭了手里的烟，终于抬头问了一句："带她出去，谁的主意？"

众人心头一紧。

管家想要力保："这是……"

"是、是我的。"

一个二十岁左右的小姑娘站在管家身后战战兢兢地回答。他的压迫感太重，她不自觉就半跪了下去，跪下去的一瞬间甚至连她自己都不明白，这么漂亮的一个人，为什么会有这么重的血腥气。

"对不起，我不是故意的。"她没有勇气抬头看他，却还是有话要说，"少夫人在家太久了，今天她问我，'外面的世界是什么样子的'，我就……一时冲动，带她出了门。"

年纪小，一腔正义，又是女孩子，同情心一起，令她生出些平生都未有的勇气："易少，夫人她……真的很不容易。"

他眼神一勾，艳艳的一个眼风扫来，又点了一支烟，不紧不慢地吐出雾气。他听完这番话，听出些很有意思的事来了："你来唐家多久了？"

"一、一个月。"

他一笑："一个月就给我惹出这么大的麻烦，你很有本事啊。"

她心里一惊，听得出这口气已不对。

"在你之前跟在少夫人身边伺候的人，你听说过吧？"

闻言，小姑娘脸色煞白。

她听说过，她当然听说过。在这个男人手下做事，一念是生，一念是死，前车之鉴，她怎么能不清楚。在她之前的人就是因为一次小失误，说了不该说的话，使得这座宅子的少夫人因为这个男人的身份而心生恐惧，最后被他知晓前因后果，他动了怒，自此以后，再没有人知道那人的下场。

她终于慌了："我、我……"

"同情心过盛，喜欢打抱不平是吧？好啊，我成全你，"烟雾缭绕，他慢条斯理地吩咐，"谦人，带她去奥斯汀。那里缺什么，就让她做什么。"他一笑，艳风顿起，"那里有的事，那里有的人，可有趣多了，比少夫人更需要你的正义感和同情心。"

一阵哭闹和求饶后，她还是被人拖了下去。

随后谁也不敢再说话，一阵死寂之后，管家终于忍不住替小女孩求情："易少，那种地方，去不得的……"

奥斯汀是什么地方？天堂和地狱。

性，赌，欲望。欲望面前，人性不复存在。一个涉世未深的小女孩被强行带去那里，且不说出不出得来还是一件未知的事，即便出来了，也不复从前，怕是连她自己也不认得自己是谁了。管家明白，这就是这个男人可恶的地方。她想做好人，他偏偏不遂人意，将之推向人性最恶处，让人疯魔。

他不答，低头吸了一口薄荷烟，似有笑意："李叔，你是唐家的老人了。”

管家心里一沉，不语。

“你在唐家八年，做事稳，做人沉，我用着很放心。今天这事，你竟然也默许，我很意外呢。”他看着管家，忽然一笑，艳丽至极，“我房里的人很令人同情，是吧？所以，李叔，该不会有一天，你也同情心上来了，要反了我吧？”

管家顿生一身冷汗，深深鞠躬，对他示忠：“易少，不敢。”

主卧室。

身为唐家的私人医生，邵其轩觉得自己的大好年华差不多都献给唐家了。如果也可以用具体数字形容的话，那么十分天下，唐家无疑坐拥七分。这样子的背景摆在那里，各种威胁也顺理成章地直面而来。

所以当邵其轩看见今晚要接手的病人是一位女性时，是惊讶的。她是很普通很安静的一个人，不争不吵；她也很特别，她的不争里有一股静气，好似人生就是有千万个故事，落到她这里也能同你一笑就过去了。

邵其轩收回神，不敢直视太久。这是唐易的女人，多看一眼都是死罪。

针尖精准地刺进右手静脉血管，精湛的技术让细长针管内一下子涌出鲜红的血色，但忽然被刺痛的感觉仍然让床上的人从昏沉中醒过来。

“邵医生？”

“是我，”邵其轩露出一个安抚的笑容，抚摸了一下她的额头，“你发烧了，不过没事的，你会信我吧？”

她当即对他笑了。

温暖，疲惫，却没有委屈。就像她的人生，很少有委屈，只有很多不得不麻烦他人的歉意。

“我又在麻烦你了。”

“哪里。”

邵其轩小心翼翼地拿胶带贴好针尖周围刺入肌肤的部分，固定住针头。一个不小心，眼神向上一扫，触及她清瘦的手臂上被人用力掐出的深色印记，邵其轩一阵不忍。

那个男人狠起来，是真的会对她下这种重手。邵其轩默默地想，这种事，唐易做得出来，他就知道，唐易绝对做得出来。

邵其轩忍不住问：“疼不疼？”

“不疼的。”她以为他是在问刚才针尖刺进手背疼不疼，连忙摇了摇头，“一点都不疼。”

邵其轩沉默了一下，这才发现她和他说的根本不是同一个话题。

“哎，我不是问你这个疼不疼……”

到底是唐易的私事，明哲保身为上，邵其轩也不好意思直白地问她“唐易那变态刚才弄痛你了没有”。想了想，医者父母心的高尚品德打败了一切杂念，邵其轩从药箱里拿出几瓶药，摆在她的床头，低声告诉她：“那个……如果，我是说如果啊，你身上有哪里被他弄痛了，记得用一点这个外敷在瘀青的地方，几天就能好了。还有啊，那个地方，如果有持续出血症状的话一定要说，我派妇科医生过来，以免会有撕裂，引起发炎。”

她终于听懂了他在说什么，瞬间脸红，尴尬不已。

她是一个受过淑女教育的人，她的价值观与道德观都不允许她将最私密的伤害呈现在外人面前。

“邵医生，我没事的。”

她下意识地极力否认发生的一切。虽然在很久以前她就预感到会有这么一天，但当这一切真的发生时，她仍然震惊于这素面朝天的苦难。她被他欺负了，还被旁人看见了，获得一点同情，还有怒其不争的惋惜，这苦难太重了。

邵其轩温柔地劝她："身体是你自己的，好不好也是你来承受。我是医生，你是我的患者，我们之间不是寻常的那种男女关系，而是单纯的医患关系，所以对我，你可以放心。"

她心生感动，明白眼前这人已将她的心思看穿。

看穿了，却不说，这是邵医生的温柔。

"邵医生，"她真心地说，"谢谢你。"

邵其轩笑了下，转身对一旁照顾她的人吩咐了几句。他临走前忍不住回头望了一眼，她仍是那样一个人昏昏沉沉地躺着，睡得很不好，也不说，将"不说"当成此生最大的救赎。

邵其轩忽然很不忍。

这么好的女孩子，怎么偏偏就遇到了唐易。

以他对唐易的了解，从此以后，这个女孩势必会被那个男人折断翅膀。

尹谦人看见邵其轩出来，递给他一杯水："辛苦了。"

邵其轩揉了揉酸痛的脖子："三更半夜的，他又哪根神经短路了？把那么乖的女孩子弄得半死不活，他变态啊。"

"易少的性格你了解的，"跟了那个人十几年，尹谦人有绝对的发言权，"他看上去虽然很少有认真的样子，一旦脾气真上来了，上上下下都得跟着遭殃。"

邵其轩喝了口水，问："发生什么事了？"

"绑架未遂，"尹谦人淡淡地道，"有人看唐家不顺眼，试图从少夫人这边下手，结果还没成功就被易少发现了。”

“然后呢？”

“以他的性子，你猜呢？”

“啊……”

和平主义者邵医生发出了一声意味不明的感慨。

顿了顿，尹谦人继续道：“问题就在于，易少昨天刚提醒过少夫人，让她不要随便出门，可惜她没听进去多少。”

尹谦人很感慨：“她认识他时间不长，对他完全不了解，可能看他说话时总是阴阴柔柔的，所以就没认真，完全不知道易少认真起来其实就是那个样子。”

“不能怪她啊，”邵其轩深有同感地表示同情，“唐易那种变态，就算是我们也看不懂他心里在想什么啊。”

“我才最头痛，”尹谦人晃了晃手里的文件，“还有这么多东西要交给他签字，可是现在谁敢去惹他。”

邵其轩“嗯”了一声，半天之后看到尹谦人一脸期待地看着自己，忍不住眼前一黑：“你不是要我去吧？”

“邵医生，”尹谦人把文件甩给他，“救死扶伤是医生的天职。”

邵其轩：“……”

缓步来到他身后，邵其轩站了一会儿，看着他的背影若有所思。

唐易。

这个名字代表的意义绝非寻常。唐家上下三千人，生死皆从一人言。天道惊险，因有了他，硬生生以一个“艳”字在这“险”中杀出了一条血路。

他很少动怒。

最近的一次还是在两年前，唐家前任掌权人、他的亲生父亲被暗杀身亡时。此后，人称东宫易少的他在一夜之间被推向风口浪尖，安排葬礼，摆平内乱，然后复仇。这三件事，每一件都是以血换血，每一桩都是拿生死去赌。他拎着自己的一条命，也不知经历了多少生死劫。某一个深夜，邵其轩路过他的书房见到一幅书法，根据字迹认出是出自他手，像是他兴致起来时随手写的，三言两语，黑色压城——

“如何救这乱世？织田信长杀人如草”。

邵其轩自此明白，他已回不了头。

因为唐易根本不打算回头。

所以两年后的今天，邵其轩是困惑的。他又一次动怒，却是为了一个女人，而且这个女人和他相识不过短短三个月。

邵其轩咳了一声。

唐易扫了他一眼，没有理他。

邵医生无语了。

“好吧，我知道你现在很生气，但也先听医生说几句。”邵医生的好脾气真是没话说，“我说你啊，下手也有点分寸行不行？你自己去看看，那么好的一个女孩子被你弄成什么样子了。不是所有人都会像她那样忍你的，换了唐劲家那位小祖宗，你试试看。”

唐易忽然打断他，话语听不出情绪：“她怎么样了？”

“能怎么样？”邵其轩看了他一眼，语气凉凉的，“一个女孩子，又是第一次，被你搞到高烧不退，三十八度六，你说她能怎么样？”

似乎有悔意从唐易眼中划过，但夜色太重，邵其轩看不清，回神时怀疑方才那一丝悔意是他的错觉。

他熄灭手里的烟，眼似寒星。

“治好她。”

语气强硬，不讲理，典型的唐易作风。

邵其轩撇撇嘴，什么悔意，真的是错觉。

“说真的，你知道你自己在做什么吗？”毕竟是医生，见着了过分的事，总看不过去，“外面那么多女人，你不要。家里这一个，你把她藏得这么好，可是时不时又把她欺负去半条命。你这是什么毛病啊？间歇性复发综合征？”

唐易盯了他一眼：“邵其轩。”

“好啦，知道了。”邵其轩一贯好脾气，也不去理会他那张阴阳怪气的脸，“你自己去看看她吧。三个月前你带她回来时她身上的伤就不少，这三个月本来已经调理得差不多了，今晚被你这么一搞，又统统回去了。”

邵其轩抬手看了看手表，凌晨两点多了。本着职业精神对唐易进行了一番“要做个好人，对病人不能粗暴”云云的教育，邵医生才拖着一身疲惫离开了唐家。

邵其轩一走，周围又静了下来。

男人靠着站了会儿，没有动。从这个位置望下去，刚好将庭院中的盛景尽收眼底。他将她困在这里，困住了她的人，却没有困住她的玲珑心，满院的花与树，是她心上盛开的人生。

记得有一晚，他回来见她半跪在花台旁修剪玫瑰枝。他没有出声，站在她身后，她以为是随身服侍的人，随口与他聊：“野猫把花都折了，下次见了要对它讲，不能这样，小人才折花。”

他忽然起了兴致，问：“那君子呢？”

“君子对花啊，”她也在兴致上，接了下去，“不过，我还算不得君子，所以只栽花。”

他弯下腰，未曾察觉已被她吸引，凑近她耳后忽然吻她：“我不要你是君子，不够坏。”

她一僵，终于认出了是他。

后来那天是怎样？他顺势吻她，护着她的腰，连手被玫瑰枝刺伤也不管，她眼中的震惊与惶惶他看在眼里，明白在她眼里他疯得不像话，他不介意，对她疯起来的样子，回回都令他很痛快。

然而怎么还是走到了今天这个地步？

他敛了下神，走去卧室。

推门进去，正在照顾她的侍女看见是他，恭声道：“易少。”

“出去。”

众人立刻退出，小心地带上门，室内恢复一片宁静。

他走向她，抬手抚上她的脸。

这一晚有好月光，透进来，落在她脸上，映出一张苍白的脸。像失血，仔细瞧，他才知失血事小，她是被他伤了心。再隐忍，再退让，唇抿得再紧，到了真正伤心的这一天，也还是会委屈。

几个小时前，她眼睁睁地看着他处置了一个人，明明知道他处置的是想加害于她的人，但他手起刀落的残忍样子终究还是成了永远刻在她心里的恐惧。他的世界不是她想参与的，他这个人也不是她想要的，她的道德观与他背道而驰，她的信仰与他南辕北辙。于是她在他面前犯下最大的错，就在他伸手向她时，她不断向后退，转身想逃。

他怒火中烧。

一丝即将失去她的恐惧令他不择手段，他几乎是强行将她拖回了家，并甩上了床。

为什么是她？

这是个好问题。

邵其轩问过他，唐劲问过他，甚至连他自己都问过自己。

他记得有好几次，夜寒露重，她一个人悄悄地下了楼。衣衫单薄，漫无目的，不晓得未来在哪里，也不晓得这一个未来她还要不要得起。庭院里落满了雪，下了一整夜，漫天漫地的白，她弯下腰，伸出手指在雪地上忍不住写了些什么。

一个单词，weg。她写的时候特别小心，把首字母写成了小写。她还记得两年前她还是伦敦剑桥的一名普通学生时，她的德文老师提醒过她，这个单词的首字母写成大小写，意思完全不同。

她静静看着自己写的字，确信自己没有写错。

德文，离开。

她垂下眼帘，心里又冷又慌。不是不晓得天下事，该忍当忍，但这一天一地的风雪太大也太重了，她一个人扛太久，有些扛不住了。这里太陌生，天意比不得人谋，有一个人，要逆了天意来强行参与她的人生。

这一年，她只有二十四岁。

却发现谁也帮不了她，谁也不敢帮她。

就是那一晚，她被深夜驱车回来的他当场撞见。他看见了她犹犹豫豫的样子，也看见了地上未曾被新雪覆盖的单词。太糟糕，德文的意思他恰恰都懂。他盯她半晌，眼底隐隐现出了危险，妖妖艳艳地问了一句："你想去哪里？"

不待她辩解，他已拦腰抱起她回屋。她在他怀中嗅到了危险，明白她令他痛恨，而他痛恨起一个人来，是会牵连旁人的。后来，他果然做了这样的事。他叫来了负责看守她的人，追责认罚，一个都不能幸免。她见不得这些事，慌得求他不要迁怒其他人，本就是他和她两个人的事。她越是这么说，他越是愤怒，对她的话置若罔闻，只按他的规矩办事。三言两语，毁掉一些人的前程。他无所谓，反正他的人生已经被他自己毁得差不多了。她终于向他示弱，舍弃了不愿同他亲近的恐惧，双手环住他的颈项，抱着他哽咽地说："唐易，不要。”她眼中有水光掉下来，掉进他的衬衫领口，沾湿了一片，让他感受到了她无助的臣服，他终于肯罢手。这个故事，有那样糟糕的开端，注定会走到今天这样身受重伤的地步。

他看着她，听见输液管里的液体滴落的声音。这是最好的罪证，提醒他方才是如何对她犯下重罪的。他控制不了自己，她仰起头被迫承受他的那一瞬间，表情脆弱得令他惊艳。他尝过女人的滋味，每一种都令他觉得还好，只有眼前属于她的这一种，他看到她的第一眼就明白了终于来了，他的无间地狱。

刚才已有聪明的侍女迅速换了床单，现在他的眼前，床上已是干净的一片白色，然而他知道，没有用的，他和她之间的这些事，发生了，就抹不去了。那样一个过程，沉默、征服、暴力。她只反抗了一句“唐易不要这样”，就被他一句“太晚了”折了未来。她没有再反抗，也没有哭，只是在最终一切成定局的时候眼角泛起了微湿。他想起她无意喊出的那一句“我不舒服”，当时被他一笑而过，咬着她的颈项只答了一句“我会让你舒服的”。

却不知，原来，她说的是真的。

当时他余怒未消，她再不开口提及自己的感受，直到他疯够了，才感到她的身体前所未有地烫。一摸她的额头，他顿时就清醒了。

月光很盛。

他坐在她身边，手指滑过她的脸，停留在她的唇间。她的唇很漂亮，淡淡的颜色，会让人想到“适合接吻”这句话。他吻她的时候会不自觉咬住它，看它被咬得充血的样子，也看她惊慌失措的表情。

男人俯下身，薄唇轻轻滑过她的唇。

“为什么想要离开我呢？”

他静静地说给她听，也像是在说给他自己听。

“你难道不知道，我既然决定了唐太太是你，就不会再放你走了吗……”

他看着她，眼神专注。他专注的样子很动人，直到低头凶狠地咬住她的唇，挑开她的牙关，从温柔到暴烈，一个深吻，将她痛醒。

月光全部落在他脸上，她睁眼就看见了这一个有着倾城姿色的人。几小时前他怒火中烧的样子落进她心底，她尚未清醒也现出了本能，眼底有深刻的恐惧。

“对不起，”突如其来的一句抱歉，“我弄伤你了。”

她眼底有些湿。

她是了解自己的，听不得抱歉，见不得低头。即便是他伤了她，他的一句抱歉讲出来，她就想原谅他。她对谁都是这样，最后连对这个男人，也是这样。她有些痛苦，不晓得和他之间的抱歉和伤害还要持续多久，还会不会有一个尽头。

她垂下眼，息事宁人：“没关系。”

刚说完，像是想到了什么，她忽然拉住他的衬衫袖口：“今天的事，是我不小心，和旁人没有关系。你不要……”

话还没说完，他伸手捂住了她的唇。

“别说下去，”他没什么情绪，“我和你之间不谈别人。”

她闻到了他手上的血腥味。她惊呼一声，知道太晚了。他已经动了手，她保不住身边任何一个人。

这样一个男人，被她遇见了，她此后的人生会怎么样，她也不知道。

“以宁。”

覆在她唇上的手抚上她的脸，他的声音温柔得不像话：“以后一直留在我身边，好不好？”

他的意思，她听得懂。是她没有用，性子太软，一生不喜与人冲撞。低下头，她应了声："好。"

他当即就笑了，那么漂亮的一个人，笑起来，动人心魄。他俯下身，以深吻困住她的今生："好乖。"

他是至纯的黑色，从遇到她起，就不曾打算放走她，这是一种执念。

人们常常喜欢说一个词：情劫。诚然由情而起未必是坏事，但就是有这样一个人，会将世间感情都赋予一人，强迫其接受而成为情控，这一种感情会如同墓中幽冥般渐渐占据心、意志、整体，所导致的后果则为劫。纪以宁私以为，情劫，是为执念的最高级。而唐易，显然已经动了这份执念。

并且，无论对错，皆无人能阻止。

于是这一天，他终于出手，亲手折断了她的翅膀，从此把她禁在身边。

春暖，夏烈，秋枯，冬寂。

纪以宁走入庭院见到这个冬季的第一场大雪，心中了悟，又一年快要过去了。

她走了几步，忽然转身回望。

恢宏的唐家屹立在她身后，沉默地诉说着一场强势的软禁。同样是一尘不染的白色建筑，知道她喜欢白色，他让她目光所及之处都变成了白色。

这是她的家，这里有她的婚姻，却单单缺少了她的感觉。

她曾经是情感丰富的一个人。五岁那年，她就懂得如何将自己打扮成一位小淑女，陪父母出席宴会，博得父母欢心；等到十八岁，她成绩优异，不负父母所望；甚至是二十三岁，面对忽然崩溃的家族命运，她虽然辛苦也没有太多痛苦，债一点点还就好了，不好的一点点再将它变好就是了。

可是如今，她二十五岁，她的感觉却越来越少了。

她想着事，漫无目的地走了走，忽听得一声惊叫：“少夫人！”

管家急匆匆地跑来，她看见他脸上惊慌的表情。为什么要惊慌呢？她抬眼，这才发现她毫不知不觉地走到了庭院门口。她失笑，她的“不服从”竟还是有的。

到底不愿再生事，她立刻转身往回走。

“我出来走走。”管家是好人，待她不薄，她懂得感恩，不叫他难做人，“对不起，我这就回去。”

她已经不太记得到底有多久没有走出这个地方了。

那个人，对她很好。只是待她再好，仍是夺了她的自由。她并不反抗他，她的是非观告诉她，他给过她选择的，是她选择了这一个，他没有责任。

“天冷，要注意身体。”管家跑来，替她披上外套，“回去吧，少夫人。”

“谢谢您。”时至今日，她仍有一丝不习惯，“我自己来就好了，麻烦您了。”

她何德何能，担得起堂堂唐家少夫人的身份？

为什么是我？

她曾经这样问他。

她在一场大火中被他救下，昏睡了整整一星期后终于醒来。三天后，面对白纸黑字的结婚签字时，她完全被他震住了。

为什么是我？

她一遍一遍地问他。像是不死心，更像是被他吓到了。

而他只是坐在她面前，笑容艳丽。

"和我结婚，你父亲欠下的数亿高利贷，我替你还；纪家和道上的过节，我来摆平。"

他的一句话，是生也是死。

她试图挣扎："如果不结婚，我也可以为你工作……"

他毫无耐心："我不缺工人。"

"还有，"他慵慵懒懒的样子，将重话说在前面，"我对圈养情妇这种事没有兴趣，做我的女人，只有一种选择……"

他抬手，敲了敲桌上这份结婚协议，一笑，妖艳非常："成为唐太太。"

时至今日，每当她想起他当日那个样子，仍然会心惊。

你已经妥协了。

她总是这样劝告自己。

是的，她妥协了，妥协得那么早，连挣扎都没有，他把她生命中从此以后的"应该"与"不应该"变得如此简单，他让她直面黑色的机会更原始也更残酷，他让她走失了一个完完全全的自己。

他让她，柔顺得简直没有一丝生气。

他在她身后站定，一切就此成定局。

她还记得一年前，负责照顾她的女孩不忍见她孤独，偷偷带她出去散心，却不料遭遇一场蹲守已久的绑架，导致她险些被劫。惊动了他，他终于插手，自此让她看见"唐家"两个字到底意味着什么。她第一次看见他开了杀戒，也是第一次，下意识地想逃离他身边，结局是他和她之间两败俱伤。

她听见他附在她耳边的声音，因有了怒意而释放了底色，性感得无可救药。

"为什么不听我的话？"

她想说，我没有。

那一刻她是真的心惊，她从来不晓得一个男人也可以漂亮成这样子，带着妖艳的底色，好似水晶球粉碎的那一瞬间，所有流光都折射于一个点。于是这一点上，光华四射，流光璀璨。

她终于败在他手上，失声叫出一个名字："唐易。"

除却夺去她的自由，他对她是真的不错。

一掷千金，只为博她一笑。心思又密，懂她的心事。某天他陪她出门，路过商场里的刀片柜台，她不自觉地打了一个寒噤，被他尽收眼底。第二天，他就陪她做了一场祭奠。

祭奠的对象是她的母亲。父亲出事之后，母亲用薄薄的刀片割腕自杀，随后葬身火海。就在她二十三岁那一年，看见浴室内漂浮的那一汪艳丽的血色以及母亲眉间那永不再落的孤寂，她第一次也是最后一次真正体会到了那些曾经以为永远无法体会的话。

生命如此凉薄。

这样一个境地可以来得这么快，我要走，你留不住，再难过再悲伤也没有用，于是最后你才懂得，原来"再无机会"这件事竟可以那么轻易发生，雪遇火融，秋来树枯。

未曾料到，两年之后，竟会是他陪在她身边，为她的家人竖立起一座墓碑，留下一个永恒的归宿。

"唐易。"

走出墓园的时候，她叫住他，道了一句悠远绵长的"谢谢"。

夕阳西下，他背着光，她看不清他脸上的表情。而他就是有一种力量，往那里一站，她就移不开视线。

最后，她听到他静静地说了三个字。

"应该的。"

当一个女人和时间对抗，结局无非两种：要么变疯，要么淡定。

纪以宁无疑是赢家。

她足够聪明，也足够清醒。她遇到的对手是唐易，她赢不了他，她只能赢了时间。

她为他收拾书房，桌上随意摊开着绝密文件，资金庞大，内容精细。他就这样把整个唐家的秘密散落在她眼前，毫无顾忌，好似料定她对他绝对忠诚，又或者他根本不在意。以她对他的了解，他既然敢把所有的弱点暴露在她面前，那就表明他同样有能力对付她可能会有的背叛。

简直肆无忌惮。

她想过反抗他，也想过逃。可是两年了，她什么都没有做。

只因为她在无意间见过他的独舞。

那是一个冬日的深夜。

他抱着她在卧室沦陷，一反常态，沉默无比。平时他都会笑得妖艳地说些撩她的话，引得她无措，然后在她放弃反抗的那一瞬间欺负她，在她耳边温言细语。每次不经意与他对视的时候，她在水光中看着那张令人惊艳的脸，都会觉得不可思议：这个人究竟有没有真心呢？她不记得那一天自己是怎么睡过去的，只觉得他抱了她很久，臂弯里暖意四生，她被他弄得筋疲力尽，一时贪恋他温暖的怀抱，就这样沉沉睡去。

半夜忽然惊醒，一摸身边，竟没有了他的体温。

说不清道不明的情绪忽然浮上来，长久以来的相处让她对他的心思也了解了三分，脑中不停闪过他下床离开的孤寂背影。他是她宿命中的诱惑，引她停不下脚步。

她起身，披上睡衣，离开房间，恍然看见书房里亮着灯。她悄无声息地走过去，本以为他正伏案办公，却意外地看见了让她此生

她太善良，他无意中被她看见的另一面一直留在她心里。尤其是他独舞的样子，那种华丽到极致也杀伤到极致的表情，精准到每一个细节，让她忍不住猜测他是否也曾身受重伤。从此她就产生了无助，再不知该如何保全自己。

大爱临头。

有谁可以成全她这场感情的天下第一？

夜色降临，纪以宁洗完澡，擦着头发走出浴室。卧室一片寂静，今晚大概又是她独自一人。

唐易行踪不定，她也很少给他打电话。一开始是不想，后来是不敢。不想，是因为她在最初对他全无男女之间的感情，他不在她身边，她才觉得安全。可是后来，她变得不敢。这样子的“不敢”真的很糟糕，它总让她疑心自己对他有了那种不可言说的感情。

她胡思乱想了会儿，最终放弃了，坐上床，拿起一本书来看。

古老的希伯来语，诉说着圣城三千年。恢宏与苦难共生共存，耶路撒冷是她内心永恒的圣光。她曾经对一个叫程应致的男人静谈信仰，想去看一看何谓圣殿，什么是狂热的保守派，又是什么样的存在才撑得起历史对之“文明”二字的评价。如今她被另一个男人绑住了脚步，没有机会了。对此，她不是不遗憾。所以后来，当她在他的书房里看到书架上的这本书时，她是惊讶的，他不像是懂得这些喜欢这些的人。她翻开书页，望见一行字，“大屠杀”的词旁写着希伯来语“olah”，她在一瞬间心生畏意，也让“唐易”两个字划过她心底。连那么生僻的词源他都懂，不晓得他有没有信仰。她不禁去想，他看见历史的大屠杀，会怎么想他手里同样浓重的腥味？

无端地想起他，纪以宁分神得厉害，手里的书掉在腿上，惊了她一下。她没有心思再看下去，放好书，随手拿起遥控器打开电视。屏幕亮起，她一下子愣住了。

竟然看到了他的身影。

晚间财经新闻，已是在重播。世人面前，他又换了身份。唐家实权人，纳税大户，拿下一宗国际合作，豪掷千金签下新一季代言人。摄影师深谙观众心理，镜头对准了两位当事人的亲密站姿。

近焦之下，连纪以宁也不得不承认，这个男人的确经得起对其外表的考验。漂亮一点，再漂亮一点，美色可以任他挥霍，与生俱来，无穷无尽。他的新任代言人挽着他的手臂，指尖的动作诉说着对他的迷恋，碰着他的西服不肯松手。

纪以宁看不清他眼底是否也同样满溢着温柔。

她终于决定不看了，要给自己找点别的事做。

坊间传言，唐易单身时的私生活十分精彩。拉斯维加斯的顶级夜店，寂寂艳艳的名媛与名少曾有一场空前绝后的派对，中央的舞台，男人被反绑住手，女人贴身跳舞，台下大开赌局，赌舞台上谁先禁不住诱惑。一夜间情潮涌动，财色双丰，短短时间，台下的筹码被推向数十亿。就在那一晚，拉斯维加斯的高潮定格在一个东方男人身上。他在台下玩得疯，几杯烈酒下去，望见舞台上的男人接二连三败下阵来，没有男人经得住这场子里那样的女人贴身近舞的诱惑，一时兴起，推了数千万筹码上桌，站起来上了舞台，对连败数位客人、几乎已一丝不挂的女人大笑着说道："我跟你玩。"那一夜，他存心释放艳色，在漂亮的舞女舞来时，被反绑住手的他低头咬开她胸前的内衣扣，动作又快又准，仰起头时舔舔唇，一抹水色，勾魂入骨。女人败下阵来，对他认输，喊出一声："易少……"

纪以宁觉得有些不是滋味。

"你是不是在想，唐易这个坏人，外面究竟有多少女人？"

“嗯。”

纪以宁从失神中清醒过来，惊了一下。

她已经被人从身后圈死在怀中，始作俑者正埋首在她颈窝处，低头轻吻着她白皙的颈项。

这人，走路跟鬼一样。

她惊魂未定：“你什么时候进来的？”

“五分钟前。”

他的薄唇带着凉意，她不适，不自觉地避开：“那你怎么不出声啊。”

“是你太不专心。”

他无所顾忌，牢牢扣住她的腰：“刚才在想什么？”

她有些失意：“你不是都猜到了？”

“我要听你自己说。”

这个男人简直没有任何道理好讲。她转过头去，不想说话。

他不用语言强迫她，而是用实际行动。他的手指探入她的睡衣，扯开她腰间的缎带。

她抓住他的手，脸不争气地红了：“坏人。”

他慵慵懒懒地看着她，趁她不注意，反手用力，将她的制止全数压下。她不愿同他说话，他更是坏得过分：“我本来就是。”

她认命地再次转头看着他。

“好吧，我说。”她淡淡地开口，“我刚才在想，你们唐家签代言人，还需要老板亲自卖身吗？”

唐易顿时笑了，拦腰抱起她就往床上放。他半跪在床沿，双手撑在她身侧，不容人反抗地居高临下，眼里闪着明显的欲望，是那种男人对女人最原始的欲望。

她躲不过他的调情，心里又落了心事，总是有失意：“你回来就是为了和我做这事？”

他不打算否认，抬手解开衬衫纽扣：“男人饥渴太久了，就会不受理智控制。这就是所谓的，本能时代的来临……”

什么见鬼的道理，想欺负她就直说，居然还能扯得这么像样，实在是诡辩。

纪以宁真是怕了他。

大概今晚真的是不愿意，她不知从哪里来的勇气，说：“你很会赌是不是？那和我也来一次，你赢了就听你的。”

唐易停下了动作。

“你怎么知道我很会玩这个？”

纪以宁不愿去看他：“猜的。”

男人盯了她半晌，忽然艳艳地开口：“拉斯维加斯那个……”

她忽然来了气，不自觉地推了他一把：“我不要听你说这个。”

唐易大笑。

“那件事啊……”

他一下子懂了，俯身靠近她的唇，似吻非吻：“好久以前的事了，我都快忘记了。纪以宁，你也会为了这个跟我生气？”

她捂住唇：“我不要跟你说了。”

那么柔软的一个人，也会为了一桩旧事在意他。他忽然心里一软，她说什么他都想顺了她的意。

“好啊，我就跟你玩一次，”他在她唇边告诉她，“如果我赢了，我要你双倍奉还。”

一场二十一点的扑克牌游戏。

纪以宁一败涂地。

她闷闷地道：“你耍诈了是不是？”

唐易表情诚恳：“跟你这种程度的人玩，我还要耍诈？你不能这么侮辱我。”

男人忽然拦腰抱起她。

“哎！你……”

他抱着她往浴室走去，动作强硬，不容她反抗。

“刚才说过了，我赢了的话，就要你双倍奉还。”

唐劲告诉过她的，唐易那个人，说话的样子总像在开玩笑，唇角一翘，眼里留情；只有当他真正对你出手的时候，你才会知道他根本不是在说笑，这一点，你要明白。

纪以宁都来不及告诉唐劲，她明白的时候，已经输给他了。

浴室里雾气氤氲。

她抱着腿坐在浴池里，水很热，可她抱着自己分明感受到了颤抖。她不曾和任何一个男子如此亲密，在他还未出现在她的生命里时，对于男女之间，她所接受的最大程度不过是亲吻脸颊。

她在剑桥读书的时候有过一个很好的异性朋友，叫程应致，和她同修欧洲文学史，温文尔雅，人畜无害的样子。他的感情一如他的人，干净平和，微笑着对她说出喜欢，然后缓缓低头，在她的脸颊边落下一吻。

她还记得，那只是一个清浅的亲吻，却仍让她局促起来，最后实话相告：“对不起，我不习惯。”程应致慌得马上为他的失礼道歉。她怕伤了他的心，最后向他伸手，脸色绯红，轻声问：“牵手可以的，你要不要？”

也就是在那一天，她和程应致牵手漫步时，她第一次对一个男人讲出了她所期待的爱情：慢一点，久一点，若说还有奢侈的愿望的话，那就是她希望他还能温柔一点。

直到唐易空降在她的生命中。

黑色压城，他是她的大委屈。

浴池里的水泛起涟漪。纪以宁抬头，这才看见唐易不知何时已坐在了浴池边。他没有换衣服，一身黑色衬衫，领口半敞，袖子也松松地挽至手肘处。她知道他这个样子就是他无害的时候，但她仍会心慌。他的存在感太强，她忽视不了。

“嗯，那个，”半个月未见他，她懂何谓夫妻义务，“你要、要进来洗澡吗？”

男人低头看着她，表情玩味：“我进来，你今晚就别想睡了。”

纪以宁果断不希望他进来洗！

“不过，”他慢条斯理地加了句，“就算不一起洗澡，你今晚也睡不了多少时间。”

面对这样一个男人，纪以宁无话可说。

他就是喜欢看她被欺负的样子，变本加厉，不肯放过她。他伸手摸了摸她的脸，声音暧昧：“这么不好意思啊，脸红成这样？”

“水温太高，有点热……”

“你身上这么烫，我让你很紧张吗？”

她转过头，不去看他：“没有。”

“纪以宁，”他出其不意地俯下身，凑近她的唇，“你是在怕我呢，还是在勾我？有一个道理你大概不知道，男人有时候非常喜欢得寸进尺。”

她不懂何谓调情，遇到他这样的老手，只能选择逆来顺受。有时她也会困惑，这样温柔而疯狂的一个人，喜欢她哪里呢？

唐易笑着收回手：“有一件事，我很想知道。你是只怕我一个男人，还是对其他男人也这样？”

纪以宁没有听懂他的话里有话，下意识地反问：“什么？”

他忽然伸手，捏住她精巧的下颌，力道不大，干净修长的手指摩挲着她的脸，性感的声音绕唇而出，带着机锋，丝丝入扣。

“刚才你一个人，在这里想谁？”

她打了一个冷战，觉得毛骨悚然。

在他面前，她是透明的，藏不住任何秘密。她猛然明白了，从他进这间浴室开始，他就看透了她的心思。她不知道他是怎么看穿的，但她可以肯定的是，他已经知道了，就在刚才，有那么几分钟，她在想念程应致。

纪以宁有些发颤。

为什么她会遇到这样一个男人？对她调情，与她谈笑，然后收起笑容，寒气逼人。

她赢不了他，下意识逃避：“你刚才不是出去接电话了吗？有重要的事？”

唐易不答，目光沉重，锁住她不放。

纪以宁顿悟自己方才做了一件多么糟糕的事：“我……”

“纪以宁。”

他缓缓开口，对她一笑：“你是第一个敢对我转换话题的人。”

她对他撒谎，被他看穿。

惩念起，利剑抵喉，就看他舍不舍得下手。

求饶无用，她低下头，听天由命：“你生气了吗？”

他没有说话，抬起左手，解开她的发髻。柔顺的长发一下子铺下来，发梢落在水面上，他的手从她的发丝间穿过，温情又含蓄。

她有一瞬间的呆怔。

她读过古典文学史，深知这一个古老的爱情习俗。古代女子，结婚之后会盘发，入夜之后，只有丈夫才能解开妻子的发髻，以表爱情天荒地老。

未曾料到，他居然懂。

她抬眼去看他。多么矛盾的一个人，毁了她的人生，却又要来待她好。她看不透这个人，不禁伸手去触碰他，不自觉就带了点撒娇意味：“唐易……”

他不吃任何女人的撒娇，除了纪以宁的。

他俯身温柔地吻她，放她一马：“忘掉他。下一次，我不保证我控制得了自己。”

程应致告诉过她的，男人只有陷入深爱的时候，才会有杀伤的温柔。

纪以宁闭上眼睛，承受他的热情。

那么，应致，你告诉我，我遇见的是唐易，还能不能奢望我讲过的期待？

原以为又是一场缠绵，最后，他却什么也没做。

他很平静，就像一切都没有发生过般不见波澜。他拿着毛巾，浸湿了水擦拭她的全身，也不同她说话，温柔又寂静。

这般待遇，令她惶恐。

“我自己来就好了。”

他按住她的手，压下去，意思是不愿见她反抗。

她在心底叹了一声，对他顺从。这个男人偏执起来，就像小孩子，做什么都不由她说不。

他的手指停留在她的左胸上方。这个动作不是不具有挑逗意味，但因为她身上这个地方有了伤，已经不再存在挑逗。

“这个伤疤……不好看，是不是？”

这是她身上唯一的伤痕。左胸上方五厘米处，有一个十字形伤疤，就像背负着十字架。曾有白杨树因背负着十字架而终生萧索，她偶尔也会想，她是否也会这样寂寞地过一生？

这是纪宅那场大火留在她身上的唯一印记。他能够从火场中把她救下，却没有办法抹掉她身上已经留下的印记。他常常凝视这个伤疤，表情专注，好像不单是在看一个伤痕，而是在看一段时光。这种专注，几乎让她错觉他对她的感情亦是深厚的。

他对她讲："过几天会有几位国外的医生过来，我让他们帮你看看。"

她听话地点点头。

其实，她想，这又何必呢？连邵其轩都劝过她，以宁，你这是重度烧伤，想要一点痕迹都没有，在现代医学范畴内是不太可能的。

只有他不听劝。

有时见他这样子，她也会有些感动，甚至会对他感到些许抱歉。像他这样的男人，阅尽春色，目光挑剔，也不晓得他会不会不喜欢她的不完美。

纪以宁少有地问他："你在意吗？"

她的不完美令他看不过去了吗？

"我是在意你。"

她没有被男人这样哄过，他哄一哄，她就珍惜得要命，不愿再怀疑。

"如果是为了我的话，就没有关系的。好看不好看，都是自己的身体。"

唐易没有应声。

他定定地看着她的胸口，手指从伤口处抚过，对她讲："女孩子身上有伤，始终不好。"

她缓缓抬头，对上他的眼。

他淡淡地道："就算父母不为你觉得委屈，朋友不为你觉得委屈，你自己始终还是委屈的。纪以宁，我见不得你委屈。"

每次身处情事的时候，她都会下意识地抬手捂住这处伤疤，不想让他看见；每次洗完澡，她都没有往镜子里看的习惯，非要穿上衣服，才会朝里面看一眼。这些细节都被他看在眼里。

唐易俯身，薄唇轻吻过她胸口那处伤痕，任凭浴池里的水沾湿他的黑色衬衫："你心里的委屈，不管是谁给的，都由我负责。"

纪以宁看着他，喉咙口发不出声音。

想起曾经和唐劲的对话，那时她刚成为唐太太，很怕唐家，尤其害怕唐易，整个唐家她只敢和唐劲说话。

对唐易，她不是不好奇。

"他有情人吗？"

"他没有。"

她毫无心机地感慨："他不像是会缺女人的男人。"

"他的确不缺，可是他从不对女人下手。"

"为什么？"

唐劲笑了。

"因为他温柔。"

唐劲看着她，神情认真而深重："若他存心要玩，她这一辈子就真的毁在他手上了。我这样说，你明白吗？对感情，唐易从来不玩的。"

情怀震荡，是不是？

想起旧事，纪以宁心里一软。她抬手搂住他的腰："下星期有空吗？"

年末是他最忙的时候。

不等他回答，她抢先一步开口央求："快过年了，你回来陪我吧。"

他想了想："下星期你要准备和美国的医学专家见面。"

"我不想看了，"她埋首在他的颈窝处，坚持着刚才的请求，"你回来陪我吧。"

她从不这么对他撒娇。

偶尔一次，杀伤力无穷。

唐易揉着她的头发，听到自己说了一个字："好。"

Chapter 02 女子有爱

他这个人，这样的作风，曾经她是十分不喜的，两人冲撞，总是他有理。可是他又要来待她好，她就拿他没有办法了，也拿自己没有办法了。

岁末最后几日，苏小猫缠住唐劲不放，像只勤劳的小蜜蜂一般围着他团团转，再加上这家伙的作息时间和正常人不太一样，睡得比牛都晚，起得比鸡都早，唐劲被这一块牛皮糖黏得简直头疼。

最后实在被她缠怕了，抱她坐在腿上，唐劲掏出一张空白支票。

“要多少，自己填。”

“嘿嘿。”

没错，苏小猫如此热情洋溢，理由只有一个：年底了，该发的压岁钱也可以发了……

苏小猫乐滋滋地填好一大串数字，一点也不客气，把支票摊到他面前：“签字吧。”

这些年来苏小猫的脸皮厚度越来越呈现一种质的飞跃，遇到这么一块牛皮糖，唐劲还真就拿她没办法。他接过支票签完字，递给她的时候顺手敲了一下她的脑袋瓜：“你平时到底有多穷。”

“好穷好穷的啊，”这货抱着脑袋，临场发挥，“人家就靠老板你这笔爱心资助过个丰收年了。”

唐劲脾气好，任凭她在一旁胡说八道：“今年想怎么过年？”

她是个喜欢热闹的人，往年都会拉上亲朋好友在家里玩上一整晚，闹个通宵。唐劲性格好，比较惯着她，又财力丰厚，也惯得起。所以苏小猫年年这么闹腾他也不大管她，她开心就好。

这会儿苏小猫想了想，像是想到了什么，激动地抱着唐劲道，“今年我们和以宁一起过年吧！”

唐劲双手抱臂，似笑非笑：“你不怀疑我跟她有一腿了？”

这是她的黑历史，苏小猫迅速躺平，装死：“人家哪里有呀……”

没错，苏小猫对纪以宁的态度，可是经过了一番“肯定——否定——肯定”的矛盾变化的。

两年前，唐易伤天害理，逼良为妻。纪以宁嫁给他以后，很是痛苦了一阵。唐易这个人，喜怒不形于色，对她的兴趣又刚起来，全部心思都压在她身上。这样强势的感情是很累人的，而他也不是唐劲，没有唐劲那种“月色之下倾听少女心事”的好耐心，于是纪以宁在刚认识他的那段日子里，两人间的相处基本处于以下状态——

唐易：“你去睡觉。”

纪以宁：“嗯……”

十分钟后。

唐易：“怎么还没睡？”

纪以宁：“睡不着……”

唐易：“睡不着也睡。”

唐劲就是在这种情况下出现在纪以宁面前的。那一天，她和唐易又陷入僵持，似乎也没有特意为了什么，他最见不得她有心事瞒他，而他这样子让她更想逃。一个女孩子，连心事都不能有了？唐劲过来找唐易，一进门就看到了这个场面，感到匪夷所思，这都能吵起来？真是太闲了。于是唐劲叫了声唐易，找了个借口把他叫走了，离开前对纪以宁礼貌地点了下头，纪以宁对这个男人感激在心，明白他替她解围的好心。

这以后，她就常常打电话给他。

可是她这打电话的时间挑得却不太好。

纪以宁的想法是这样的，白天唐劲忙，不好意思打扰他，晚上也不太方便，唐劲是有家室的男人。纪以宁顾虑左右，决定傍晚给他打电话。刚吃过晚饭，又不太晚，他应该会有时间。可是纪以宁千算万算，只算错了一件事。唐劲家的苏小猫的思维异于常人，在家里很爱缠唐劲，尤其在吃过晚饭唐劲去洗碗的时候，这货扑之、抱之、蹭之、啃之，无所不用其极。有时候唐劲被她勾起来了，一狠心就把她按倒了事。就在这一对夫妻在厨房上演限制级的时候，纪以宁的电话来了……

几次被打断，苏小猫很不爽。

唐劲做了个手势向她解释："唐易的人。"

小猫撇撇嘴。

对方是唐易的人她是知道的，但到底是什么人还真不清楚。

不过——

不管是唐易的什么人，没道理哥哥不理你，就成天来找弟弟，真是岂有此理。

唐劲接完电话，苏小猫立刻委委屈屈地哼哼："易哥哥还没女朋友吗？"

"谁告诉你他是单身的？"

苏小猫瞪大眼睛，吱了一声："啊？"

唐劲掐了掐她的脸，爱死她一脸疑惑的表情了："告诉你一个秘密，唐易是已婚人士。"

这不啻为一颗重磅炸弹。

苏小猫对唐易很有崇拜偶像的感觉。多年在唐家的经历，让苏小猫见识过唐易的本色。无论是谁，也无论这个人在唐家的群众基础再怎么好，都比不过唐易一个动作的偶像效应。这样的人会看上什么样的女孩子？这两年，唐易对纪以宁的保护滴水不漏，连苏小猫都没见过她几次。年末显然是个机会。苏小猫当然不会不怕死地去缠着唐易，她狡猾地知道只要缠着唐劲，让他答应就可以了。

于是，岁末这一天，唐家现任少主人的世爵 C8 缓缓出现在唐劲家门外。

年末，商家都使尽全力打折促销，买年货的人熙熙攘攘，整座城市沉浸在人挤人的热闹景象里。

城市中心的某条公路上，一长溜车辆夹杂着人流将马路塞得水泄不通，司机都不得不耐心地以蜗牛的速度缓慢往前挪。这种时候，再顶级的跑车也不及马路边偶尔路过的小京巴跑得快。

唐易的那辆世爵 C8 很不幸地夹杂在其中。

抬腕看了下时间，看了看这一眼望不到头的车流，唐易握在方向盘上的手收得咔咔作响，一个不良念头陡然生出：苏小猫，我回去再收拾你……

没错，明明今天是去做客，现在却沦落到在马路上堵车，全拜苏小猫所赐。这世上恐怕再找不到像苏小猫这样厚脸皮的人，请人吃饭居然连菜都要客人去买。这事还要从一个小时前说起——

唐易带着纪以宁刚到唐劲家门口，就看见苏小猫拿了个锅铲像枚炮弹似的冲了出来，边跑边嚷：“哎呀不好啦！今天菜不够，易哥帮帮忙去买菜好不好？”

唐易从小被人供着长大，背景又是那种隶属不良的，买过枪，也买过女人，就是没买过菜。一听到苏小猫要他去买菜，整个人都觉得诡异非常。一句“不去”刚要说出口，唐劲出现了，对他挑了挑眉道：“你过来一下。”

长本事了啊，居然敢和他谈条件了？

唐易有点兴趣了，踱步过去。

两兄弟说话，客套应酬都省略了，唐劲开门见山：“说吧，要怎么样你才肯去买菜？”他和小猫都走不开，唐劲悲哀地发现，能指使的闲人只有这位少爷……

唐易摸了摸下巴。虽然他对买菜没兴趣，但对鱼肉唐劲这种事可是非常有兴趣。这货往车旁一靠，很不要脸地打劫：“那就看唐劲你的诚意了。”

意料之中。

唐劲面无表情地伸出一个手指："一百万，现金。"

"五百万。"

滚！你怎么不去抢！

"两百万！"

"四百万。"

"三百万！底线了！"

"成交。"

两个男人齐齐走回来，若无其事。

唐易搂过纪以宁的腰，转身就走："走，陪我去买菜。"

苏小猫一个劲地往唐劲身上蹭："你好厉害呀，能让易哥亲自去买菜。"

唐劲微笑，笑容有点僵："以后买菜这种事，我去做就可以了。"

苏小猫兴致很高："那多没劲呀，要易哥亲自去才有意思呀。"

唐劲心里在滴血：小姐，这种"有意思的事"我可让你玩不起几次，你当唐易他傻啊？多少血汗钱就被他打劫去了。

就这样，唐易和纪以宁为了去买个菜，光荣地堵在了路上。

唐易在心里把唐劲和苏小猫千刀万剐了几百遍，以龟速挪了又挪，终于挪出了公路。唐易方向一拐，把车子停在路边。

他解开安全带，忽然一个人下了车："你在车里等我。"

纪以宁只见他走向一个书报亭，和老板娘寒暄了几句，随后付钱拿了一本书过来。唐易打开车门上车，把手里的杂志随手丢在一旁。纪以宁一看，居然是本动漫杂志，封面上穿着女仆装的萝莉正对着唐易笑得灿烂。

"这个……"

纪以宁有些汗颜。认识他这么久，都不知道他竟然还有这嗜好……

唐易冷不防从后视镜里看见纪以宁审视他的诡异眼神："你这么看着我干什么？"

"嗯，"纪以宁满头大汗，"原来你喜欢这些啊。"

唐易难得皱了一下眉。

他扫了一眼旁边的杂志，看到那花里胡哨的封面，明白了。纪以宁这人，竟然以为他好这口？他意味深长地看着她："纪以宁，你刚才脑子里在想什么画面？"

"没有啊。"

她本不想追问，又实在憋不住，很好奇地凑近他："呃，你也会那样吗？买等身长的萝莉人形抱枕，抱着它睡觉，还会说'妹妹好可爱啊受不了了'这样的话……"

纪以宁这家伙，联想力也是挺惊人的……

唐易听不下去了，再听下去，他的形象几乎也就毁了。他悠悠地解释："跟你说一下，我刚才是去问路的。"

"为什么要问路？"

这男人理所当然道："我不认识路。"

纪以宁震惊了："你不认识路还开车？"这是要开到哪里去啊……

"我是不认识路，又不是不会开车。"唐易指指刚才那份动漫杂志，"问了附近书报亭的老板，才搞清楚路线。作为感谢，我随手买的。"

原来如此……

纪以宁很汗颜："刚才应该问小猫的，你走前怎么不问小猫？"

唐易不理她。

问苏小猫？开什么玩笑！堂堂易少，连买个菜都不会，被苏小猫知道的话，岂不是要被那个小浑蛋笑死！

唐易坐在车上，拿出了手机。

“你想干什么？”

“打个电话给谦人。”他按着号码，慢条斯理地回答，“离这里最近的卖场也有点路程，还不如去唐家自己的地方，比较熟悉，也方便。”

纪以宁点点头：“这样也行。”

他忽然又停下了动作。

“怎么了？”

“我今天忘带东西了。”

纪以宁连忙道：“忘带钱了吗？没关系，我包里有。”

“不是钱，”他慢吞吞地道，“我今天没带枪在身上。”

他像是很苦恼的样子：“超市里人太多我不习惯。算了，叫谦人现在就把超市里的人清空，不要妨碍我们进去拿货……”

纪以宁一下子拿掉他手里的手机，真是被他囧到了。

“你够了啊。我们是去买菜，不是去抢劫啊……”

唐易这个人其实有那么一点散漫，一身的少爷病，能坐着绝不站着。

超级市场里，黑压压的人群排山倒海，唐易想也没想地就找来了导购小姐，递过去一张卡：“把这里所有能吃的东西都给我拿一份，然后送货到以下地址……”

纪以宁看不下去了。

她拿下他的卡，向同样被他的财人气粗惊到的导购小姐解释：“不好意思啊，他是开玩笑的。”

唐易被她拽着走，看了一眼她紧紧拉着他的手，忽然心情大好，存心挑她的语病："开玩笑的？"

纪以宁不去看他。这烟火众生给了她勇气，敢这样子评价他。换了在唐家，她就会和所有人一样选择明哲保身，不会对他有一个"不"字吧。想到这些，她生出了些留恋烟火的情绪。

"陪我吧。"她放慢了脚步，低着头挨在他身边说，"我喜欢你这样子陪我。"

这就是纪以宁的可爱之处。

礼教禁锢在她身上，沉重坚定，令人感觉乏味之际又现出私情之美，她的心意刚刚好，勾起他的注意，却又高到不落爱情，从此挂住了他的心思，叫他心上有了人。

他顺手一钩，拥她入怀："要买什么？挑你喜欢的。"

"不用了，"纪以宁摇头，"小猫的单子呢？她都写好了，当然是照她的买。"

"管那家伙干什么？不用理她。"

她不去理他，选择理苏小猫，伸手过去，从他口袋里拿出了苏小猫的单子。

唐易看了她一眼。

眉睫低垂，那么柔软，一点攻击性都没有，也没有自我保护欲。这样的一个纪以宁，这样的做人方式，总令他记起世间最简单的一面，好似明月只有晴圆，没有阴缺。

他忽然叫了她一声："纪以宁。"

"嗯？"

"你欺负过人没有？"

她有点发窘地回答："没有。"

"欺负苏小猫这么有趣的事你也没兴趣？"

她摇摇头："没兴趣。"

他追着她不放，俯下身："那么，我呢？"

纪以宁有点被吓到，不自觉后退一步。他快她一步搂住了她的腰，一个用力，就把她带向了他。

她涨红了脸："你够了啊，这里是公共场合。"

"嗯哼，"他很洋派地哼一声，"所以呢？"一副不把任何人放在眼里的态度。

她太了解他了，这个男人一旦兴趣上来了，就会无所顾忌，为所欲为。纪以宁抬头，一本正经道："我妈妈从小教育我不能欺负别人，所以对欺负你这种事，我也没有兴趣。"

"就算代价是你被对方欺负，你也不后悔？"

"不后悔。"

唐易笑笑，放开她："你知不知道，如果这些话是由别的女人说出来，我会觉得很厌恶。有些美好的东西是对的，但太美好，就会太假，令人想毁掉。"

他的话里挑衅的意味分明，纪以宁也不恼，声音柔柔的："你自有你的评判标准，由不得我去说。"

"不怕我厌恶你？"

"不怕的。"

唐易笑容很深，透着一丝锋利："吃定我非你不可？"

"你明明不是这么认为的，不是吗？"她淡淡地回应，不与他计较，"你这样的人，容得下一个女人吃定你吗？你不会的，我也不会的，我不喜欢成为那样的人。吃定你又如何呢？日子还是要你情我愿才好的。就像现在这样，我想来买一些东西，你也愿意陪我，我就晓得你没有厌恶我，我也想有你来陪，这样就很好啊。"

唐劲有一句话是对的：我看纪以宁这个人，她只是不说，绝不是傻。一个懂得隐忍懂得不说的女人，聪明起来，会聪明得厉害，看得太透，变得没有破绽。

他忽然在她耳边说：“你有一句话是错的。”

她抬眼去看他，眼中闪着疑惑。

他咬了下她的耳垂：“我喜欢你吃定我。”

她因他的动作泛起一阵战栗，又因他的话而使这阵战栗经久不退。她猛地推开他，连耳根都红得滴血：“我不跟你说了。”

唐易笑着拉住她。

“纪以宁。”

“……”又要干什么啊。

他摸了摸她的脸：“你真是不可爱。”

他都给了她得寸进尺的机会，她却一点不懂得珍惜。笨死了，笨得他被她吃得死死的，连自救都放弃了。

纪以宁默默遵循着“不理他就好了”的消极抵抗战略，也不去和他争辩什么，迅速转换话题：“我来看看小猫要买什么。”

唐易放开她，随口问：“她要什么？”

纪以宁想也没想就念出了单子上的第一项：“首先要买一百盒火焰型杜蕾斯……”

有没有搞错！要那么多杜蕾斯！还火焰型！苏小猫！你是倒卖安全套的吗？！

饶是唐易这么淡定的人也被呛了一下，周围的群众就更不用说了。一时之间吃瓜群众迅速聚拢，纷纷向她投去肃然起敬的目光：看不出来，淑女也疯狂啊。

去脸去到家，纪以宁简直连手都不知道该往哪里放，低头撞进唐易怀里，脸色通红：“小猫不是说要买的都是菜吗……”她根本没细看单子上写的到底是什么，下意识就念出来了。

唐易拍了拍她的背，安慰她深受重创的心灵。

“我早就跟你说过了，不要去理苏小猫那个野人，你玩不过她的。”

冬日的雪，说下就下。大片大片的雪花铺天盖地降下来，将世界连成一片，梦幻、干净。从中央空调开足的超市里出来，纪以宁望了望漫天扑落的皑皑白雪，忍不住朝手心呵了一口气。白色的雾气从唇边散开，柔和得不像话。

一件男性的黑色外套披在了她身上。

她抬头看向唐易。

他漂亮的脸上没有太多表情：“穿好它。”他又替她扣好纽扣，动作不容她拒绝，“你的身体一向不太好，受不了冻。”

她看了看他：“可是你会冷。”他的穿衣风格绝非正常人能承受，再冷的冬天也只穿一件衬衫，再加一件外套，似乎并不觉得冷，至少，她从未见他生病。

唐易笑了笑，不打算理会这个问题。

“我去开车过来，你在这里等我。”

“哎——”

“邵其轩没告诉过你吗？”他将钥匙绕在手指上转了个圈，“我的血比较冷，适合这种温度。”

冰天雪地，她的视线定在他身上移不开了。

他这个人，这样的作风，曾经她是十分不喜的，两人冲撞，总是他有理。

可是他又要来待她好，温柔起来不留余地，对她温柔到底。待她蛮横，她或许还能平淡处之；待她温柔，她就拿他没有办法了，也拿自己没有办法了。

她有些疑心的委屈。

不晓得他懂不懂？

他那样疼一个人，是会叫女子有爱的。

当唐易的车稳稳地停在唐劲家花园时，苏小猫正笑眯眯地站在二楼的卧室窗边，望着从车中走出的两个人。

苏小猫长叹一声：“祸害啊。”

唐劲看了一眼楼下。

他同父异母的哥哥连下个车都不安分，把人按在车门上，随手抓了把车顶的雪揉成雪球，往纪以宁的脸上贴，冻得她直躲，一不小心就被他牵引着躲进了他怀里。他想体验投怀送抱的感觉，竟然想得出这法子。

唐劲表示认同，那人真是个祸害。

苏小猫撑着下巴：“以宁好可怜，玩不过他的。”

“胡说八道，”唐劲笑笑，“他喜欢她，才会缠着她欺负。换了别人，他连看都不看。”

苏小猫百思不得其解：“他为什么会喜欢她啊？”天差地别的两个人。

唐劲从身后抱住她，在她耳边温声软语：“有些事，我不能告诉你。”

苏小猫微微动容。什么事，竟连她都不能说？

“很久以前的事了。唐易心里有一个缺口，只容得下一人。他放了纪以宁进去，就不会再让别人进去，相对地，也不会放她出来了。”

晚饭由唐劲和苏小猫亲自下厨。当然，确切地说，是唐劲做，苏小猫负责晃悠，增加节日的气氛。

纪以宁经过厨房门口，驻足了一会儿。苏小猫正挂在唐劲的背上，哪像一个人，就是一头熊。唐劲就这么背着一头熊做完了一顿饭，时不时做好一道菜，用筷子夹起一块往后给她尝。这货鬼精鬼精的，还懂得先让他吹凉，不能烫着她。

亲密无间的自己人，是她羡慕的状态。

“不用羡慕小猫，这货和普通人不一样。”

纪以宁惊了下，这才见不知什么时候邵其轩来了，也看了一眼厨房，正在宽慰她。

“你和唐易不适合他俩这相处方式，知道为什么吗？”

纪以宁摇摇头，问：“为什么？”

邵其轩压低声音：“因为苏小猫她……长得矮啊！”

纪以宁：“……”

邵其轩哈哈大笑：“这货就一米五八，死活没过一米六，又瘦得跟个猴子似的，才能整个人趴在唐劲后面不掉下来，换了其他人试试？哈哈哈……”

纪以宁囧囧的。

被邵医生这么一闹，她方才有些失落的心情都没有了。看着邵其轩乐呵呵离开的背影，纪以宁有些感慨，唐家的人，都聪明得令人心存感激。

苏小猫一整晚都在盯着唐易看。

这货对美色毫无抵抗力，平时又见不到唐易，这会儿好不容易见到了，简直像个小色狼，直勾勾地盯着真人，眼睛都不带眨一下的。

一顿饭吃完，苏小猫也算是看呆了，凑上脑袋瓜，问得发自肺腑：“易哥，你平时都吃什么呀？怎么越长越漂亮了啊。”

唐劲和邵其轩同时喷了一口茶。

唐劲不是滋味地掰过她的脸："你又吃错药了？问的什么鬼问题。"

苏小猫甜笑："我当然是吃可爱长大的呀。"

纪以宁修养好，捂住嘴暗笑。唐易扫了一眼过去，玩性就上来了，伸手搂过她的腰，顺着方才苏小猫的问题："你说，我平时都吃什么呀？"

纪以宁不知道为什么他就把火烧到她这边来了，她明明只想做个吃瓜群众，所以就老实地摇摇头，答了句"不知道"。

唐易笑笑，贴着她粉嫩的脸颊，存心戏弄："你被我吃了那么多次，你不知道？"

他声音不大，恰恰好让在场的各位都听了个清楚。场面顿时很精彩，唐劲扶额，邵其轩低头喝茶，苏小猫"嘿嘿嘿"偷笑。纪以宁脸色绯红，推了他一把："你都不要脸的吗？"唐易大笑。

苏小猫是个不安分的家伙，拿来几个骰子和牌，绕着唐易团团转，左一句"易哥教教我吧"，右一句"易哥理理我呗"。唐劲看不下去了，几次把她拖了回来，可架不住脚长在她身上。这货虽然腿短，跑得倒挺快，一不留神又转去唐易身边了。苏小猫对唐易有点崇拜，从她问的问题就看得出来："易哥有人去赌场砸场怎么办？剁了他吗？""日本山口组和纽约黑手党哪个厉害？""唐家是不是和他们平起平坐？"……

唐劲被忽视得太厉害，忽然开口："不要缠着他了，你要玩牌，我陪你啊。"

苏小猫偏心："你又玩不过易哥。"

唐劲喝了口茶，淡淡地道："不一定。"

这下子，不仅是苏小猫，连坐在他旁边的邵其轩都惊讶地看着他。唐易一笑，有些兴趣了。唐劲这是小情绪上来了啊。

唐易好整以暇，存心欺负这小情绪："那你要不要跟我试试？"

唐劲放下茶杯："可以。"

两方巨头会战，苏小猫和邵其轩这两个看热闹不嫌事大的，兴高采烈地去准备牌桌。两兄弟一前一后来到吧台旁，邵其轩正在洗牌，奈何手法不太行，唐易见了，拿过他手里的牌，单手洗了三遍，手法漂亮地往台面上一摆，一副完整的扇形牌立刻展现在牌桌上，牌与牌之间的距离都相差无几。

这么好的手法，一看就是玩惯了的老手。邵其轩看了唐易一眼，似笑非笑："你这是存心欺负唐劲啊。"

"唐劲生起气来很可爱的。送上门的，怎么可以错过。"

邵其轩很无语："你这个家伙……"

唐易不怀好意地朝唐劲笑："五局三胜，你输了的话……"

唐劲正在气头上，任人宰割："你要多少？"

"我对钱没兴趣，"唐易笑笑，存心占人家便宜，"你跳支舞给我看看吧。"

众人一囧。

唐劲匪夷所思："你脑子进水了啊？"

"不要怕嘛。"唐易扫过去一眼，"我输了的话，也跳给你看啊。"

唐劲心里奔过一万头草泥马。

我一个男人，谁要看你跳舞啊！

可是他忘记了苏小猫这货专门给他漏油。苏小猫几乎是立刻叫了起来，一拍桌子答应了："好好好！我们唐劲没有问题！"她又抱住唐劲用力打气，"加油加油！易哥就是纸老虎！不要怕！"

赌局开始。

唐劲壮烈牺牲了两局。

他似笑非笑地对苏小猫道："这纸老虎给你打要不要啊？"

苏小猫坚定地摇头。

望向对面那位气定神闲正喝茶的少爷，唐劲心头一惊，忽然透亮了。什么“我对钱没兴趣”，什么“那我们玩玩啊”，都是套路！他是刚才气傻了才会入了唐易的套。这家伙鱼肉自己的套路是越来越深了，唐劲几乎可以想象最后他向自己讹诈的样子：不愿意跳的话就不要跳了吧，用钱来还也不是不可以啊，不过这数目肯定不止之前那点了……

邵其轩提醒双方：“第三局。”

唐劲摸着牌，看了一眼对面那阴险的家伙，决定不仁不义。

“刚才去倒水，看见以宁在书房看书。”

唐易拿着水杯的动作一顿。

唐劲也清楚，用美人计来乱他的军心，实在不是君子之举。可是他又一想，对唐易这货，还秉持君子之风，他是不是傻！

“我请她过来，她说不要了。”唐劲幽幽说着，发现自己做起坏人来也挺有天分的，“以宁还说，她不懂你会的这些，不愿意扫了你的兴致。这么乖的女孩子，真是不多了。”

唐易放下水杯，忽然一笑：“唐劲，不错啊，懂得用纪以宁来让我分神。”

唐劲谨慎地盯着他。

男人站了起来，示意离开会儿，暂停半小时，留给唐劲一句话：“但你还真就成功了。”

纪以宁是一个很不会黏人的人。

唐易带她去参加过一个私人酒会，但那天纪以宁的一袭露背晚装不知触动了唐易的哪根神经，中途反悔不准她进去，开了个酒店套房就让她在里面等，还发神经地不准她睡觉。当唐易凌晨回房时，发现纪以宁当真独自等了他六个小时，手里拿了本《新华字典》，显然是看了一整晚。

她对书籍有一种天然的爱，且这种爱平等、持续。她常说文字是不分好坏的，好坏只在人心。就是从那天起，他发现她看书必是坐直身体，双手捧起，他忽然明白了，她是连姿势都带着尊重的，不愿委屈了手里的每一本书。

唐易走到她身后，看到她手里捧着的书的书名，《社会的体系》。确实，也只有纪以宁才可以将艰深晦涩体味成人间情意。

他忽然拦腰抱起她。

手里的书掉落在地，纪以宁下意识揪住来人的衬衫。她认得他的手感，这是她最熟悉的一个男人："你怎么过来了？"

他抱着她，缓步走出去："过来陪我。"

"不要了，"她示意他停下来，"我又不会，过去也是扫你的兴。"

他忽然停了下来："纪以宁。"

"嗯？"

"放我一个人在那里被他们几个欺负，你好没有良心。"

他对她软硬兼施，她拿这个男人简直毫无办法。纪以宁失笑，靠在他怀里不再挣扎，随他去了。

牌桌旁，场面已经白热化。

刚才唐易连杀唐劲两局，杀得苏小猫都舍不得了，急红了一双兔子眼。

唐易拉过纪以宁坐在腿上，拿了一张红心 A 放入她手中："替我玩两局。"

一阵沉默。

还是纪以宁率先打破了沉默："不要开玩笑，你知道我不会的啊。"

唐易握住她的手，手指在她的掌心画了一个圈，动作挑逗：“我教你。”

纪以宁有些气馁：“都说了不会啊。”

连苏小猫都好奇了：“以宁你念书时都玩些什么呀？”想她在大学时，通宵斗地主不要太正常。

纪以宁不说话。

苏小猫更好奇了：“说嘛说嘛，你长这么大，不赌又不嫖的，那都玩些什么呀？”

纪以宁吞吞吐吐，头一次把高雅爱好说得那么不好意思：“看书、画画，还有和人讨论哲学命题……”

众人无言。

苏小猫一把抱住唐劲的腰，痛心疾首：“唐劲我对不住你，你哥哥娶了个淑女，你娶了个流氓。”

唐劲也收手，让苏小猫替自己玩。唐劲深受英国绅士教育的影响，对手是女性，他通常下不去手。何况对方还是唐易的女人，唐劲更下不去手。

换了人，胜负毫无预料。

二比二，平。

苏小猫简直爱死自己了，指着自己冲唐劲叫唤：“看到没有看到没有？我是不是很棒很厉害！为你争光，快夸我呀！”

唐劲在她腰间捏了一把，低声警告：“你给我收着点。”这家伙大概是被唐易压迫久了，欺负不了唐易就去欺负他老婆，典型的欺软怕硬。她也不想想唐易这人睚眦必报，惹火了他，日后必定遭殃。

纪以宁有些不好意思。虽说对输赢一向不上心，但有唐易看着，她到底不能保持平常心。她终究还是在意他的啊，她在心里对自己叹气，想在他面前表现得不那么糟糕，是否本身已是件糟糕的事？

唐易看了她一眼。

一个有些情绪的纪以宁，说阴郁又太严重了，淡淡的小情绪，恰好令他移不开眼。

他忽然叫了牌，姿态闲适地接手最后一局。

邵其轩面向唐易做了一个手势："庄家，请翻牌。"

唐易没有动，指尖轻翘起牌面一角，没有翻动它。修长的手指一下一下敲在牌面上，眼里没有一丝波动。

坐在他身上的纪以宁轻轻移开视线。以她这个位置，可以看得一清二楚。他手里握着一张红心A，决定成败最好的资本。他出手就是赢，她异常失落，终究还是和他不在同一个世界。

苏小猫在那边伸长了脖子："时间就是生命！翻牌啦翻牌啦！"

男人眼里闪过不为人知的情绪，手指一翻，揭开底牌。

一阵静默。

半晌之后，苏小猫一屁股弹了起来，瞪大眼睛难以置信："老、子、赢、了！"

唐劲也有些诧异："嗯，你的确赢了。"

邵其轩看看桌面，再看看唐易，最后看看苏小猫，挤出一句和唐劲一样的话："小猫赢了。"

纪以宁望向桌面。

最后一张底牌，不见红心A。

桌上静静地躺着一张花色K，宣告唐易的败局。

纪以宁惊讶不已，转身望向他："你刚才明明……"

"刚才什么？"唐易像是完全不明白她在说什么，摸了摸她的脸，"这下糟糕了，我输了呢。"

苏小猫这下乐疯了，唐易方才欺负了唐劲两局，心痛死她了，这会儿她逮到机会，怎么也不肯放过他："愿赌服输啊！"

唐易笑笑，也不说话。

他看向纪以宁，抬手穿过她的发间，一下一下，动作带着某种不明暗示。

纪以宁有些气息不稳：“你、你要做什么？”

“你会跳舞吗？”

“会跳一些，比如华尔兹。”

唐易笑着揉了揉太阳穴。他就知道，她会的，果然都是千金小姐参加宴会时规规矩矩的那一套，其他的，恐怕她连见都没见过。

纪以宁看着他的表情，忽然有种很不好的预感。她忍不住想逃走：“刚才那本书，我还没看完……”

唐易一把拉住了她的右手。

“跳支舞再走。”

她下意识地拒绝：“我不擅长这些的。”

唐易笑了下，慢条斯理地抬手解开了衬衫最上面的三颗水晶扣。她看着他的手指滑过他衬衫下的肌肤，一颗一颗水晶扣被他勾手解开，然后是手腕处的纽扣，衬衫袖子被挽至手肘处，动作诱惑，撩人心弦。纪以宁看着这个男人这个样子，存心诱她，不给她活路。他分明要她生死都记得他。就在她转身想走的时候，他伸手环住了她的腰，轻轻一钩，揽她进怀。

“我带你。”

她涨红了脸，对他指控：“你强人所难。”

“以宁。”唐劲忽然唤了她一声，到底是兄弟，顺水推舟帮一把，“试试吧，不错的。他轻易不带人的。”

她被他带近身，连反抗的余地都没有，不禁对自己生气，怎么就任他妄为了。纪以宁看他一眼，辩他一句：“轻易不带人？就是说，还是带过的？”

她柔柔地问他："那，我是第几个？"

唐易大笑，遥遥一指唐劲："我就带过他。"

唐劲扶额："占我便宜啊。"当年年少轻狂，轻易着了唐易的道，被他占了不少便宜，真是往事不堪回首。

纪以宁："……"

唐易俯下身，轻轻笑道："手不是这么放的，要这样才行。"说着，就放她的手环住了他的腰。手感甚好的腰线，苏小猫说得对，这人是个祸害。

"只是试一下，"她抬眼看他，对他服从，"你不能玩得太过分，知道吗？"

气氛暧昧，却温暖。光线黑白间，唐易定定地看着她，抬手把她额前散落的发丝别到耳后，手势温柔。

"纪以宁，在我的世界不要走。"

她出奇地安定下来。

像是被他的动作诱惑了，又像是被他最后那句话震撼了。他用舞步同她说话，这么短的距离，有的却很多：两人的眉睫、浮动的情意、沙哑的低喘、他的深不可测与她的心无城府，还有许多重的猜测以及两年来实质存在的婚姻。连续的节奏里，他进一步，她便退一步，她进一步，他便退一步，就像是这两年来他和她的相处方式，紧紧松松，好好坏坏，忽然有一天她便走到了这一步境地：离开他，她还舍得吗？

她望向他："我跳错了，会不会不好看？"

"不会，"他抬手，抚上她的发髻，"纪以宁是最好看的。"

一个松手，他解开了她的发髻。黑色长发平铺而下，他执手挑起一缕，落下轻吻。她如此精通文学史，一定懂的。男子吻发，代表对她的感情就如同绵延千里的三千青丝。他不擅长谈感情，幸而遇到纪以宁，可以懂他所有的悠远与长情。

落幕的时候，他忽然扣住她的腰将她带向自己，贴着她的唇说了一句话："我只想你在我身边快乐。"

短短几个字，力道却深重无比。纪以宁胸腔震动，要知所谓情话，如果没有心，说再多也是没有用的。这一刻她被他诱惑住，只觉自己或许也是喜欢这个男人的，只是不能肯定究竟喜欢到何种程度，是否喜欢到了称得上"爱"的地步。

一曲落幕，纪以宁眼睛微湿。

她从未想过她这一生会遇上这样一个人。

玩情，玩欲，玩人心。

这就是唐易。

若无红尘众生，诸神皆寂寞

Chapter
03

直至今日她才知，母亲生前告诉她的话是对的——爱上一个人之后，就一定能，一夜梦醒不觉遥。

一曲舞终。

苏小猫回神，抹了一把额头上的汗，挥动爪子拼命扇风。

明明唐易也没做什么特别的事，可苏小猫还是觉得心里有一把火被硬生生地撩了起来。唐劲拿了杯水碰了一下她的脸，苏小猫像被人踩了尾巴，叽叽叫了一声，猛地跳起来。

“你不准碰我！”

“啊？”

唐劲不知道她又哪里抽了，看着她烧得通红的一张脸，把手里的水递给她。

“你怎么热成这样子？”

老大，你刚看完那么妖娆的画面不会热啊？

苏小猫不理他，拿过唐劲手里的水杯，仰起头就“咕嘟咕嘟”灌下去。

唐劲看着她，渐渐了悟，含着一抹笑意，慢条斯理地问：“你该不会是看得太投入，脑子里在想不该想的事吧？”

正在喝水的苏小猫一下子喷了出来。

唐劲连忙掏出一块手帕替她擦脸：“反应这么大啊？”他忍俊不禁，“苏小猫，成年人过分投入而想点乱七八糟的画面很正常啊。”

苏小猫怒目，脸上几乎要飙出血来：那你笑个屁啊！

“好了好了，我不笑了啊。”

苏小猫受不了了。

哼，笑吧笑吧，老子有反应怎么了？那也只能证明老子身体好！敢笑她的都是没知识的！苏小猫恶狠狠地踩了唐劲一脚，转身躲进了厨房。

唐劲在她身后问：“你去厨房干什么？”

苏小猫头也不回地吼：“烧水泡茶！”

唐劲唇角一翘。

死要面子，可爱死了。

连苏小猫都躲进厨房了，纪以宁就更不用说了。唐劲逗完苏小猫，转身才发现在场的只剩下几个男人了，始作俑者唐易正悠闲地喝水。

淡色的唇，水光未退，妖妖艳艳的样子，他整个人仿佛都浸在一层光影之中。唐劲走过去，也不说话，伸手就往他的西裤口袋里探。隔着一层布料，他的手指触到唐易的体温。这个动作极具挑逗性，如果不是由唐劲来做，一定令人遐想连篇。

唐易也不阻止他："喂，我对你可没兴趣啊。"

"神经。"唐劲不屑，谁会对他有兴趣啊。

唐劲从他的裤袋里慢慢收回手，果不其然拿到想要的东西，一张红心A，正是唐易刚才赌局中的最后一张牌。唐劲挑眉："啊？"

唐易摊了摊手："啊……"

"就知道你刚才动了手脚，"唐劲把红心A甩在桌面上，"换牌速度那么快，连我都没看清你什么时候出的千。"

唐易笑了，也不否认。

"没办法，你家那位技术太差，要让她赢我容易吗。"

夜凉如水，纪以宁在花园里静立。她摸了摸手心，滚烫得很，带着方才那人灼人的温度。

她心里有点怕。

这样的自己，在多年以前是根本不能想象的，唐易将她这么多年所受的礼教约束全部打碎，多么可怕的男人，知道她有信仰，于是他毁了她所有的信仰，以暴政之姿将他自己变成了她唯一的信仰。她抱臂，觉得心上有些冷。她能跟他走吗？跟他走的话，又能走到哪一种程度呢？

一双手忽然从身后圈住了她的腰。

“似此星辰非昨夜，为谁风露立中宵？”

纪以宁一愣，笑了起来。

唐易低头吻了吻她精巧的耳垂：“笑什么？”

“没什么。”纪以宁淡淡地道，“刚才还那么过分，现在又这样，都不知道你从哪里学来的。”

唐易停下动作，语气有点无辜：“当然是从学校学来的啊，我也上过学好不好。”

纪以宁忽然发觉她和唐易从来没有谈过这个话题。

“我都没问过，你是什么学位毕业的？”

“勉强初中毕业，哪有什么学位啊。”

纪以宁有点窘，半信半疑：“真的？”

“真的。”唐易一脸坦荡，人畜无害，“我们这个地方都是打啊杀的，要学那么多文化干什么，初中毕业就很足够了。”

纪以宁猛一想，不对啊，问：“那你书房里放那么多外文书是干什么用的？”那么艰深晦涩的书籍，哪是一个初中生看得懂的啊。

唐易眼也不眨，随口拈来一个理由：“唉，一个初中毕业生养那么多手下，当然需要装点门面啊。”

在这位初中毕业生如此坦荡的态度面前，身为英伦剑桥名校毕业生的纪以宁同学反而很不好意思起来。

但是，怎么总是觉得那么不可信啊……

唐易低下头：“我妈死得早，我爸又不管我……”他顿了顿，声音沉痛，“我也想努力的，但没有人告诉我上学的重要性……”一副家庭悲剧受害者的模样。

不过，这种话对纪以宁来说杀伤力是很大的！

唐易完全没有欺负人的自觉，得寸进尺：“所以，你以后不要动不动就去看书，有你这个名校毕业的唐太太，我压力很大你知不知道？”

纪以宁连忙点头。

从小就很替人着想的纪以宁立刻在心里下定决心：以后一定要纠正自己动不动就看外文哲学书的坏习惯，要考虑到唐易学历偏低的现状才行，一个好妻子是不能让丈夫有被鄙视的感觉的……

深夜的花园，暗香浮动。情人间的对话，似乎也染上了静谧的香味。

“你们玩结束了？”

“还没有。中场休息，唐劲和小猫让管家在厨房准备夜宵。”

纪以宁想到他们刚才玩的游戏，忍不住轻声问：“如果今天不是我，而是其他人陪着你，你是不是仍愿赌服输？”

如果，今天不是纪以宁在你身边，你是不是仍然会带另一个女孩跳那样绚烂的拉丁？

唐易没说话。

纪以宁觉得身后的他忽然变得沉默。当唐易沉默的时候，往往就是微微动怒的征兆。下一秒，他反手一扯，将她转向他。她抬眼看他，只见他平平静静的样子，漂亮的脸上没什么表情。

“我身边的人如果不是你，你以为我会输？”

唐易不是一个有耐心解释的人，仅此一句，便再无其他解释。何况她这种性子，实在很能撩拨唐易的占有欲。

三秒钟后，只听见纪以宁用闷闷的声音说：“这是在别人家，你讲一点道理好不好。”

“不好，”某人存心不讲道理，“请不要试图跟一个没有学历的男人谈道理。”

她实在没见过有哪个男人学历低还能低得如此理直气壮的。

邵其轩热情满满地从客厅跑出来，叫花园里的两个人回去吃夜宵。

“唐……”一个“易”字还没喊出来，邵其轩就刹住了脚。

虽然看不清唐易在干什么，但夜色朦胧之下，那一对相拥的背影还是让邵其轩觉得必须成全一下这一对。打扰有情人，有志青年都不干这种事。

邵其轩掉转脚步往厨房走去拿夜宵，走到厨房门口时却听到唐劲在里面的声音：“不要闹，否则你不要怪我。”苏小猫笑嘻嘻的声音随后传出来：“揍我呀，你来揍我呀。”

邵其轩：“……”

同志们，想过他这条光棍的感受没有？

中场休息结束。

人间游戏场，苏小猫哪里会是唐易的对手，一路输得惨烈。唐易中途接了个电话，走出去讲话。苏小猫趴在桌上，惆怅地抱着脑袋：“易哥讨厌，讨厌。”害她输这么多。

唐劲摸了摸她的脑袋瓜，诚心相告：“他已经对你放水了。”以他对唐易的了解，很明白那个男人今晚对苏小猫百分之百是留情了，就算是输也没让她输太多，偶尔还放水让她喜滋滋地小赢两把。

纪以宁想起方才在花园里的谈话，忍不住为他辩驳：“每个人都有自己擅长的和不擅长的。唐易他表现得再无所谓，也是有自尊心的男人吧。”

顿时，场面上三个人齐齐看向她。

苏小猫：“以宁你在说什么啊？”怎么完全听不懂。

唐劲：“不擅长？”那人得天独厚什么都有，还有什么是他不擅长的？

邵其轩：“自尊心？”那男人的自尊心不要太圆满啊，向来只有他鄙视别人。

三个闲人的想象力是惊人的，一见纪以宁这种难以启齿的样子，三人思维一致地想到了同一个方向：“难不成，唐易……那方面有问题？”

男人啊，那方面的零件出了问题，的确是个伤自尊心的难处啊！

纪以宁大窘：“你们在想什么啊，不是那个。”唐易那个……不要太正常啊！

苏小猫叫起来：“是你自己说的啊，什么自尊心啊，不擅长啊。”

纪以宁急了：“我是说他的学历啊。”

“他的学历怎么伤自尊啦？”

“呃，据他说，有点低……”

正在喝水的苏小猫重重地喷了出来。

有没有搞错？！他那个学历还叫低，那她苏小猫岂不是文盲？啊？！

唐劲汗颜：“你以为他什么学历？”

“不是勉强初中毕业吗？”

众人一时语塞。

“他自己说的啊。”什么妈死得早爸又不管他之类的。

唐劲懂了：“唐易是不是告诉你，他学历低没文化，所以不要试图跟他讲道理，反正他没受过什么教育没什么道德观，你要是敢反抗他就是在鄙视他？”

差不多就是这样了……

苏小猫出离愤怒了：“无耻！”

邵其轩出离愤怒了：“不要脸！”

那个无耻不要脸的男人到底是自己哥哥，唐劲克制得很辛苦：“以后呢，你记得，如果唐易说些无辜啊受伤啊之类的话，肯定是在骗你。他是精通心理学的人，知道用这种方法比较容易对付你这样吃软不吃硬的人。”

纪以宁顿时有种上当受骗的感觉：“那他的学历是？”

唐劲喝了口水，压压惊：“唐易的学历……不低。国际法、经济学双学位，常春藤联盟出来的。”

一夜通宵。

纪以宁终究抵不住睡意来袭，靠在唐易的臂弯里沉沉睡了过去。他的气息是她两年来最熟悉的味道，浸透她整个人，给她安全感。直至今日她才知，母亲生前告诉她的话是对的——爱上一个人之后，就一定能，一夜梦醒不觉遥。

唐易抬腕看了看时间，快要凌晨三点了。纪以宁在他怀中睡得安稳，他心生不忍，抬手拨开了她额前散落的发丝。

她被他打扰，眉睫动了动，慢慢转醒。

唐易抚过她的脸：“回家了。”

“好。”

唐劲站起来道：“今晚住我这里吧，都这么晚了，开车太累了。”

“不用了。”唐易拿起桌上的车钥匙，笑容透着艳丽，“我对在别人家里睡觉这种事比较有心理障碍。”

苏小猫忽然想到了什么，拉着唐易就出去了，要他把跑车后备厢打开。

室内只剩唐劲和纪以宁。唐劲把沙发上的外套递给她，落落大方。

纪以宁接过外套：“谢谢。”对这个男人，她是喜欢的，也是感激的。

唐劲问了一句：“你是不是有择床的习惯？”

她愣了下：“你知道？”她的确有这个习惯，从小养成的，改都改不掉。这是一种缺乏安全感的心理病，两年前她刚遇到唐易被他留在身边时，用了整整半年的时间才习惯了他给她的那个陌生的环境。这是她最私密的习惯，未曾料到唐劲竟然懂。

对上她诧异的视线，唐劲笑了："我不是了解你，我是了解唐易。"他告诉她，"你没见过唐易单身的样子，那个时候他玩起来很疯的，像今天这种场合，换了以前的他，肯定不会回去了。你没见他今晚到最后还是把手机关了吗？就算我这边结束了，也会有其他人打爆他的电话拉他出去。唐易的身份背景摆在那里，他又样样玩得顺手，只要出现在酒吧夜店里，基本就走不掉了。"

纪以宁一愣："那他今天？"

唐劲声音温柔："他玩得起，可是你玩不起。他刚才如果选择留在我这边，或者继续出去玩，你就只能睡在我这里，或者酒店套房里。所以我才猜到你有择床的习惯，换了地方你不习惯，唐易是为了你，才坚持要回家的。"

纪以宁："……"

想起唐易刚才说的话，唐劲忍不住腹诽："什么在别人家里睡觉有心理障碍，这种乱七八糟的理由只有他那个人才会想也不想就信手拈来。"

花园里，唐易靠在跑车的车门上，眼神慵懒，看着苏小猫像个勤劳的民工一样吭哧吭哧往他车里搬一箱又一箱的东西，硬生生地把一辆跑车装成了一辆拖拉机。

唐易终于忍不住走过去："喂，要我帮你走私我可是要先验货收钱的。"

"不许看不许看！"苏小猫像母鸡护小鸡一样护着箱子不让他看，最后索性一把熊抱住唐易的腰，"回家才能看！"

还没等唐易说什么，苏小猫的衣领已经被人一把拎了起来。

唐劲捉起她，不客气地把她从唐易身上扯下来，不是滋味："要说话就好好说，不准动手动脚。"这家伙垂涎唐易的美色已经不是一天两天了，时不时就想着摸两把。苏小猫这人如果放在古代，绝对就是那种会带着书童混在集市调戏良家姑娘的欠揍角色。

苏小猫无语：她的形象，就那么反面教材吗？

最后，在唐劲的注目以及苏小猫的热烈欢送下，唐易带着纪以宁回家了。车子开出去一段距离了，还隐约能看见苏小猫仍在后面热情地挥手。

黑色世爵一路平稳地驶回家中。

熄了引擎，唐易侧身，伸手摸了摸纪以宁的脸："困不困？"

"还好。"本来是很困的，夜风一吹，去了七分睡意。

唐易把外套披在她身上："不困的话就下车，还有件事要做。"

纪以宁看着他替自己扣好大衣纽扣，问："还要做什么？"

唐易不答，笑着摸了摸她的脸，然后打开车门下了车，开了车子的后备厢。男人抬手敲了敲车身："苏小猫那种野人居然还懂得玩情调，唐劲把她教得很好嘛。"

纪以宁走上前，这才看清了车里的东西，满满的全是烟火。

"要放烟火吗？"时间已经很晚了。

"放吧。"虽然他一向不屑这种毫无技术含量的小把戏，但也有例外的时候。唐易把后备厢打开到最大，把烟火搬了出来。

"刚才那野人往我车里搬这么多箱子也不容易。自从她嫁给唐劲之后，除了她在外面自找的那些摸爬滚打之外，唐劲就没让她干过体力活。"唐易很有耐心地把烟火放在地上，一字排开，"所以，好歹要珍惜下苏小姐的劳动成果，不能浪费了她的体力。"

他弯腰半跪，点燃引线，然后起身缓缓走向她。

烟火在他背后破空绽放，和他绝色的容颜交相辉映，周围一切都好似幻景，刹那惊艳了起来。

“烟花这种事物，是很让人喜欢，又不敢喜欢太多的。”她看着他走来，移不开视线，“因为破空前就明白它会熄灭得很快，但在熄灭的那一瞬间还是会很意外，它怎么就消失了呢。”

他从身后圈住她的腰，听懂了她的言下之意：“你不喜欢矛盾。”

他总是悟得了她的。

可是她悟不了自己。

“或许是吧，我不喜欢太矛盾的事物。都说战争无情，但十年特洛伊，为一个女子，其本源却是有情。”她悄声感叹，“有情要用无情争，甚至不惜用一场战争，只为换你与我十年纠缠，令人都不知道这样的感情是好，还是不好。”

他的声音里听不出情绪：“你觉得我们之间连十年都不可能拥有？”

她没有正面回答。

“唐易。”

“什么？”

“听说你十岁以前就已经试过毒，是不是？”

他有些玩味：“谁告诉你的？”

“传闻。”她坦诚的语气好似在讲述一个传说，“关于你的传闻太多了，真真假假，都会吸引人听一听。”

他没有否认，也不承认：“小时候不懂事，贪玩而已。”

纪以宁偏头一笑。

“你不像是那种贪玩的人。”

唐易忽然觉得有趣，埋首在她的颈窝处，轻吻她颈间细嫩的肌肤：“那你觉得我是为了什么？”

她没有阻止他逐渐沾染欲望的动作，眼底却是清明的：“自控。”

唐易停下动作，看她一眼，眼神很勾人。

“哦？”

“你不是贪玩，不是不懂事。”这一点，她是懂他的，“知己知彼，才能百战不殆。对你而言，知彼不是难事，难的只有知己。所以你需要确定你的底线在哪里，你需要清楚这个世界上还有什么能够让你失控。把它找出来，然后想办法对付它。”

她有些落寞地不认同：“这么小就有这样的心机城府，的确是件让人后怕的事。”

唐易忽然用力，将她转了过来。他俯下身，和她平视，专注的眼神简直动人：“这么会说话啊。”

他的目光有些阴晴不定，她知道她说了不好听的话，令他不快。

“我不是试图剖析你，我只是为我自己找一个存在的理由。”

唐易掐着她的腰，手指用力，掐得她生疼。

“纪以宁，把你的目的说出来。”

“我是不是也是你用来测试自控力的毒药？”

她承认，她是有目的的，想听他一句真话。

“喜欢一个人，总是有些理由的。”她看着他，眼里有他给的大委屈，“只有你不是。”

只是相遇，他就要了她，总令她疑心，若有一天他生出些丢弃之心，是否也就不要她了？世间事但凡会上瘾的，他都试过了，除了感情。她是他用来自测底线的又一种毒药，试过了，就戒掉。

绚烂天幕下，她的眼底有一层湿意。古印度人明确地提出了一个“劫”字，曾经她是不信的，她更信民间说“节”而非“劫”，一节得一好，所有的劫都变成了节节好。是这样的心境，才有了今日的纪以宁。直到遇到他，她所有的信与望都不顶用了。他是掠夺她的野蛮人、禁锢她的独裁者，也是步步为营对她攻心的政客。她平生没有遇到过这样的对手，败下阵来。

"我讨厌你。"

她是太明白："一个人对着另一个人，看足够长的时间，总会看够的。"

"可是纪以宁，这世上有一种人，需要很长时间，譬如一生，才会看够另一个人。"

她怔住。

他让她面向他，把她低垂的长发拢到耳后，温言软语。

"过了年之后，你如果想出去工作，就去吧。"

"哎？"

她很震惊，他从不准她出门的。

他摸了摸她的脸，对她提条件。

"晚上六点前要回来，否则，我的人就会把你带回来。"唐易威胁一个女人，用无耻，也用深情，"听话，好不好？我要找一个人，不是件难事。"

纪以宁忍不住辩解："我刚才说那些话，不是说你对我不好，我只是想知道一个理由……"

"我需要你。"

烟花绽放。

他在绚烂天幕下让她看见了一个真实的唐易。

"我需要你，这个理由够不够？"

这一场烟花永不灭。

如果说她以为这一生唯一自保的方式即不去爱他，而她事实上也证实过这件事是成立的，她曾反复告诉自己，感情无形状无气味却有致命危险，所以万万不可触动它如同触动轻微之尘，她一直认为自己的心已随家族的衰亡而没落，从此给不出爱给不出饱满也给不出人生一场醉，那么，这一刻她却愿意点头答应好好去做他的妻子，这其中的变故究竟是什么时候发生的呢？

长风浩荡，草木起伏，纪以宁已然明白，有生之年与这个男人狭路相逢，她已不能幸免，属于唐易和纪以宁的一千零一夜，已经一页一页地开场了。

我需要你。

若无红尘众生，诸神皆寂寞。

春日三月，草长莺飞，万物复苏。

这座城市中有一个非常著名的私人美术馆，名字很特别，叫TimeCity。它的外观很像童话中的欧式城堡，大门上方装饰着独一无二的旧城徽，门前是特列季亚科夫雕像。美术馆的拥有者是一位归国华侨。他年轻时也曾醉心于文艺复兴，如今步入花甲之年，便把今生所得全部倾注于这家美术馆。他有资金，有人脉，亦有眼光，一时声名鹊起。

这一日，好天气，阳光铺天盖地地洒下来，暖意四生。

清晨七点，一个女孩缓步走来。好柔和的一个人，经过广场的鸽群，都能做到不惊扰。

老馆长站在大理石台阶上，眼含一抹温和的笑意，欢迎她的到来。她缓步走上台阶，在他三步之外站定，弯一弯腰，刚要行礼，只听得面前的老人颇有兴味地开了口。

“纪小姐，您对一个穿着如此正式的老绅士，就准备只行一下普通礼节吗？”

纪以宁愣了下，旋即笑了。

这世上最令人愉悦的事，莫过于遇到同好，话说三分，就通透。这是一种意境幽远的交谈方式，不动声色之下，有心弦碰撞的回声。

老馆长是懂得礼数之人，而所谓礼数是如何？绝不仅仅是头戴礼帽手握黑杖而已，而是身价过亿却只愿把自己当作寻常老人，穿过马路看见乞讨幼童跟在他身后怯怯地一同过马路时，会双手抱起他一同穿过横道线，放下孩子时会问他是否要吃的，爷爷可以去给你买。

懂得温柔待人，并予以尊重，才是礼数。

这样的老绅士，的确值得一个 Curtsey。

纪以宁含笑，双手轻拎裙摆，向两侧舒展，以极其优雅的姿态微微屈膝，低一低头，完美行出一个宫廷屈膝礼："您好，先生。"

老馆长笑了，缓步上前，抬起她的手，缓缓低头，轻吻她的柔软手背，同样回了一个宫廷礼节。

"欢迎你，纪小姐，从今天起成为这里的一员。"

一辆世爵 C8 沉默地停在马路对面的转角处。

唐易低下头，点了一支烟。

刚才那一幕，落入眼中，揪心挂神。这么好的一个纪以宁，被他遇上了，他不晓得自己为了留住她还会做出什么事来。希腊的柯林斯耸立着两座神庙，一曰暴力，一曰需求，两样都像他，两样他都做得出来。她是他的今生所需，也是他完美暴力的终极。

可是偏偏，她是他人性的反面。

她曾与他闲聊，对他讲："我不喜欢批判性的东西，对人、对事，都不太喜欢。我所认为的真正的伟大，是不具批判性的，它会迫使你自己去理解，去感受，而非蔑视。有句话说得那么好，天才会像一切人，而没有人像他。"

这是一个非常有意思的女孩。

年轻，却已极具深度，且不大表现，寻常人并没有太多机会见到，他见到了，从此一个纪以宁已足够，人间之所出再无太多深意。

他再次看了一眼美术馆，广场前已没有了她的身影。他意兴阑珊，熄灭了烟，打了个电话给尹谦人："看好她。"短短三个字，他知道足够了。唐家易少亲自开口吩咐的三个字，代表什么意思，下面的人不会不懂。他知道他这么做几乎已有些病态，对她软禁，或明或暗，但他控制不了自己，纪以宁就是他的心理病。

这些日子，纪以宁开朗了很多。

从事的工作是曾经所学，懂得多，连朋友也多了起来，陆续有客户指名道姓要找纪以宁陪同讲解。她尝试了几次，听众中不乏名流要人，竟也能博得一片赞叹。到底是女孩子，被人赞赏总是愉悦的，纪以宁将散发拢到耳后，不经意的小动作透露了一丝羞涩与满足。

节假日，来邀约的人更多了。秘书小姐忙得不可开交，礼貌地一一拒绝："不好意思，纪以宁小姐的工作日程已经排满了，近期不接受预约。"

她偶然经过听到了，微微惊讶。她的日程并没有排满，还有时间。她不禁心头一慌，莫非表现太过出众，遇到职场排挤？

老馆长站在她身后，替她解惑："是有人对我讲了一些话。"

她一怔。

"呵，那些话，很是不讲道理呢。"老馆长拄着黑色手杖，缓步走向她，"指明对我讲，给纪以宁接的客户不可以以男性为主，晚上六点后也不可以安排工作，若违反，不仅会带你走，我这里恐怕也不保。"

她一下子懂了，深感抱歉。

"我不晓得会给您带来这么大的麻烦。"她向他鞠躬致歉，"请您不要理会他。"

老馆长眼中有一丝兴味。

"不觉得震撼吗？"

"什么？"

"无论过去、现在、未来，不可理解的、近乎疯狂的感情，都可以从正面震撼任何一个人。"

纪以宁情绪起伏，对上他的眼。

"爱是没有限度的。"老馆长微微一笑，对眼前这个女孩讲一些亘古的道理，"什么是疯狂呢？就是如果他能把你抱在怀里，就算姿势不够优雅，又有什么关系呢。"

半山。

唐家本邸似一座古堡。历经百年洗礼，外墙有旧式的剥落痕迹，盛开的血红色玫瑰四季不败，整座建筑呈现出浸淫历史的黑色，光影泯灭，唯它坐镇。

通往书房的长廊，幽幽燃着蜡烛。书房门外人影憧憧，清一色的黑色西服，在黑暗中透着血腥味。值得如此大费周章，各人心下了然，今晚会有血光之事。

书房里有两个人，一个年长，一个年少。前者站，后者跪。

跪着的少年人眼中有惊恐之色，拉着年长者的手求道："齐叔，你要救我。"

年长者闭上眼睛，许久，如实相告："程洛，你求我没用。决定你生死的人是易少。"

少年人还想求下去，书房门忽然被人打开，门外响起恭敬的问好声。齐叔转身，见到来人，行了个深深的鞠躬礼："易少。"

程洛惊惧抬头。

那么惊艳。

一个男人，怎么也能长成这样子呢？艳字在身，目中无人，色不迷人，人自迷。看你一眼，要你一命，都是万般幸事，赏你的。

唐易。

原来，这就是唐易。

齐叔求道："易少，请您饶他一次，我……"

唐易走近，姿态优美，与站着的齐叔擦肩而过，没有停留。齐叔被他慑住，一时竟住了口。

"齐叔，"男人眼风一扫，"你出去。"

无人反抗。

书房一隅是吧台，男人走过去，与跪着的人错身而过。他没有低头看人，姿态闲适："起来吧。"

程洛不敢。

他在惊惧中抬眼。吧台边那个孑然而立的背影何其炫目，他身为男人都被夺去了目光。唐易给自己倒了杯冰水，握住水杯的手骨节分明，他抬手喝了口水，有寂寞的声音滑过喉咙。程洛看着他，他转身恰好对上程洛的视线，朝他艳艳一笑，程洛顿感毛骨悚然，脸却红了起来。这个男人要杀他，在杀他之前却还诱惑他。

他的笑容起得很快，落得更快。他走过来，薄唇动了动，已全无笑意："男人膝下有黄金，这个道理不懂？"

他盯他一眼，程洛便好似中了邪，听话地缓缓起身。

唐易落座，不紧不慢，垂手放下手中的玻璃水杯。

"什么名字？"

"程、程洛……"

"几岁了？"

"二、二十二……"

"在唐家受委屈了？"

"……"

"所以要背叛我？"

不见杀机的逼问，气势更甚。程洛忍不住求饶：“我没、没有……”

“没有？”

男人唇角一翘。

下一秒，他拿起桌上的一份文件，扬手重重砸了过去。整份资料砸在程洛面前，应了他的力道，砸出一声重响，文件散落一地。

“有件事，你搞清楚，”他看向眼前的少年，眼中覆冰，“说谎之前看看对手。我这个人不太喜欢听谎话。”

程洛脚下无力，跌了一下。

他拿起地上的文件看了几分钟，知道自己输了。

传闻是对的，这里是唐易的天下，在唐家，对手是唐易，久赌必输，九死无生。

程洛伏地行大礼：“易少，我错了！”

唐易抬手喝了口水，漫不经心地道：“对方开给你什么价码？”

“五百万美金。他们说会送我去美国，不再回来……”

唐易顿时笑了。

“他们是不是还告诉你，会在送你去机场的路上打电话给你，告诉你拿五百万美金的地点？”

程洛震惊：“你怎么知道？”

唐易看着他，眼神慵懒无比。随后他放下水杯，抬手转过桌上的手提电脑屏幕，面向程洛。电脑上正播放着一个视频，是尹谦人在检查一辆车。

“认识这辆车吧？”

程洛瞪大眼睛看了会儿，点头。如果不是中途被唐家抓了回来，他昨晚就会乘这辆车去机场。

唐易抬手，敲了敲电脑屏幕：“看清楚了，座位底下是什么。”

程洛疑惑地望过去。

当他看清楚时，整个人如坠冰窖，后背冒出一层冷汗。

唐易向后一靠，语气诱惑，“小孩子太单纯了啊。”这点伎俩，他根本不放在眼里，“座位底下的炸弹是手机信号控制的，只要你一接电话就会爆炸。你出卖我，对方只有杀你灭口，才不会被我抓到证据。连这么简单的道理都不懂？”

程洛当即一跪。

“易少！”他咬牙，“易少再给我一次机会！一次就好！我以后不会了！”

“你凭什么认为我会再给你一次机会？”

“易少！易少你只要愿意原谅我这一次，让我做什么都行！”

唐易看了他一会儿，一笑，好似被打动。

“我很惜才，并且用人不疑。你在唐家这么多年，我没有亏待过你。你还要一次机会？可以，我就再给你一次机会。”

男人忽然拿出一把瓦尔特 P38，德国顶级手枪。唐易抬手，把枪甩在程洛面前，居高临下，至阴至柔。

“我给你最后一次机会。我不想动手，你自己解决。”

他要他死。

任何人被逼至生命底线，都可以变得很危险。

程洛看着唐易甩在自己面前的手枪，心里陡然生出一个阴狠的念头。

为自己的命赌一把，太值得。

程洛忽然以迅疾的速度拿起了地上的枪，然后缓缓起身。

他的枪口对准了唐易。

唐易顿时就笑了。

“你想杀我？”

程洛失控，对他示意：“我只想活下去！只要你让我走，我绝不杀你。”

唐易抬手，指了指一旁。程洛顺着他修长的手指示意的方向，看见尹谦人正站在身后，似乎也没有上前阻止的意思，恪守本分地沉默着。唐易慢条斯理地开口：“我的人都在这里，你就算杀了我，走得了吗？”

程洛嘶吼：“大不了同归于尽！”

唐易一笑，惊艳动人。

“二十二岁，”他似在替他可惜，那么温柔，“这么大好的年纪，却学会了威胁人，好可惜。”

唐易抬头，眼里没有一丝惊惧之色。

这样子的唐易让人透不过气。

程洛不敢开枪，对面的男人却并不准备放过他。他清晰地看见唐易的动作，看见眼前这个艳丽的男人姿态闲适地放下手里的水杯，然后慢慢拿出另一把枪，给枪上了膛。

程洛大吼：“唐易！你别逼我！”

唐易笑了，在艳丽的笑容中对着程洛，缓缓举起了手里的枪。

程洛被彻底逼至底线，终于大叫一声，对着唐易开了枪。

“咔嗒”一声——

一声空响。

程洛看着手里的枪，听着它发出的寂寞空响，犹如梦醒，不死心地连开数枪。

无奈，全是空响。这把枪里本就是没有子弹的。

男人轻启薄唇，将一场生杀做得华丽无比：“刚才说过了，我给你最后一次机会。是你自己不懂得珍惜。”

手指一扣，子弹出膛。

血腥，这才是他的专属领域。

程洛心脏中枪，直直向后，倒地不起。

唐易扔下枪，拿过一旁用冰块敷过的白色手帕擦了擦手，眼里一片暴戾之色。

“谦人。”

他唤了一声。尹谦人心领神会，连忙上前，点头道：“我会处理。”

“还有，查一下程洛身边的人。”

尹谦人顿了顿，问：“如果查出来还有呢？”

他杀性一起，字字暴力：“一个不留，杀——”

最后一个“杀”字还未说完，门外忽然传来一道异声。

这声音极轻，几不可闻，好似物体掉落在地，但终究逃不过唐易的敏锐神经。

男人大怒。

“谁在外面？！”

尹谦人立刻明白，大步上前一把拉开书房大门。

门外，纪以宁深度恐惧的表情当即落入唐易眼中。

她看见他手边扔下的枪，看见他暴力血腥的表情，看见他残忍不留一丝余地的另一重人格。

纪以宁捂住唇。

她看见了什么？

她竟然看见了他杀人。

Chapter 04

日子到了

日子到了。纪以宁没来由地想起这一句，深感痛苦。她有预感，她和他之间的末日已经临近。

两次。

唐易杀人，她已见过两次。

除却夺她初夜的那一次，还有一次，是在两年前，她和他相遇的那个傍晚。

一把大火，烧毁整座纪宅。高利贷追债者纵火焚城，站在宅院前，反绑住她，强迫她看清这场大火，看清一个家族的残酷衰亡，看清她身亡的母亲的肉身是如何消失在火光中的。全世界在她面前轰然倒塌，他们笑得肆意，摸着她的脸欣赏她痛彻骨髓的表情。就在她失声落泪的那一刹那，一道枪声忽然响起。

沉闷、短促。

干净利落地出手，无所顾忌，随心所欲。

她眼睁睁看着面前所有人中枪倒地，眉心落点，红色液体喷薄而出，妖艳无比。一个人，进行一场杀戮，只用短短数秒。

她僵硬转身，便看见了他。

那是她第一次看见他。

暗色天幕下，他靠站在黑色世爵的车门旁，姿态诱惑，表情淡得几乎看不见。从容冷漠的手势，艳丽入骨的姿色，薄唇一勾，就有诱惑倾天泻地。全然是陷身情欲的姿态，若非他手里的枪还未放下，枪口的硝烟还未散尽，她几乎错觉眼前的这个男人刚才不是杀了人，而是做爱归来温柔乡。

明与暗、光与影，全因他颠倒了黑白。

而现在，是第三次。

她的视线落在倒地的那个少年身上。她控制不了自己，几乎是下意识地跑了过去。他的身体还是热的，他的样貌还如此年轻，这是一个本还拥有很多时光的生命。本能占据上风，纪以宁解下白色围巾，堵住了他的胸口。

她想救他。

“不要死。”

血染白纱。

她从此不爱这血红的颜色。

纪以宁落下眼泪来，明白生命中又一个“喜欢”被他毁掉了。曾经纪以宁非常喜爱红色，众生色相，赤色朱红是最富生命力的，好比过年，家家户户挂红灯、贴红字，有人们永生永世的企盼在里头。

直到今天，从此以后，她都喜欢不起来了。这血红，就好似处决耶稣的那根直立的柱子，是一种提醒，这人间地狱，在她来到这里以前就有，在她来到这里以后，还会继续有。她不喜欢，也无力改变，甚至无力离开。

“我不想他死。”

她低声乞求，也不知道是在乞求谁。其实是知道的，这里有一个人，决定生杀，只要他肯，就可以只有生，没有死。可是唐易，他不肯，不仅不肯，狠起来，还变本加厉。于是她便开始了终生的痛楚，她曾那么努力对生命敬重与虔诚，依旧敌不过宿命要她亲历死亡。

身后传来一阵惶恐之声：“易少、对不起！我们要拦纪小姐，可是晚了……”

黑白冲撞，发生得太快，即便是唐易，也不由得生出一阵宿命感。

男人勃然大怒：“滚——”

他们该死。

竟让他的以宁看到如此暴力的场面。

他看到她的脸上有着极度的恐惧，一如相遇那天，他初次看见她的样子。他守护她两年，分秒毫厘，用情用心，他绝不允许他和她之间重回原点。

唐易直直地向她走去。

手上硝烟未散尽，眼里暴力未退去，周身透着浓重的血腥味。好陌生的唐易，哪里是她的枕边人。可是她没有力气，救不了人，也救不了自己，前路茫茫，两厢都欠得深了。

下一秒，她的视线陷入黑暗。

唐易单膝跪地，手势温柔，覆上了她的眼。他拥她入怀，将她的恐惧与颤抖一并接手，将她按在胸膛上，叫她的世界只看得见他，再无其他。好深情的一个人，就像换了一个人。

“以宁，”他温柔地哄她，“听话，不要看。”

他拥她在怀里，轻抚她的背，极有耐心地诱哄着。

纪以宁被他紧紧锁在怀里，她看不见唐易此刻的眼神。

杀心起，愈加浓重。

他抱着她，锋利视线绕过她，扫向在场其他人。唐易脸上哪里有半分温柔，眼底分明一片血光。她在场，他不能再多说半个字，于是他仅用一个眼神，就绕过她的恐惧，下了无声的命令。

尹谦人心领神会，对众人做了个手势，示意清理现场。

尹谦人跟了他这么多年，是明白的。今天的唐易已经动怒，若非纪以宁在场惹他顾忌，恐怕接下来，他不会轻易罢手。

一分钟。

只用了一分钟，书房就被打扫干净。没有血腥味，没有痕迹，好似刚才的一切都是错觉。只是，脚步再轻，也终究不可能让纪以宁全无感觉。

就在众人迅速退出的刹那，纪以宁动了动。像是清醒，她挣扎起来，要挣开他：“不要这样，不要这样子。”

有人不许。

唐易抬手，按住她的后脑，用力把她按向胸膛，截回怀里。那么强势，那个野蛮不讲理的人，又回来了。

“没事了。”

声音温柔，动作强硬。

纪以宁无声落泪。

久赌必输，久恋必苦，为什么这样子的一个男人要来缠她？

好似不甘心，她揪紧了他的衬衫，从一开始的克制，到最后的无法抑制，她的眼泪渗进他的衬衫，微凉的温度，叫他看见她的无力与委屈。

“为什么，你要这样？”

这场感情，她押得重，输也输不起。

日子到了。纪以宁没来由地想起这一句，深感痛苦。她有预感，她和他之间的末日已经临近。

唐易没有说什么，拦腰抱起她往卧室走。

一路经过阴沉昏暗的长廊，旋转而上的楼梯，行来遇到人，皆是唐家心腹，对他恭敬致意。看他神情就有了数，怕是今日有劫，遂恭敬不言，鞠躬表心意。纪以宁被他抱在怀里，有泪流下来，她捂住了眼睛。这里是唐家，善恶是非一把平，她的道德观被镇压，一如浩劫来时，巴比伦亡了，印迦亡了，圣殿遭遇血洗，神像摔碎在了斜阳落日里。

他将她抱进卧室，放在床沿。他弯下腰，屈膝半跪在她面前，静静替她擦掉眼里不断掉落的眼泪，低头看见她的双手，沾上了血迹，颤抖着，沉默着。他没有说什么，起身拿来一桶冰水，将随身携带的手帕沾湿，折返回她身边，单膝跪地，握起她的手一点一点擦掉。

她瑟缩了一下，一言未发。

她怕他。

他顿了一下，手里的动作紧了三分，将她的手握紧，几乎弄痛她。他仍然什么都不说，只将她的手摊开，一点一点擦掉她掌心黏腻的猩红。有一刻他那么心疼她，血腥和她的清淡，反差强烈，杀伤他的感觉。他生出些无力感，他保护不了她。

纪以宁落泪，无声地控诉："我讨厌你。"

他点点头："我知道。"

她悲伤起来，不敌这天意："我不喜欢你这样子。"

他是明白的："我知道。"

暴力与温柔。

她简直分不清哪一个才是唐易。

纪以宁失望起来，终于口不择言："为什么、为什么唐劲从来不会……"

话未说完，硬生生收了声。

只因为她看见了唐易的眼神。杀性落，凉薄起，带着一道彻骨的疼痛，好似身负重伤。镜花水月，她被惊到，再去看时，已经没有了。他的眼底一片幽深，不再允许探寻。

他抬眼看她。

眼中倒影全是她，对她偏头一笑，温柔得不像话。

"好可惜，对不对？"

"……"

"真的，好可惜。纪以宁遇到的不是唐劲，而是唐易。"

她心里一紧。

预感铸成了大错。

"不是的。唐易，你听我说……"

他捂住她的唇。

太晚了。

说出口的话收不回，为什么要收回呢？本就是她的真心话。他一直想听她的真心话，纵然伤他入骨，也是真心话。她的真心话，他是恨不起来的，她是他的心上月光，明月亦辛苦。

“我明白，我明白的。”他屈膝半跪在她面前，温柔得眩天惑地，“如果纪以宁遇到的是唐劲，该有多好。唐家的二少爷，干净剔透，不染黑色，从不杀人，从不沾血，甚至最后放弃人生，潇洒退出，浮生度日，温和近人。这样的男人，才是适合纪以宁的。”

纪以宁终于明白自己闯了大祸。

她急急想去拉他的手：“不是这样的！唐易、唐易你听我解释……”

他退开一步，缓缓起了身。

唐易居高临下地看着她，忽然淡淡地问：“你的道德观是什么？”

她不解他的意思，茫然地看着他。

唐易笑了下：“杀人偿命，对不对？”

纪以宁骇然，对他摇头，下意识地想去拉他的手。

可惜，他已经不是她可以拉住的人了。

唐易走向一旁，打开书桌，再折返时，纪以宁惊得捂住了嘴。他的手里多了一把枪，银色的，德国顶级自动款。他平静得一点表情都没有，修长手指和冰冷枪械缠在一起，调试、上膛，所有动作一气呵成。

她摇头，下意识地向后退去。他屈膝弯腰，单膝跪地，一把抓住她的右手，动作强硬，不允许她反抗。

纪以宁吓得失声叫起来：“你干什么？！”

他死死握着她的手，不容她拒绝。而她的手里，是枪。

枪口对准了他。

“你看见了，我杀了人。你知道的，我唐易杀人，没有人追究得到。但是你是例外，我给你一个机会。”

唐易看着她，看进她眼底，要她记住他的全部。他让她手里的枪对准了他的胸口，致命的位置——心脏。

“我不是唐劲，你现在不杀我，将来在你身边的，仍然只会是一个血腥暴力的唐易。”

他死死扣住她的手，整个人平静得一点表情都没有，步步紧逼，强迫她开枪。纪以宁哪里见过这样的阵势，一瞬间被彻底吓住。看着他平静的脸，她哭着摇头，求他不要这样，她不是那个意思，她知道她说错话了，她可以解释可以道歉的。

唐易摸了摸她的脸，微微笑了下。

“以宁，”他唤她的名，温柔得不像话，“对你，我从来不玩的。”

他眼里一闪而逝一种名为心灰意懒的情绪，心里一狠，按下了她的手指，扣动了她手中的枪。

曾经，她的母亲对她说过这样的话。

“以宁，我了解你，你懂得再多，唯独对感情是不明白的。这件事太复杂，连我也是说不清楚的，我只能告诉你，将来如若遇上一个人，对你真正交心，那么他对你交出心的同时也必将会交出生命。因为一个人对另一个人用情，是不会再有力气去记得还要保留什么的。”

那时的纪以宁还未尝感情，只对母亲笑言：“不爱即亡，如今世间炎凉，这样子激烈的感情，哪里再有。”

一语成谶。世有唐易，独为她来。

见惯了生生死死的男人，爱起一个人来，也是豁出性命的。

多可惜，纪以宁，不懂唐易。

她不懂，这个男人是怎样以他的血祭她的信仰与道德；她也不懂，他是怎样用力，只为还原一个干净的纪以宁。

母亲是对的，错在纪以宁不听话。

伴随一声沉闷的枪响，纪以宁失声尖叫的声音一同从室内传出来，凄厉、惊恐，近乎绝望。

如此惊天动地，守在外面的人大惊失色，条件反射地冲了进去。

打开房门，一股血腥味袭来。眼前景象，即便是从小就跟在唐易身边的尹谦人也被吓得魂飞魄散。

唐易的左肩，妖艳红色盛开一片，缓缓浸透他的衬衫。猩红液体滴落下来，黏稠、浓重，带走他的体温，冰冷了谁的心。

他却浑然不觉有多痛。

释放了全部的华丽，淡如雾的笑意挂在唇边，眼底黑色深不见底，有着堕落的气息，自毁的力道。“唐家”二字撑起了他今时今日的倾城势，可是“纪以宁”三个字毁了他的孤注一掷，令他的感情全军覆没。

纪以宁哭得几乎看不清他的脸，她摇头，求他不要这样子，求他放开她的手。刚才他强迫她开了枪，她用尽力气让枪口偏了方向，然后眼睁睁地看着子弹穿膛而出，硬生生穿进他的左肩，他却浑然不觉，没有痛楚，只有满目的心灰。

她哭着道歉，告诉他，她刚才不是故意的，她是被他吓到了才会口不择言，以后她不会再说那种话，不会再用唐劲来伤他。他置若罔闻，对她一笑，好似有谢意，谢过了她的善良以及对他的歉意。可是他不需要了，同情般的歉意，岂会是唐易需要的？

“打偏了。”他淡淡地问，“你是舍不得，还是不敢？”

他握紧了她的手，强迫着她的姿势不放。不等她回答，他便给了她选择：“如果是不敢，我再给你一次机会。”

尹谦人吓得魂飞魄散。

“易少——”

在自动手枪直接命中四肢的情况下，死亡的概率是百分之二十。而眼前的唐易，在如此失血的情况下还不肯放过自己，分明是在玩命。

尹谦人当即对身后的下属下了命令。

“打电话给邵医生！我马上送易少去医院，让他在医院准备手术！”

“是！”

刚交代完，冷不防一句冰冷的怒声传来：“谁准你们进来的？！滚出去——”

所有人的动作都停了下来。

唐易。

这么多年，在唐家，这个男人就意味着不反抗不质疑。意思是，无论你是否认同、是否多虑，最终都会不自觉地选择遵循他的意思。所有人皆已习惯了这个名字，习惯了唐易的令人生令人杀，而这件事的恐怖之处就在于从来没有人对此怀疑过。遵从唐易，这件事已经到了没有理由去讲明，也根本不必去讲明的地步，他的存在就是应该，就是对的，就是日月常新。

反抗唐易，自己会把自己归类为该杀。

尹谦人咬了咬牙，快步向前。

唐易大怒：“尹谦人——”

“对不起，易少。”

尹谦人无视他的命令，在他身后快速出手，一掌下去，控制了力道，恰到好处地让唐易陷入了昏迷。

尹谦人抱起唐易，看见唐易左肩被鲜血浸透的衬衫，心急如焚，终于忍不住向一旁的纪以宁大吼：“你对他做了什么？！”

“我……”

“你知不知道他不能有事？”尹谦人急怒攻心，眼底血红，“整个唐家都是听他一个人的，外面多少人要他死，他都从来没有出过事。你到底对他说了什么，居然把他伤成这样子？！”

凌晨。

这一晚的夜色特别浓重，雾气浮上来，整个世界都恍惚了起来，好似幻境，隐隐有静谧的悲伤浮动其中。

一辆黑色幻影从夜色中滑出，急刹车停在一家顶级私人医院门口，刺耳的刹车声彰显了跑车主人焦急的心情。

打开车门，唐劲急急下了车，反手摔上车门。

等在门口的唐家下属鞠躬致意：“劲少。”

“他呢？”

“在八楼病房，邵医生刚做完手术。”

话音未落，唐劲急急迈开步子走进医院。专属电梯直达八楼，唐劲走出电梯，直往病房走去。走到门口，唐劲深呼吸了一下，推门进去，眼神触及病床上的那个人，冷静如唐劲也忍不住一颤。

沉睡中的人，沉目长睫，无声无息。艳丽褪去，只留漂亮底色，静静绽放，眩惑人眼。全然没有了攻击性，暴力消散，留下一个纯粹的轮廓，脆弱得叫人不忍心承认，这样子的一个人竟会是唐易。

纪以宁握着他的手，守在他身边，寸步不离。

邵医生的话清晰地回响在她心里，字字重：没有生命危险，只是肩上这一枪，留在他身上的伤疤，以后恐怕都消不了了。

她无声地哭了起来。

她没有听母亲的话，竟拿他来做感情的试验品。说来何其残忍，纪以宁对唐易。

邵其轩拉着唐劲走到外面长廊上。

唐劲神色焦急："发生什么事了？"

这天唐劲不在公司，还在外面谈公事。傍晚接到尹谦人的电话，对方全然说不清楚是怎么一回事，唐劲只听得电话那头传来"易少枪伤"这四个字，吓得他顾不得手中还有上亿交易尚未谈妥，甩下一会议室的人起身就走。

唐劲比谁都清楚，这么多年来，虽然唐易一直身陷危险，但也从来没有人可以真正伤到他。那个人，自身手段就让人眼花缭乱，遑论身边还有那么多下属忠心保护他，替他挡枪的大有人在，想要伤他绝非易事。

邵其轩抹了一把额头上的冷汗，心有余悸："你知不知道刚才在手术台上，我都不敢去看他的脸，生怕看清了是他，心就会慌。你和我都明白的，唐易那个人，从小到大那么多人跟着他，娇生惯养得要命，身上连个伤疤都没有，更别说枪伤。"

"他那个时候不是和以宁在一起吗？"唐劲就想不明白了，"像纪以宁那种性格，和唐易谈着谈着居然也能打起来？"要换了是成天喊打喊杀的苏小猫，唐易和她打起来，唐劲还比较能理解。

邵其轩看了他一眼，似笑非笑。

唐劲没来由地一阵紧张："你这么看着我干什么？"

邵其轩叹了口气，连他也有些无奈："纪以宁呢，拿你做标准，去衡量了唐易。"

半天才回神，唐劲僵硬地答了一个字："啊？"

邵其轩笑笑："这种事以前也不是没有过，当年唐家蓄意反对唐易的人基本都是拿你当理由。谁都知道的，你和唐易的为人做事是两个极端，肯定你，就等于全盘否定了唐易。这种话听多了，唐易那个人从来不会当回事放在心上，反正他我行我素惯了，不管别人怎么说，对他而言都是废话。但是呢……”

邵其轩抬眼望着窗外的一轮明月，凉薄如生命，令他心底也生出些不忍：“纪以宁不知道，这种话，别人可以说，她却绝不能说。因为，唐易会当真。”

唐劲在病房外站了会儿，视线落在纪以宁的背影上。

这个女孩子，样貌、谈吐、为人的方式、处事的态度，无一不叫唐劲想起久违的旧时光。在他还未和“唐家”缠到一起的童年，日子可以慢慢过，人可以好好活。夏日傍晚，在树下乘凉，仰头听树叶拂起沙沙声，好似同老树也亲近了。

是这样子的守旧气质吧，让他对她总存了一分眷顾与怜惜。即便如今她做错了事，伤了唐易，连带把他也无辜地卷进来，他也仍然不愿苛责什么。唐劲缓缓上前，抬起左手，想拍一拍她的背，给她安慰。

感到身边来人，纪以宁微微抬眼，视线触及唐劲，眼底刹那间就有了慌乱。这慌乱源自她的歉意与内疚，她的一句话，既伤了唐易，也对唐劲好抱歉。人与人是不能用来比较的，一个不小心，便会让双方陷入神伤。如此简单的道理，她从小就懂，竟也还会犯错。

唐劲抬起的左手一时在半空悬住了，心里有点崩溃。

他自问行得正坐得直，安分守己，远离祸害，也告诉自己不要太介意唐易的行为，反正这个男人疯起来一向没有分寸。但这一刻，看到病床上沉睡中的唐易，看到一贯强势不可理喻的那人忽然安静下来，唐劲内心陡然充满了负罪感，对他好抱歉。

愣怔了下，唐劲绅士地收回了手，用落落大方的态度掩饰住内心同样的不安。

场面一时间陷入沉默，很是尴尬，唯一的局外人终于看不过去了。邵其轩咳了一声，走上前拍了拍纪以宁的肩膀，柔声劝她。

“已经凌晨三点了，你一整晚没吃东西，也没休息过，这样不行的。”邵医生从职业角度出发，很敬业地道，“走，我带你出去吃饭。好歹吃一点，你自己身体本来就不太好，不能勉强的。”

“我不离开这里。”她紧握着唐易的手不放，摇头，“我哪里也不去。”

“我保证，吃过饭马上带你回来。”邵其轩压低声音道，“让唐劲一个人在这里待一会儿吧。他那个人和你一样，心思重得不得了。”

纪以宁心神一颤。

唐劲对她淡淡地道：“听其轩的好不好？”看了一眼床上的人，他的心情也很复杂，“我在这里单独陪他一会儿。”

纪以宁是聪明人，即刻明白话中深意，点点头，起身跟着邵其轩出去了。

室内重归宁静。

整个空间只剩下唐劲和唐易两个人，唐劲静静凝视着眼前这个男人，他与他认识那么多年，他想这些年来，有一件事是对的。

绝色倾城。

这世间怎么会有男人长成这个样子呢？好比千年前的希律家族，合法帝王，拥有摄人心魂的美貌，被视为神宠的标志。这样的男人，变狠是必然的，公元一世纪的野蛮政治标准流淌在血液里，征服他人，不惜自伤。

唐劲看着他，眼底黯然。同这样的人以血缘之名纠缠此生，不知是幸，还是不幸。占据了一场亲，伤筋动骨。

“你有没有搞错，不放过别人也就算了，连你自己都不放过，你做事都不考虑后果的吗？”

唐劲的声音淡淡的，静静陪着他。

“给你讲一个故事吧。”他缓缓开口，语气温柔，“苏小猫，她的性格，你总了解吧？什么都不怕，地狱都敢闯。和她结婚之后，我拿她毫无办法，有的时候被她惹火了，真的很想打她一顿，可是呢……”

唐劲笑了下，静静说着故事：“可是有一次，她哭了。你能想象吗？那么肆无忌惮的苏小猫，这么多年都目中无人惹是生非的苏小猫，竟然在我和其轩面前哭了。你知道是为什么吗？

“她是被我吓哭的，确切地说，是被唐家吓哭的。她看见我受伤，那是她第一次亲眼看见唐家的一切，她承受不了。明明受伤的是我，哭的却是她，满脸都是泪。那天晚上我抱了她好久，只要放开她，她就会醒。”

唐劲看着病床上的那个人，心里的眷恋有那么多：“你看，连苏小猫这样的人都承受不了唐家的事，更何况是纪以宁呢。”

他看着他，眼里浮起浓重雾气：“在那种情况下，她被你吓得口不择言，才会说出那句话，她是无心的。”

“那样无心的话，你怎么也能当真呢。”唐劲握住唐易的手，表情难过，“那种话，如果连你都当真了，你要我今后再怎样面对你呢？”

纪以宁跟在邵其轩身后，好似大病一场。她的世界，兵荒马乱。

走廊里站着唐家的人，动作神情一致，静立守着，压迫感十足。在走廊尽头和尹谦人擦身而过时，纪以宁向他欠身致歉。

“对不起，我很抱歉……”

“不用。”尹谦人的态度很冷淡，没有看她，“你是易少的人，不必对我这么客气。”

可以想象，纪以宁这样的人，被人当众说这样的话，心里有多难过。她低下头，脸色很苍白，连手也不知道该放在哪里才好。

尹谦人闷闷地转身，不想再说什么。

邵其轩上前，抬手敲了一下他的脑门："你有没有搞错，连女孩子都欺负。"

尹谦人一时控制不住心底的怒意，转身吼道："你知不知道易少他从来没有……"受过伤。

邵其轩冷冷地扫他一眼，尹谦人一下子收了声。他可以不给纪以宁面子，但还真不可以不给邵其轩面子。尹谦人郁闷地看了邵其轩一眼，转身就走。

邵其轩拍了拍纪以宁的肩，站在她身边安慰她："不要在意谦人，他从小就跟在唐易身边，整个世界观人生观都被唐易那变态扭曲掉了。走，我们不要理他。"

走下楼，两人来到医院后方的庭院里。邵其轩转身望了望八楼病房，看见里面依然亮着的柔和光线，忍不住笑了笑，低声感叹："今天我们家唐劲的心理压力一定很大。"

纪以宁疑惑："为什么？"

"呵，"邵其轩有些玩味，"告诉你的话，你会为自己说过的那句话难过的，还想知道吗？"

她点一点头。已经做错了事，她不怕自责。

邵其轩看着她，表情有点深邃，也有点复杂。

"纪以宁，"他唤了她一声，平静地问，"有一个问题，你想过没有？"

"什么？"

"唐劲那么复杂的背景，曾经掌握着唐家的资金链，但他手上没有唐家的实权，换言之，他手上没有可以对抗暴力的势力。就凭他一个人的力量，想要安全地退出唐家，你认为，有这个可能吗？”

邵其轩温和地告诉了她一个事实：“唐劲从不沾血腥，甚至最后可以安全地全面退出那个世界，是因为有一个人，在他身后替他挡下了一切。”

她僵住。

月光下，夜风起，凉透人心。

她忽然想起漫天烟火的那一夜，想起唐易说的那句“需要你”。

原来，他是真的需要她。

她想起一切，一切过程与一切动作。他拦腰抱起她，动作强势，不容拒绝，就这样穿过大厅，走过楼梯，进入卧室，跪至床间。她记得他精致性感的表情，喑哑疼惜的声音，记得他在她不知所措时将她的手环在他背后，记得他单手覆上她的眼睛，不让她害怕。

她终于记起了，这样子一个唐易，爱她时是怎样懂得待她温柔，被她伤时又是怎样懂得退让，只为成全她的不懂事。

从个人利益的角度看，邵其轩巴不得唐易不要太快好起来，这种金贵的少爷住在医院里，简直是送上门的肥羊，怎么能不痛宰呢。

但两天后，邵其轩就受不了了。

这位少爷实在是太金贵了，从来没出过事，偶然受了点伤，手下个个紧张得不得了，生怕自家少爷从此落下点病根什么的。唐易这种不讲道理的人训练出来的人，个个继承了他的优良传统，但凡唐易有点状况，邵其轩就会被人用枪指着脑袋威胁。

邵其轩终于被这种精神虐待彻底搞崩溃了。

“尹谦人，我拜托你啊，不要搞我行不行。你们家易少得的真不是绝症，相信我，他还有救的，真的……”

尹谦人以高度不信任的眼神扫了他一眼，留下一句“我去守着易少”，马马虎虎放过了他。

傍晚，邵其轩顶着两个深黑熊猫眼，走进唐易的病房做复查。指了指门口像座门神般守着的尹谦人，邵医生一脸不可思议：“他需要多注意，他不正常，我觉得他快要爱上唐易了。”

唐劲习以为常：“他手下的人哪个不这样，你到今天才知道？”

邵其轩无语，想了想，很是认同：“也是啊。”

有人敲门。

唐劲应声：“进来。”

尹谦人手里拿了一沓文件，直直走向唐劲，对邵其轩点了点头算是打过了招呼，半点眼风也没给纪以宁，直接无视掉了她的存在。

纪以宁低下了头。

自从出了这件事之后，她就有点怕尹谦人，或者说，除了唐劲和邵其轩以外的唐家人，她都有点怕。她能感受到他们对她的强烈不满，若非有唐易，他们一定不会放过她。

“劲少，这里是这两天急需易少做指示的文件。”尹谦人把文件递给唐劲，“不知道易少什么时候会醒，这些文件不能拖了。”

“我知道了。”唐劲接过文件点了点头，“我来处理。”

正想再说什么，唐劲视线一扫，见到了纪以宁无措的样子。唐劲是多么会察言观色的一个人，心里透亮。这两天她的处境他看在眼里，唐易因她而伤，以她不争不辩的性子，在唐家这个地方会受很多苦。

唐劲拿着文件，抬眼道：“我们出去谈。”

尹谦人跟着唐劲走出病房，唐劲抬手，冷不防用手里的文件敲了下他的脑门：“人家一个女孩子，无亲无故的，本来好端端地生活着，结果遇到了唐易就被他一句话抢过来，她也从来没闹没惹事，你们现在怎么能这么欺负她呢。”

尹谦人有点郁闷："这不能怪我啊。"

是，他承认他立场有点不坚定。以前，唐易喜欢纪以宁，唐易喜欢的尹谦人也都喜欢，对纪以宁一向是客气、恭敬的。可是现在好了，出了这个事，尹谦人看见她就不踏实。他的易少，从小被他们所有人捧得娇生惯养，为了一个女人，竟然差点没命，尹谦人郁闷得都快要吐血了。

"我是不明白易少喜欢纪小姐哪点。"尹谦人毫无心机地说着，"那么多女人从他眼前过，他从来都没兴趣。现在想想，我甚至觉得，或许那位简小姐更适合易少。"

唐劲玩味地挑眉："简捷？"

"啊，"尹谦人指了指唐劲手上的文件，"简小姐前几天还拿了文件过来，提醒易少最近的有些交易要小心。"尹谦人都被感动了，可惜，他家易少从来只当没看见。

唐劲拍了拍他的肩："相信我，以我对唐易的了解，按他的眼光，对那位检察官小姐肯定是不会有兴趣的。"

"为什么啊？"尹谦人好奇道，"同样是救，易少也救过她一次啊，怎么就没像救纪小姐那样对待简小姐呢？"

"你这是什么逻辑，唐易又不是救一个女人就会娶她。"

就在两人谈话的时候，谁也没有注意，纪以宁在背后悄悄关上了病房的门。

人总是这样，人前可以忍耐，人后又是另一个模样，委屈和痛苦都喷薄而出了。纪以宁伏在他身边，静静落泪。在唐家过日子，心上要插得起刀。可是来自尹谦人的这一刀太深了，他们否定了她，令她晓得适合他的女人大有人在。

她紧咬着唇不哭出声，揪紧了他的病服。

蒙眬间，一双手轻抚她的后脑，手指穿过她的长发，一下又一下。

纪以宁怔了怔，抬眼，对上了一个温柔的眼神。

她愣怔数秒，猛地站起来，想叫医生：“他醒了……”话还没喊出口，已经被他抓住了左手，用力拉她入怀。

强势唐易，苏醒归来。

她泪痕未干，他抬手擦掉她眼中的水光：“谁欺负你了？”

以纪以宁的修养与品性，断然不会做出背后告状说人闲话这种事。尹谦人有他的立场，她可以理解。唐易的为人她很清楚，虽然现在一副苍白虚弱的样子，好像一点攻击性都没有，再加上长得漂亮，那张脸看上去就更加惹人怜爱得不得了，但是，这绝对是表面现象，相当具有欺骗性。他醒了，与他共生共存的暴力也一并苏醒了。

纪以宁连忙摇头。

“不会啊，有你在，谁敢欺负我。”

“这样啊。”

唐易点一点头，好像也没有太在意的样子，撑起右手支起身体坐了起来。

纪以宁扶他坐好，心里松了一口气，却冷不防听见一句漫不经心的问话：“谦人他们欺负你了？”

如此精明难缠，哪里像一个病人。

对这一点，她在刚认识他的时候就见识过了。

那时她刚成为唐太太，虽然唐易从来没有要她履行夫妻义务什么的，但到了晚上看到他走进卧室，她仍然想躲，用的借口五花八门，差不多调动了她这辈子全部的想象力。唐易也不说什么，端杯清水一边喝一边看她，喝完了水他就出去了，慢悠悠的样子，也不说话，行为举止都诡异得要死，看得她全身发冷。

后来，唐劲温温和和地劝她：“不要试图对唐易说谎，没结果的。”

纪以宁：“……”

"他不是被你骗过去了，他是懒得拆穿你。"唐劲笑了下，告诉她，"从某种私人生活角度而言，唐易这个人有的时候很散漫的，不了解他的人看见他那个样子，就会觉得他这个人挺变态的。"

唐劲劝她："他现在对你有耐心，所以不会和你玩真的。当他的耐心用尽了，就不会放过你了。"

后来她明白，唐劲是对的。

时光流转，那个不讲道理的唐易回来了。他捏住她的下颌，不紧不慢地开口："我的人是什么样的性子，我最清楚。说，他们对你做了什么？"

明明他才是始作俑者，纪以宁顿感委屈。

"你不知道吗？你们唐家，有一个人很会欺负我。"

他不说话，消了音，一个艳艳的眼风扫过去，明白了她的意思。

纪以宁靠在他怀里，对他指控："那个人，就是你。"

唐易清醒后接受了半个月的精心治疗。虽然身体还没完全复原，但已经没有人把他当成病人看待了。

尹谦人说的是对的，整个唐家都是听他一个人的，无可取代，独一无二。唐劲帮他处理了一些公事，但还有一些事，是唐劲也插不上手的，等的还是唐易的一句话。

纪以宁有时会站在病房外看他，看到他的眼，锋利且薄情。她想起了他受伤沉睡时的样子，脆弱得令人心动，一点攻击性都没有。纪以宁想，大概男孩子的确只有从小生活在一个比较特殊的环境里，才能具备他这种兼具缠绵与杀性两种截然不同的气质。

这一天傍晚，尹谦人走进病房，把文件交给唐易过目。

唐易这几天静得很，话不多，吃药、睡觉，偶尔工作。也许是重伤未愈，令他沉静了很多。他不说话，身边的人也不敢说话，邵其轩进来给他换药的时候被这沉静的气氛搞得大气都不敢出。

尹谦人走到他身边，把文件交给他，垂手站定听他吩咐。唐易接过文件，一页页翻过去，漫不经心地问下去。

“和 G 市唐涉深方面共同控股的合作提议，唐涉深的态度是什么？”

“很明确，唐涉深对我们的资金来源没有兴趣，他只对他手里 SEC 的利益感兴趣。”

意料之中。

双方都是利益最大化的高手，当行家遇到行家，话讲三分就足够通透了。

唐易吩咐道：“替我送份礼过去。”

“嗯？”

“听说他最近喜得千金，场面上的礼替我送过去。”

尹谦人立刻明白，点一点头称是。

唐易抬头，一笑：“辛苦你了。”

如此温情，令尹谦人全身一凛。

唐易忽然问：“谦人，你跟了我多久了？”

“十九年零三个月。”

唐易笑容动人：“你记性真好。”

这么诡异的唐易，是个正常人都受不了啊。

尹谦人有点求饶地喊了一声：“易少……”

唐易温情的声音响了起来：“这次你去 G 市办完事之后，我放你假怎么样？你可以环游世界，了解各地民风民俗，促进各地交流，为和谐事业做点贡献。”

“……”

老大，他又不是日理万机的领导人，需要交流什么啊。

唐易忽然想到什么，建议道："这样吧，你去唐家农场度假怎么样？"

唐家农场是个什么地方呢？简单地说，就是个鸟不拉屎的荒岛。早在多年前，某个只有双方当事人知道的原因之下，尹谦人就被唐易权力架空过一次，彻底体会了一把被流放的痛苦滋味。

刚开始，他还心存侥幸，安分守己地去了唐易叫他去度假的农场，心想不久后唐易总会召他回去的吧。于是，尹谦人就每天认认真真地养猪放鸭、砍柴种树，积极劳动，还不忘随身放一本《鲁滨孙漂流记》，以保持思想上的战斗性。结果，三个月之后，唐易派人来通知他：鉴于他对农场的热爱，组织正式决定，让尹先生终生留在农场上劳动。

若非后来他说动了唐劲去求情，唐易根本就是铁了心要架空他一辈子，什么二十多年的交情那全是废话，对唐易而言根本不痛不痒。

以至于这件事之后，尹谦人就落下了这样一个病根——

"易少，您不能这样！太危险了！我是绝对不会让您这么做的！"

"你想去农场？"

"您想怎么做就怎么做吧，我没意见，完全没意见。"

这一次，尹谦人终于知道，他又惹祸了。

他立马鞠躬，恭敬致歉："易少，我错了。"

唐易扫他一眼，好整以暇："你错什么了？"

尹谦人抿了一下唇，他还真说不出口。唐易不喜欢旁人插手他的私事，更不喜欢有人在他面前狡辩。

"怎么，在我面前不敢说了？好啊，你不说，我替你说。"

唐易合上手里的文件，收起慵懒神态，声音冷了三分。

“尹谦人，你对我挑女人的眼光好像很有意见啊？”

这几天，尹谦人对纪以宁的态度来了个大转变，主动请缨，自告奋勇地承担起了接送纪以宁上下班的任务。

纪以宁推不掉，暗自叹气。美术馆离医院很近，走近道过去只要十分钟，尹谦人开车送她却要绕远路，再加上红灯、堵车，原本十分钟的路程硬是延长到了四十分钟。再加上尹谦人那不可言说的紧张，看到纪以宁就想起唐易那张阴冷的脸，以至于时常把油门当成刹车踩，危险系数华丽飙升，吸引了不少如狼似虎的交警路政。

拜他所赐，纪以宁迟到了好几次，有苦说不出。

她暗自想，忍一忍吧，他好歹是好意。可是后来才发现，麻烦才刚开始。当纪以宁换好工作服出来，看见尹谦人在美术馆里闲逛的身影时，终于被震撼了。

不得不说，同样暴力，和尹谦人比起来，唐易深受上帝偏爱，给了他一个极具欺骗性的外表。唐易往艺术品前一站，周围基本不看艺术品而去看他了。

至于尹谦人呢，他的外表比较符合苏小猫少女时代对异性的审美观。基本上都能符合苏小猫的审美了，那我们对这个人也就可以不抱什么希望了。

苏小猫崇拜的男人从来都是力量型的，比如她小学时住在村口的张哥，那肌肉、那线条，再配上一把锋利硕大的柴刀，简直气壮山河，完美展现男人雄性的力量，用一句武侠小说的台词形容就是：“好一条顶天立地的大汉！”惹得苏小猫一颗春心萌动得不得了，天天跑去蹲点，仰望偶像姿态。所以说，唐劲能在最后把这货叼回窝实在是手段了得，因为唐劲完全不符合苏小猫对男人的审美标准：壮！ Man！

尹谦人呢，就非常符合以上标准。这样一个人忽然走起文艺路线来，很销魂。尹谦人二话不说办了 VIP 卡，成了贵宾，光明正大地陪在了纪以宁身边。

整天被这么一个男人跟着，纪以宁终于忍不住了："尹先生，你到底有什么事？"

尹谦人含蓄一笑："我最近对欧洲艺术感兴趣，想和您一起探讨。"

纪以宁无语了，只能作陪。

于是，两人开始欣赏艺术。

尹谦人很热情，纪以宁很崩溃。

"哈哈哈！纪小姐！这幅图画我懂！这是荷兰名画《星月夜》！凡·高创作！"

"不是的，这画的不是星空，是南瓜地。"

"……"

"而且，纽约现代艺术博物馆里才有凡·高的那幅《星月夜》，我们这里是不可能有的啊。"

尹谦人摸着下巴做深沉状："经你提醒，我想起来了，这应该就是传说中的后印象派吧！"

"不是的，这明明就是普通写实派啊。"

同志们，不要笑，请不要嘲笑，身为一个艺术文盲，做得出鸡同鸭讲这种事，已经勇气可嘉了。

尹谦人立刻亡羊补牢，积极赞美："纪小姐，您真是博学多才啊！"

纪以宁坦诚相告："这不是博学，这是基本常识啊。"

尹谦人先生的第一天文艺之路就这样失败了，纪以宁在心里松了一口气，在他离开时本着职业精神对他说："欢迎下次光临。"

第二天，他竟然真的再次光临了！

纪以宁瞪大眼睛，难得地蒙了。她昨天跟他说“欢迎下次光临”，真的只是说说而已啊……

尹谦人铁了心要跟她谈艺术，纪以宁想，好吧，谈就谈吧，以她的耐心也不会出什么大问题，没想到几天以后，另外的问题又来了。

纪以宁的工作说到底是服务行业，顾客至上，艺术见解这种东西从来都是因人而异，意见不同有分歧那绝对是正常现象，遇到同好间的辩论那简直是人生一大快事。

可在尹谦人眼里就不是这么一回事了。

有没有搞错？你们活腻了吗？！我们易少的女人亲自来为你们讲解你们居然还敢有意见？！这不是不把我们唐家放在眼里吗？！

纪以宁的忍耐力终于到了极限，一把拎起尹谦人的衣领拖着他就往外走。

“你——”

刚想训他，只见尹谦人一张苦瓜脸，纪以宁一下子又心软了。

尹谦人为自己叫屈：“我已经很努力了，这几天从二少爷那里借了一百多本艺术书啊，每天都通宵背诵的。”

纪以宁想，唐家的人是不是都那么……神奇啊？她以前看见苏小猫口袋里每天都会放本名人语录的册子，时不时拿出来背诵一下，已经觉得很神奇了，没想到还有比苏小猫更神奇的。

“你背这个，做什么用啊？”

“为了和你聊天啊。”她觉得他神奇，尹谦人还觉得她更神奇咧。一个二十一世纪的女人，怎么就没半点新世纪的爱好呢，活像中世纪穿越来的，和这种女性聊天真是苦死他了。

纪以宁开门见山：“你是不是有事找我？如果有事的话，你直接告诉我就好了啊。”不要再去亵渎神圣的艺术了……

尹谦人简直泪流满面。

他是没办法了才来找她的，之前他已经找过了唐劲和邵其轩。那两个男人前所未有地站在同一战线上，有志一同地只当没看见，置身事外的态度一览无遗。开玩笑，唐易的私事，明哲保身才是上策。

尹谦人老脸一红，吞吞吐吐。

“纪小姐，我知道错了。您能不能原谅我？能不能帮我去跟易少求个情？”

“他把你怎么了？”

“他要我去劳动改造，还要我在那个荒岛上修完你修过的所有文艺课程。”

尹谦人捧着良心，对她忏悔：“劳动改造也就算了，可是他要我一个学兵器工程的人去修文艺课，我是真的很有心理障碍啊……”

Chapter 05

有欲又纯情，多么复杂的调调

她拒绝不了唐易对一个女人的有欲，更拒绝不了唐易对一个女人的纯情。

这一晚的月光很盛，纪以宁走过庭院时，脚下一顿，转身回望，背后的暗影下落满了白色的小香花，叫她心里一软，生出几分欢喜来。

记得彼时唐易最不喜她深夜独自在园中漫步，因为凉意太盛，侵扰身体。他不喜欢，却从不言明原因，见一次阻一次，抓起她的手就往房内走，动作强硬，不容反抗，任她把委屈写在脸上，也从不辩解。只是回房后从不忘给她手中塞一杯热可可，将她的双手裹入他的掌心，叫她分不清眼前这人到底是薄情还是深情。

近来她总是很想他，可是越想就越不敢轻易靠近。见他便会情动，一切思维与动作便都由他控制去了。好些日子了，她都没有好好见过他。她尚未理清心中所想，刻意回避了他，只在晚上握着他的手，整夜整夜地陪。

他终于不再放任她对他的回避。

他打了个电话给她，平平静静地问她：“纪以宁，你是不敢见我，还是不想见我？”

没等她回话，他就开始了蛮不讲理：“如果你是不敢见我，我今晚会派人把你绑到我面前；如果你是不想见我，我现在就会派人把你绑过来。”

她听得很无语，跟这个男人简直没有任何道理好讲。

“今晚吧，”她说，“我，一直想见你。”

来到病房门口，纪以宁抬手敲了敲门。

“我可以进来吗？”

门内没有声音。她静静地等，心湖微动。

冷不防从房内伸出一双手，扣紧她的左肩，用力挟她进屋。巨大的关门声从她身后传来，再睁眼时，她已被他罩住。

唐易居高临下，堵住她：“你对所有人，是不是都是这样？”

有感情，却从不轻易示人。她的礼教太完美，有时他甚至怀疑她是否对他有热情。男人与女人，彬彬有礼固然是好，但原始的炙热才是艳丽之始。从此他就开始了，不惜一切手段，从她体内诱起对他的热情。

他俯身，直视她的眼：“纪以宁，我真的很好奇，你这个样子是从小养成的，还是只对我这样？”

她微微笑了下，以柔顺化解他的攻击性。

“是我不懂事。我这样说，不是敷衍你的。”她看着他的眼睛，温婉是她的力量，驱散了他的咄咄逼人，“我对你做过很多不应该的事。以后，甚至最后，希望我可以对你做‘对的事’。用一句话说就是，‘谁要是走了一整天，傍晚走到了，那也该满足了’。”

彼特拉克式的抒情，由她口中讲出来，叫人心里一软。

他俯身，薄唇欺压上她。

她瞪大眼睛，直觉想推他。

“别动，”他利用她的弱点，得寸进尺，“我身上还有伤呢。”

她瞧他一眼，嗔怪：“病人就该有病人的样子。”

“好啊，”他从善如流，娇弱得很，“扶我去躺着。”

难得他肯听话，纪以宁搂住他的腰，扶他去床上躺好。却不料，人没躺好，诱惑先来了。他眼明手快地一把扯住她的右手，顺势将她拉近身。她跌坐在他怀里，再想起身时，他已经不给这个机会了。

纪以宁撑起身体：“你这个人……”

来不及讲完话，他已经将她欺压在身下。手指穿梭在她散开的长发中，一下又一下，声音自他唇边响起，低哑而性感：“纪以宁，你在躲我吗？”

她被他问得一顿，最后坦诚相告：“不是躲，是需要一点时间想一些事。”

唐易问得慢条斯理："如果我不喜欢你这样子呢？"

纪以宁很无语："你不能尝试喜欢吗？"

"不能。"

斩钉截铁的两个字，伴随着他的动作一同而来。

唐易俯下身，薄唇欺压上她，右手托起她的腰，迫使她迎合。他在她倏然睁大的眼里看见她的一丝慌乱，印象中该有的反抗却没有一同而来。他生出些兴趣，松了下力道："不反抗？"

她摇摇头。

他猜度她的心思："以为我有伤在身不能对你乱来？"

"……"

还真被他猜准了。

唐易顿时笑了。

"太单纯了啊，"他摸了摸她的脸，话锋一转，"不过我喜欢。"

室内只亮着一盏灯，橘黄色的光线撒下来，有暗暗的温暖在浮动。她感到他的手指滑入了她的裙摆，手指微凉，引得她一阵战栗。他伏在她颈项，靠近大动脉的位置，令她总疑心他会咬断它。这个男人如此强势，连喜欢一个人都好似战争，有进攻，有妥协，叫她常常担心她不敌他。

慌乱中她下意识地揪住了他的左肩，手指下传来一道伤疤的触感，纪以宁顿时就清醒了。她忽地放开他，这才记起，是她伤了他，令他从此不完整。她的抱歉喷薄而出，几乎扼杀这一段感情。

"你……"疼吗？

他按住她的后脑，一字一句，他的声音注进她心底："这具身体上所有的伤，你都没有责任。"

纪以宁眼底微湿。

她想起她曾经是多么盲目的一个理想主义者，在伦敦剑桥同人讲：这一生，你问我想要什么，我的答案是信仰的存在；你问我如何要，我的答案是我会将自己变得更好，然后等它来。

曾经她以为这就是她会有的一生。可是她没有等到她的答案，却等来了一个唐易。这是她很难去懂的一个男人，就像插在新约和旧约之间的空白页，行走在两种世界的边缘，有欲又纯情，多么复杂的调调。

纪以宁终于愿意承认这件事。

她拒绝不了唐易对一个女人的有欲，更拒绝不了唐易对一个女人的纯情。

雨散云收，纪以宁有一刻几乎喘不过气，像窒息。

等她缓过了呼吸，发现正被唐易抱着，他的手搭在她胸前，摸着她脖子上的一块玉石。深褐色玉石，不规则形状，精巧，很小，放在他手里几乎都感受不到重量，是她唯一随身佩戴的饰品。

从相遇那天开始，他就送过很多礼物给她，她总会礼貌地收下，对他说“谢谢”，只是从不见她喜欢。后来他终于明白了，她的“谢谢”只是礼貌，并不带心。只有这块玉石，从他送给她开始，她就一直戴着，细细的红线缠绕在她白皙的脖颈上，像是要缠到地老天荒。

有谁知道呢，这块玉石原本是他的，母亲在他很小的时候为他戴在身上，对他讲：江湖中存活，有时会信命，将命托出去，保一分平安。很多年后他遇到她，她不听话，差点出了事，他带她回来，盛怒之下夺了她作为女孩最宝贵的一部分，惹她高烧。他也不道歉，只是在阳台上抽了一整晚的烟。清晨渐亮的时候，他扯下了脖子上这么多年来随身携带的红线玉石，折返回屋，握起沉睡中的她的手，把深褐色小石放入她手中，让她握紧。他不抱希望她会懂，他甚至没有叫醒她，什么话都没有说，就起身离开了。

天不负他，她竟然懂。

他仍然记得，某天看见她洗澡时，那根缠在她脖子上的红线那么清晰，他定定地看了很久，最后只见她对他微微笑了下，摸了摸脖子上的玉石，说：“是你给我的吗？我很喜欢呢。”

他走过去，抬起她的头就是深吻。

纪以宁这个人，实在太懂如何用细节侵占一个男人了。

她伏在他胸口休息了会儿，起身披了衣服。再走来时，手里多了两幅画，她递给他。

唐易挑眉：“这是什么？”

“我的道歉。”

唐易难得露出惊讶的表情，低头看向手中接过的画，旋即豁然。的确，也只有纪以宁才会有此近乎雅兴的道歉方式。

“以前在剑桥念书的时候，我的美术老师教过我，如果有一天一个人到了口不能言并且词不达意的地步，那么就只剩下画画这最后一个出路了。”

唐易一笑：“如果看画的人不懂呢？”

“不会。”

她忽然凑近他的唇，在他唇间落下轻吻。

“你会懂。唐易，我知道你懂。”

她给他的，不是贵族气息浓厚的油画，也不是底蕴深厚的水墨画，而是两幅简简单单的铅笔淡彩画。

干净的线条，朴素的色彩勾勒，整个画面呈现出一股清澈平和的气息。唐易忍不住去想她画画的样子。他知道她喜欢在夜深人静的时候画画，橘黄色的柔和台灯下，她坐在画桌前，手里握着最简单的木质铅笔，整个空间里都只有碳素划过纸面的声音。

她在第一幅画里画出了一场相遇。

不是在暗夜天幕下的初次相遇，而是尘埃落定之后，她从沉睡中清醒，第一次见到他的场景：他坐在她对面，玩味地看着她。

“我在刚认识你的时候，一直试图去寻找一种方式，可以完整看透你这个人背后真正的意图与想法。后来我发现，这太难了，所以我没有继续，放弃了。”

根本无法描绘他带给她的那种震撼，她清晰地记得刚认识他时的全部，每一个细节，每一处微动，统统落入她记忆最深处，永不湮灭，可是这一切加起来，她仍然不懂他。

“唐易，”她抚上他漂亮的脸，“我很抱歉。”

他微微笑了下。

“你抱歉什么？”

“我抱歉，从决定嫁给你的那一天起，作为你的妻子，我就放弃了去了解真正的你。”

她应该早些懂的。

如果早些懂他，也就不会伤他至此。可惜彼时纪以宁尚未学会爱人。

记得那一天，她从沉睡中醒转，撑着左手坐起来，一抬眼，便看到他。

好美。

这是她对他最深刻的印象。真的，他是真的漂亮，与他对视，就犹如进入克里特的米诺宫，整个古希腊的传说都为它钟情过，只一眼就能令人陷落。

她看见他坐在一旁的沙发上，姿态闲适，表情慵懒，手里端一杯透明至纯的清水，不紧不慢地喝着。见她醒来，他笑一笑，唇角微翘，落尽诱惑，问一句：“醒了？”

她点一点头，想问他你是谁，我在哪里，这里是什么地方。

不容她开口，他便夺去了主动权。

“纪以宁是吧？”

听见自己的名字从一个陌生男子口中喊出来，她只觉惊骇。

他静静欣赏她脸上单纯的惊慌，等了一会儿，像是欣赏够了，拿过桌上的一沓文件，一页一页地翻。

“纪以宁，二十三岁，纪家独生女，就读英国剑桥，主修欧洲文学，同时辅修西方哲学，成绩优秀而被保送深造，但因家变而放弃深造机会。至于私生活方面……”他翻过一页，语气玩味，“不沾烟，不沾酒，没有夜店记录，没有性爱经验，异性交往几乎为零。”

末了，他像是觉得不可思议，挺有兴致地评价了一句：“柏拉图的信徒，嗯？在这个圈子里长这么大居然连性经验都没有，也算稀有生物了。”

他调查她，在短短的时间内就调查得如此完整。更令她惊骇的是，她不懂这个男人背后的动机与目的。

她睁大了眼睛：“你……”

他放下手里关于她的调查资料，眼神攫住她，她看不清他眼底到底是黑是白。

他笑一笑，单刀直入：“简单地说，我对你有兴趣。”

“有兴趣？”

她有点害怕，这个男人是什么意思？

他很有耐心地替她解惑：“我对你有兴趣的意思就是，我可以替你还债，替你解决纪家如今所有的麻烦。”

她一下子反应过来，摇头：“对不起，我不出卖自己。”

他顿时就笑了。

“出卖？”他有些不可抑制地笑出了声，“你该不会以为我对你这个身体有兴趣吧？”

她说不出话。

他从上至下打量了一遍她的身体，眼神绝对是挑剔的。然后，她听见他慢条斯理的声音响起来：“虽然这么说对一个女孩子而言有点失礼，但我想我还是直接告诉你好了，就凭你这具平平淡淡的身体，又不懂得任何挑起男人欲望的手段，我对把你带上床这种事，兴趣不大。”

她困惑了：“那你……”

他到底想干什么？

男人笑了下，坦诚相告：“我对你这个身体没兴趣，但是，我对你这个人很有兴趣。”

“……”

“对，我要的是你纪以宁这个人。”

话音刚落，他修长的手指便夹着薄薄一张纸，白纸黑字，在桌上移过去，推到她面前停住，她低下头看去，倒抽了一口气。

“你？！”

他不再废话：“和我结婚，你父母留给你的麻烦，我来解决。”

她只听得他说：“我对圈养情妇这种事没有兴趣，我要你留在我身边，做我的女人，就只有一种方法，成为唐太太。”

直到他起身离去，她仍然处于震惊中，没有回神。

他拉开房门走出去，不忘转身告诫：“如果你想逃，就请便。不过，我提醒你一下，我要抓一个人回来不是件难事。我说过了，我对你有兴趣，我不是说着玩的。”

她几乎是不可思议地看着他：“你、你到底是……”

他笑了下，分不清真心还是假意，她只见他整个人都好似浸在光晕里，眩惑得灭顶。听到她的提问，声音里含了一丝颤音，他像是忽然心软，站在门口定定地看了她一会儿，然后折返回屋，缓缓走到她眼前，屈膝半跪在她面前。他伸手摸了摸她的脸，眼里沾染了些柔意，好似宠溺。

“唐易，”他告诉她，“我是唐易。”

……

“那个时候我不懂，一辈子才一次的婚姻，你怎么能如此轻易就决定邀我同行。我以为你只是想玩玩，又或者，你根本不在意。后来我才慢慢发觉，你不是我想的那种人。”

“我不懂你两年前怎么会有那种勇气，只是相遇就敢认定一个女人，就像两年后，我同样不懂你那天做出的一切。”她看着他，看进他的眼底，“我承认，我的道德观和你的有分歧，但是我们可以好好谈的。以后，你不要对任何人极端，包括你自己，好不好？”

唐易一笑，然后拒绝。

“我不会跟你谈。”

纪以宁有点无奈：“唐易……”

她刚想说什么，只听得他淡淡的声音忽然响起来。

“本是寻常女儿家，如何呼唤做血衣？”

纪以宁怔住。

古有田舍子，做不得诗人；今有女儿家，碰不得杀戮。他是明白的，无计可留你。

唐易笑了下，笑容深不见底：“你告诉我，我们该怎么谈？”

纪以宁身形微动，被他冷不防一把抱紧。

“我懂的。”他知道，他太知道了，“不极端，我留不住你。”

时光走过两年，直到这一刻，纪以宁才明白事情的真相原来是这样。这个男人为了留住她，第一次赌了婚姻，第二次，就赌了性命。

他是这样认定她，比任何人都清楚唐易去爱纪以宁必将会有婚姻之危，甚至性命之危。

纪以宁看着眼前这个人这个样子，心底涌起些震撼。他认定她，连挣扎都没有试图尝试过。她在欧洲的大教堂曾经见过虔诚的信徒，双手合十念诵：除了信仰，我不亏欠任何人。纪以宁虽虔诚，但也自问做不到如此，所以她是羡慕的。一个人要如何认定信仰，才能生出这孤注一掷的力量？而今她遇到了，他做到了，并且他的信仰，正是她。

纪以宁眼底微湿。

感情像圣城，越神圣，越重伤。

她靠在他怀里，生出些属于女性的情绪。

“唐易。”

“嗯？”

“谦人对你挑女人的眼光不敢恭维，我也是。”

唐易笑了起来。

纪以宁神色未动：“我是说真的。”

唐易不置可否，抬起她的脸，视线交缠。

“你是在否定我，还是在否定你自己？”

“你说呢？”

“我不好奇这个，我好奇的是，你有理由吗？”

“我有。因为小猫。”

唐易难得地表现了一下讶异：“嗯？”

“因为小猫，”她在重复，也在确认，“在唐家已经有了苏小猫这样的女性的前提下，你竟然还能非纪以宁不可，从某种程度而言，我是佩服你的。”

那个女孩子才是真正的眩惑。她带来一种不可思议的生命力，正面冲撞每一个内心，无所畏惧，娇小身躯之下，有磅礴大气的底色。

纪以宁仍然记得她第一次见到苏小猫的情景。

那是在一个冬日，她在唐劲家做客。唐易给了她满腹心事，即便她不说，唐劲也明白。唐劲对她有些同情，也有些怜惜。恰有机会，两人对谈了一整个傍晚。

入了夜，换了环境，她不习惯，始终不得睡。最后索性放弃了睡眠，为自己泡了一杯热茶，靠在卧室窗边，静静看了一夜窗外落雪。她爱雪，觉得它蓬松、可爱、调皮，却不张扬。这样的场景里，是值得赤足在雪地里走上一圈才算惬意的。天不负她，落下一夜快雪给她看。而她负了自己，直到天亮，也始终没有下楼靠近雪地。

就是在那个时候，有一个人做到了。

天际微亮，她听到楼下有人发出一声赞叹，她望下去，看见了一个娇小的身影跑到了庭院。

是个女孩子。

显然是刚睡醒的样子，披了件睡衣，柔棉质感，如雪地般松软，齐肩长发披散在她的肩头，带着几分惺忪。她好兴致，冰天雪地，也不怕冷，赤裸着双脚踩在雪地里，踩下去的时候发出清脆的声音，留下一串密密的脚印。

纪以宁唇角一翘。

不谙世俗，竟敢以如此面貌把自己暴露在镜头下。

然而下一秒，她就见她踮起脚嗅了嗅雪夜中盛放的蜡梅，然后忽然一口咬住，花的清香、雪的味道，一起被她放进了嘴里，吃了满满一大口。纪以宁只看见她唇边的白雾，沾着几片飘落下来的蜡梅花瓣，她伸出来舔雪的粉色小舌尖，闪着晶莹雪色。

纪以宁看入神了，颇为震动。

她看见她唇上沾上的花瓣，只觉这才是古人说的，道是梨花不是，道是杏花不是，白白与红红，别是东风情味。

是真的，连她都在武陵微醉了。

她看着楼下的那个女生，忍不住要喜欢，把无声的赞美送给她。品雪尝花，饮露喝雨，这些兴事，没有些天分是做不来的。当纪以宁还没有那么大的时候，已经被礼教束缚了，于是此后人生都失去了肆意洒脱的本能。

纪以宁放下了手中的茶杯，想下楼与她聊一聊：你是谁？

不等她移步，便有人为她解开了谜。

她看见唐劲从屋内走出来，脚步有些匆忙，手上拿了件厚外套，显然也是刚醒的样子。唐劲早晨低血压的情况比较严重，但发现身边人不见了，仍然追了出来。看着他的身影，纪以宁莞尔。她已经知道楼下的那位小姐是唐家何人了。

她看见唐劲一步上前，把小猫裹进大衣里，又拿了棉拖鞋叫她穿好，他俯身搓着她通红的手，数落她："你是傻的吗？半夜三更才回来睡觉，天不亮就醒，醒了就跑出来挨冻，挨冻还不穿鞋，你这个单细胞，到底是不是碳水化合物做的啊。"

苏小猫一本正经地纠正他："我不是单细胞，我是有丝分裂形成的。"

唐劲无语，看见她唇间一片通红，皱眉："你刚才吃什么了？"

苏小猫笑笑，抓了一把雪给他，想想还不够，又摘了两朵蜡梅放在雪上做点缀，笑得一脸童叟无欺，问："你试试？"

唐劲觉得头疼。

以前在唐家，他有个哥哥，喜欢挑战自我，把剧毒当食物尝；现在这里，他有个老婆，吃的东西更加匪夷所思。

她唇角沾了一片蜡梅花瓣，她伸出舌尖想把它舔进嘴里吃掉，这个画面忽然让唐劲一阵心动。他出手，扣住她的后脑，低头就深吻了下去，强迫缠绵，将那一片花瓣也卷进了两人唇间，清香四溢。

纪以宁莞尔，知趣地离开窗边，不打扰楼下这美好安静的一刻。

……

“唐劲好眼光，懂得在苏小猫尚不谙情事的时候教会她爱，从此生活充满乐趣，生命不再孤寂。”

唐易淡淡地道：“你觉得自己不够好？”

纪以宁没有正面回答。

“台湾有位先生，他做佛坛演讲，也做酒吧 DJ，说两者都讲究起承转合，演讲里有故事的反差，音乐里有音色的反差。但某一天他在垦丁表演时，才发觉生活才是最大的反差：前一天在佛光山演讲，后一天在垦丁放电音。”

她笑一笑，道：“你看，这样的人生才是有趣的。无论身处何地，即便世间环境上下跳痛，也不妨碍成全自身的精彩。当然，文学作品需要适度的想象空间，所导致的说法也因人而异，但总会有些道理在里面的。你、唐劲、苏小猫，无一不是这样的生命。只有我不是。”

“哦？”

“我不是，”她诚恳地告诉他，“我很清楚我自己。从本质上来讲，我是一个比较无趣的人。做朋友的话，或许这种无趣还不会太明显，但做夫妻的话，天长日久，这份无趣的力量就会非常大。”

她淡淡地告诉他一个故事：“记得当年，家里出事，父亲去世，我和妈妈凑齐了五百万，准备去还债。然而，就在这一晚，有一位叔叔来向我们借钱。他被我爸爸连累，欠债五十万。我妈妈拒绝了他，因为我们家欠了两个亿，已经自身难保。后来，我偷偷拿了五十万给他，送走他后被我妈妈发现，她立刻打了我一巴掌。

“挨打的是我，哭的却是她，大概我这样的性格太让她失望了。于是那一晚，我没有再解释。其实我的想法很简单，我们家已经欠了两亿，多还五十万少还五十万又有什么关系呢，反正一样是欠。但是叔叔家就不同，他只欠五十万，还上了就可以结束这场无妄之灾。可惜这个解释，不是人人可以接受的。

“还有一次，我问小猫，如果有人同她讲，明天就是世界末日，她会怎么办。小猫说：‘凭什么有人说是世界末日我就一定要信？凭什么我要为这一句也许只是他人信口开河的话去烦恼？我活得好好的，干什么要听信别人而不信自己？’那时我才知道，小猫的答案是从根本上推翻了假设，她有勇气质疑一切，自己永远不为难自己。而我就不会，我会认真对待这个假设直到为它焦虑，尽管连我自己都不明白这种焦虑究竟值不值得。唐易，你看，这就是我和小猫的不同。

“这其实是一个心理测验，测试显示我是一个对待生命比较消极的人。而你、唐劲、小猫，都不是。”

“所以，我一直是为你惋惜的。”她的声音淡淡的，眉宇间落满孤寂，“世间灵动女子何其多，而唐易赌上性命，只要了一个最平淡的纪以宁。”

她说完后，有一段长久的沉默。

直到他玩味的声音响起：“你在我面前把自己全盘否定了，你在怕什么？”

纪以宁揪紧了他胸口的睡衣。

他是永远能懂的。她有时甚至不确定，他懂的是她，还是对所有女人都能懂。一想到这样的可能性，她就坐立不安。她搂紧他，或多或少，想要占为己有。

唐易拍了拍她的背，柔声安慰：“以宁。”

“你不要说话，你先让我说完。”她打断他，连声音都带上了焦虑，“这个世界上，悲剧有很多，但也是有不同的。有一些悲剧可以撑过去，有一些却不可以。而我所不能承受的，就像一个故事里说的那样，有一个人被众神惩罚，把一块巨石推向山顶，过程艰辛而漫长，但是石头一旦到达山顶，又会立刻自动滚落下来。周而复始，完全有理由相信，没有比这努力却无望的过程更令人心灰的了。”

加缪写西西弗，写出了她心底的恐惧。

“唐易，”她抱紧他，“不是所有人都有这样子的天分，相信自己才是自己生命的主人。几千年前的奥林匹斯山巅，也不是所有人都可以成为滚石上山的西西弗，愉快地唱着歌，不知忧烦，不问明天。”

这是真的，一个人乐不乐观、坚不坚持、撑不撑得过去，是要有天分的。世界是荒谬的，感情更荒诞，“爱”这个字值几斤几两，如何衡量?

她附在他耳边，诉说一场心事：“我否定我自己，是因为我不想将来被你否定掉。我不想有一天，唐易忽然后悔，后悔纪以宁不值得他赌了婚姻与性命来要。”

人，一旦动情，就会产生原罪。她已有私心，让唐易成为任何女人的不可得。

她抱紧他不放，也不懂得得寸进尺。

彼时唐易评价纪以宁，不懂得任何勾引男人的手段，生涩得要命。时间过去两年，她仍然未变，不懂得要他的承诺，也不懂得保护自己。把自己全然打开让他看，一点心机都没有。都不明白在感情里，一旦让男人抓住女人的弱点，她就败了。

幸好，纪以宁遇到的是唐易。

他忽然伸手欲解她的睡衣纽扣。

纪以宁受惊，握住他的手，阻止他的动作："你做什么？"

唐易一笑："信我吗？"

她抿了抿唇，不好反驳。心里一软，松开了手，任他为所欲为。

他一颗一颗地解开纽扣，睡衣掉落的时候，纪以宁一阵战栗。一件羊毛裙适时地披在了她身上，他替她缓缓拉上背后的拉链，顺势抚过她的脸："你不再躲我了，我好喜欢。"

她看着他，不懂他意欲何为。

唐易微微笑了下："你见过吧？"

"什么？"

"你第二幅画上的内容。"

纪以宁脸色微红："无意中见到的。见过一次，你在书房，一个人在深夜跳拉丁……"

只见过一次，记忆就永不湮灭。她把它画了下来，画画的时候甚至还能感觉到那种惊心动魄的韵律。

唐易淡淡地道："以后，你不要看。"

她怔住。

他伸手相邀："忘掉它，我带你重新跳一场。"

如此诱惑，怎么可能逃得掉。

来不及深思他话中的深意，她已经抬起左手，放入了他的掌心。唐易笑了起来，握紧她的左手，用力一带，她便落入了他的怀抱。

深夜，两个人。

没有音乐，没有观众，没有掌声，只有他和她两个人。一支圆舞，你来我转。童话世界里的舞会，最常见的就是圆舞曲。他有一种力量，令她好似过度醉酒，对他上瘾得厉害。

她贴着他的胸口，道："我以为你会带我跳拉丁。"

唐易摇摇头："我的拉丁不适合你。"

“为什么？”

“因为它不快乐。”

纪以宁动作一顿，想起昔日唐劲与她的谈话。

“你见过唐易跳舞？”

“偷偷见到的，他跳得好漂亮。”

“以宁，如果下一次你看见唐易一个人在跳拉丁，就离他远一点，不要在那个时候靠近他。”

“为什么？”

“因为危险。”

“我不明白。”

唐劲没有多说什么。这是一个禁忌话题，连唐劲也避讳。

“举个例子吧，”他低声告诉她，“唐易最近一次独舞，是在我爸爸被人害死的那一年，一整晚，他一个人沉迷其中。第二天，他就行动了。”

它是信号，是唐易挑断底线的信号。每一场拉丁之后，都是悲伤。

拉丁这回事，在唐易这里，和暴力相关。

……

唐易搂过她的腰，贴身相合。

“我以前想，这个世界上会不会有这样一个人。她和我是两个极端的对立面，不懂得任何手段，也没有任何妄想，就算全世界在她面前轰然塌陷，她仍然可以做到不怨恨。在感情里也是这样，不懂得伪装，暴露弱点，也不明白这只会让男人更轻易地攻陷她。这样的人好似童话里才存在，成人世界里，我不抱希望可以遇见。

“可是最终，我遇到了你，纪以宁……”

他笑了起来，非常非常满足。

“以宁，勇敢一点，你的生命不会因对我有期待而从此黯淡，更不会有那么一天，你被我否定。”

因为——

“你是我生命里最后一个童话。”

纪以宁独自忙了几日。

她将庭院中盛开的鲜花小心地剪下了一些，制成干花。又不知用了什么技巧，保留住了花香，装入锦囊中。这是细活，需要耐心，还要有好手艺。几个侍女本想帮忙，做了几次后羞愧地放弃了，这活儿需要有经验和天分的人来做，除了纪以宁之外，唐家无人可帮。

她将它送给了尹谦人。

“这种香味可以安神，你不用随身携带，睡前放在床头就可以，不会有麻烦的。”

纪以宁见过尹谦人身上的枪伤。腹部，一道重伤，触目惊心。她隐约听唐劲提起过，当年唐爷遇害，唐易也在现场，身边站着尹谦人，两发子弹同时打向他们父子俩，结果尹谦人做出了本能选择，抱住唐易挡在了他面前。

结局就是，唐爷死，唐易活。

纪以宁想了很久，一个人对另一个人而言，究竟要到怎样不可以失去的程度，才做得到尹谦人这样的本能反应。

尹谦人有些尴尬，脸红了起来：“您不用客气。”

纪以宁搓了搓手，掩饰局促：“我知道，你身上也有旧伤。正好顺手，送你这个，旧伤发作起来也能睡得好一些，也当作是弥补我对你的歉意。”

尹谦人接过。

花香四溢，他看了一会儿，忽然道：“我啊，从十岁开始就跟在易少身边做事了。”

纪以宁静静地听。

尹谦人的声音很低哑：“对我们这样的人来说，金钱、权势、感情，都算不了什么的。什么最重要？是命。你懂吗？没有命，就什么都没有。”

纪以宁知道，站在唐家之外的她，没有经历过腥风血雨，是没有资格回答这个问题的。于是她“嗯”了一声，表示她对他的话即使无立场发言也在很认真地对待。

尹谦人的声音越来越低，越来越哑：“所以，你知道他对于我们的意义是什么吗？呵，你不会懂的。这么多年来，他一个人撑住了唐家上下这么多人的性命。这其中的意义，你不会懂。”

那一刻，纪以宁呼吸一窒，确信自己是犯下了滔天大错的。

唐易在医院住了一段时间，偶尔，纪以宁也撞见了几次他动怒。

沉默、不留余地。

文件自他手里砸出去，砸在地上，发出沉闷又尖锐的撞击声。他的人都不辩驳，鞠躬致歉，那么顺从，没有一点反抗性。

纪以宁见不得这样子的压迫性，夜深人静时，也会忍不住数落他：“你好不讲道理。”

他点点头，承认：“是这样子的。”

纪以宁气短：“你凶起来那么凶，小心大家以后都受不了你。”

唐易顿时就笑了。

拉她近身，他环住她的腰，仰头问她：“你在担心我吗？”

纪以宁呼吸一顿，感受到他不安分的手正滑入她的裙底。她推开他：“鬼才担心你。”

唐易大笑，欺压上她，从善如流地给出一句建议：“也对，你还是担心一下你自己比较好。”

说完，就缠上了她。

过了几日，纪以宁和唐劲聊天。到底还是担心那个家伙，纪以宁劝道："有时间的话，还是要好好劝劝他，把性子改一改，不要那么激烈。唐家的人再听从他，他长久那样子，也会受不了。"

"不会的，"唐劲像是听到了不可能的事，笑了，"这种事永远都不会发生的。"

纪以宁惊讶地问："为什么？"

"你知道唐易对唐家而言，意味着什么吗？"

多么相似，尹谦人也问过她这个问题。这一次，她仍然只是摇了摇头。

唐劲看着她，告诉她："信仰。"

纪以宁心上一颤，没有说话。

"我很难理解，"她坦诚相告，"我所理解的信仰，是更普通意义上的那一种。从传统意义上来讲，世界文明的开始就是有信仰的，即便在公元一世纪野蛮的政治标准下，杀戮和流血数量惊人而残酷，信仰也始终不灭，一世一代的人走着朝圣的路，从不停止自问与追寻的脚步。那太恢宏了，我始终认为，那和你所说的不是一件事。"

"其实，本质是一样的，"唐劲温和地对她讲，"'信仰'存在最重要的意义，是为了让自己愉快、满足、有意义、知道为什么活。"

"他可以让你有这样的意义吗？"

"他可以。"

夜风里，唐劲谈起过去："我八岁那年，被父亲带回唐家。当时我爸爸告诉我，我有一个哥哥，如果我想在唐家好好活下去，就绝对不能和哥哥站在对立面，否则，败的那个人一定是我。"

纪以宁有些尴尬："唐劲……"

"你也认为我爸爸很偏心对不对？"他这么问着，自己却没有生气，"我当时也是这么以为的，我以为我爸爸偏心哥哥，希望我让着他，所以才会对我说那种话。后来我才知道，不是的，不是我想的那样。唐家这个地方，踏进来之后，我就清楚我爸爸为什么会对我说那种话了。不是因为我爸爸偏心哥哥，而是因为唐家所有人都已经被我哥哥收服了。"

纪以宁难以置信。

"很不可思议对不对？"

她的表情似曾相识，他也有过这样的表情："可是，这就是我看到的现实。我看到唐家每个人都对唐易那么顺从，他说的每句话都没有人会怀疑反抗，那个时候我就想，他究竟是怎么做到的？后来我终于明白了，唐易全部的筹码就在于他对人心的把握，他看透人的弱点，然后再出手，被他抓住了弱点，就没有人逃得掉了。"

纪以宁失笑："我不信你有弱点在他手上。"

唐劲太平和了，就像玉一般圆润，握在手中找不到棱角。

男人唇角一翘："以宁，这就是你和唐易的不同了。他看得到你看不到的东西，他的确把我抓住了。当年，他甚至只用了一句话，就让我没办法反抗他了。"

"怎样一句话？"

"说来话长。"

他淡淡地道："当年我爸爸虽然在唐夫人过世之后把我和我母亲接回了唐家，但他碍于身份和面子，从来没有当众承认过我们，直到有一次……"

不轻易有情绪的男人，讲到这里竟也有了些莫名的情绪："直到有一次，在年末的唐家晚宴上，唐易开舞，他忽然走到我母亲面前，弯腰邀舞。所有人都听到他说，'唐夫人，能请您跳今晚的第一支舞吗？’”

纪以宁愣住。

唐劲笑起来：“没想到吧？我当时也完全没有想过他会做这样的事。唐家这个地方讲究的第一要义永远是血统，他是血统纯正的下一任继承人，从他口中喊出唐夫人三个字，就等于向所有人宣告了一件事——他，唐易，承认我母亲的存在。连我爸爸都做不到给我母亲一个名分，唐易却做到了。我不知道他为什么会这么做，是攻心为上，还是真心实意？但都不重要了。我只知道，他这样做了之后，我这辈子都没有办法再反抗他了。

“从此以后，我哥哥对我来说就是比我自己还重要的人了。”

人与人之间的对话，会有一种神奇的力量。

和唐劲有过那样一场对话之后，纪以宁得了许久未有的心绪平静。

唐易渐渐痊愈，回家休养的那一日晚上，纪以宁和他进行了一次谈话。她平铺直叙地告诉他：“以后，我不准你再对自己这样子，不负责任。”

唐易看着她，没有说话。

对上他的视线，纪以宁没有逃避：“唐易，我不会走，不会离开你、唐家、这里。除非将来有一天，你先放弃我。”

她对他道：“坦白讲，‘唐家’这个地方，如果可以选择，我仍然不会选择留下。我留下，不是因为认同‘唐家’，而是认同你。我认同你对一个女人的专注，认同你作为一个丈夫，也作为一个男人，对妻子的包容和谅解。唐易，你让我的道德观对你让步了，如果仅仅去爱就足够的话，那事情就再简单不过了。感情上，我和你同归。”

这是她能够做出的最大妥协。

有原则，有感情，她让他看见了一个有血有肉、饱满生动的纪以宁。

唐易一把拉她近身，用力抱紧。

他很少会有说不出话的时候，但这一次，他什么都说不出来。他赌得太重，以为要输了，最终得她扶一把，让他翻盘。

纪以宁靠在他怀里，柔声道："以后也要对我好啊。"

感受到他更用力地搂紧她几分，她告诉他："唐易，你都不知道你是多少人的信仰，谦人的、唐劲的、唐家那么多人的，今后还有，纪以宁的。"

昔日她看电影，好喜欢中世纪有的那一种男人：我崇尚荣誉，我坚守诺言，因为我是骑士。而今纪以宁终于可以对那年少时代的审美观一笑置之。因有了新的信仰，纪以宁终于舍得同从前的自己挥手告别。

断断续续，唐易休养了三个月。

伤口反复发炎，纪以宁焦急了好几回，每次都不肯假以他人之手，换药都要自己来。她看着他的伤口，揪心不已："怎么就是不见好呢，邵医生说，不严重的话两个月就会好了啊。"

唐易不以为意，不太把自己当回事："慢慢养一阵，总会好的。"

纪以宁最后急了，妄加猜测："要不要换一个医生看看？"言下之意就是：邵医生也不太行的样子……

邵其轩背了好大一个锅，郁闷得简直不想管了。单独为唐易换药的时候，邵医生不冷不热地看着他："让你吃的药没吃吧？叫你禁欲没听吧？你这个人，存心拖着不肯好，要纪以宁为你担心，你要不要脸？"

就这样，唐易很不要脸地拖了一阵，着实博取了纪以宁好一顿同情。直到后来纪以宁都急哭了，唐易才良心发现，觉得不能再这么干了，他太欺负人了。这才收了手，乖乖听话吃药，也好几次禁欲了，伤口一点都不负他的努力，飞速复原了。纪以宁这才笑了起来，唐易为自己可惜了好几天。

清晨，生物钟作祟，纪以宁在六点准时醒来。

揉了揉眼睛，视线还不太清楚，她就闻到了一阵花香。恍惚了好一会儿，这才看清了眼前的一大束布鲁斯玫瑰，娇艳盛放，清晨的露珠还沾在花瓣上，新鲜欲滴。

“一年一次，”唐易弯下腰，扶她坐起来，“生日快乐。”

纪以宁顿时就笑了。

“好漂亮。”

她抱起花束，嗅一嗅花瓣，清香袭人，她喜欢在清晨收到鲜花。

“你什么时候起来的？”

唐易穿一袭黑色衬衫，一身清爽，显然起来有一会儿了。叫了侍女进来，将花插在水瓶中，他抱她起来，摸了摸她的脸：“讨人欢心这种事，当然要郑重一点。”

侍女手法熟练地插好花，转身瞧见她家的易少正抬起纪以宁的脸，欺压薄唇，似吻非吻。侍女红透了脸，含着笑，急急退了出去。

纪以宁如今已经放弃抵抗了，这里是唐家，他的地方，无所顾忌起来从不避讳任何人。她仰头承受了一会儿他的热情，当感受到这份热情渐渐有深入的意思时，纪以宁及时推开了他：“不要，我还有好多事想要做呢。”

小寿星开了口，唐易放开了她，从善如流：“今天想要做什么？”

“想邀请唐劲来家里吃饭。”

唐易一听就兴致缺缺：“你生日，他来干什么。”唐劲又不是没地方吃饭，干什么非得来这里和纪以宁一起吃。

纪以宁推了他一下："你不是连唐劲的醋都吃吧？"

男人俯下身，不怀好意："不止呢……"

见他又有欺负人的迹象，纪以宁连忙止住他："是道歉啊。之前那一次，我对他很抱歉，连累到他了。唐劲没有怪过我，反而还安慰我，我非常感激他。"

唐易不置可否，于情于理，都只能随她去了。

没想到，请客的人给了面子，被请的人却没空。

电话打过去，接电话的人是唐劲的管家，说得吞吞吐吐："劲少和小猫……吵起来了。"

电话那头热闹得很，唐易好整以暇地拎着听筒听了一会儿，权当看戏。

苏小猫绝对是个人才，能把唐劲这样有耐性的人都惹火到揍她的程度。她胆大妄为，一而再再而三挑战唐劲的容忍底线。这阵子不知抽什么疯，为了完成采访敢跟人对赌，对赌的担保方找的还不是唐劲，而是个连唐劲都没听说过的男人，那男人还挺有来头。这下子唐劲是真火了，苏小猫这货是要反了，竟然连碰瓷都不找他了！她什么时候认识其他男人的，还跟人家熟成这样？

苏小猫被这突如其来的一顿胖揍惊得半天没回魂。从前她老拿着唐劲的名义出去狐假虎威，他也从不说什么，现在她良心发现，觉得就算薅羊毛也不能只薅这一只吧，太欺负唐劲了，没想到，她换了个人，唐劲居然还不肯了！

电话那头热闹得很，一顿鬼哭狼嚎，唐易隔着电话都能听到唐劲一声声"苏小猫"的咬牙声。管家对着电话尴尬不已，唐易想了想，这饭是吃不成了，电话也不能白打，就顺手送个人情吧。

"麻烦转告苏小猫，"唐易阴阴柔柔地说，"敢让唐劲不痛快，就会有人让她不痛快。”

管家如实转告。

下一秒，电话那边什么声音都没了。

很快，唐劲心平气和地接了电话，把自己压抑成了一派风和日丽的样子：“谁跟你说我不痛快了？你这么威胁她是什么意思？”

唐易大笑，挂断电话。

苏小猫在那边蹭唐劲蹭得很不要脸：“唐劲！嘿嘿，唐劲！”

唐劲痛心疾首。

他的立场怎么就这么不坚定呢，他怎么就被这种里应外合的小伎俩骗了去呢，他怎么就不能对苏小猫做到如秋风扫落叶般残酷、眼里放出嗖嗖嗖的冷箭呢！

唐劲最后也没有赴约，和苏小猫关上房门解决夫妻问题去了，唐易独自带纪以宁出去吃了饭。

纪以宁很感慨：“没想到唐劲也是一个会生气的人啊。”

“他不是认真的，”唐易递了杯水给她，随口道，“唐劲认真起来，就不会那样了。”

纪以宁好奇道：“那是怎样的？”

唐易一笑：“听过 Franki 这家公司吧？”

“嗯，在伦敦时听过，”她点点头，“国外很著名的一家对冲基金公司，两年前突然宣告破产，好多人为它惋惜。”

“唐劲做的。”

纪以宁惊了一会儿，才回神：“什么？”

唐易不以为意：“它的实控人在某次记者会上对向他提问的苏小猫有了意思，应该是真喜欢上她了，对她很好。那个男人运气不好，那段时间唐劲和苏小猫正在冷战，苏小猫又比较倔强，借着工作逃避家庭问题，接下了这单公司跟踪新闻，每天和那个男人在一起。

那一次，唐劲是真被惹火了。”

纪以宁手一抖，手里的刀叉都掉下来碰到了餐盘。

唐易摸了摸她的脸，笑笑：“所以说，唐劲不是你想象中那样无害的。”

纪以宁不语。

安静地吃了一会儿饭，她又抬头看了一下对面的男人。

唐易撑着下巴看着她：“你偷看我是什么意思？”

“没有啊……”

纪以宁低下头，专心吃饭。

她有些胆战心惊：连唐劲都有那样的一面，那被唐劲当成信仰的眼前这个男人，有心作恶起来，会是什么样子……

吃完正餐，唐易安排了小型音乐会，就在餐厅里演奏。纪以宁被小提琴声吸引了心神，即兴配合小提琴手随手弹了一段钢琴曲。纪以宁许久未曾有这般好兴致，又得出色的小提琴手合奏，心情明亮，一曲完毕，同人握手，礼貌交谈。

“您的小提琴曲太美了。”

“能引起纪小姐的钢琴曲合奏，是我的荣幸。”

“在场的客人只有他一个，太可惜了。您的小提琴声应该被更多人欣赏才对。”

对方笑了。

如此不谙世事，是得人保护得足够好才可以的。以至于她都不知道，客人再少，有一个唐易，分量就够了，合了他的意，会得很多阳关大道。

唐易坐在餐桌旁，侍者端上一杯红酒，他握起酒杯，视线始终不曾从她身上抽离。他看见她抬手将耳旁的散发微微别到耳后，从手到耳，除了婚戒之外再无任何配饰。何其清淡的一个人，底蕴却这么足，内在的力量足以撑起她在这世间立足。

他想起她对他讲过她喜欢的那一种“喜欢”，就仿佛旧时候的男子去见从未谋面的未婚妻，见她在河边洗完衣，抱着衣服踩着石子准备蹚过水去，却被顽皮的小孩泼水弄湿了鞋，她也不恼，索性脱了鞋拎在手里，蹚水过河。旧时候的女子是以在外裸脚为耻的，可那男子见了，却下定决心：就是她了，八字不合也是她。是她不拘小节的率性令他心动不已，说起来，他也有不拘小节的炽烈。同样炽烈的两个人不期而遇了。

自从那天起，他就明白了。她被礼教束缚住了，心却没有。是纪以宁始终有的那一份炽烈，与她表现的对礼法的克制，双重矛盾，才令他心折。他的疼惜由此开始，想为她撑起一个纯粹的世界，令她这一生，对这人间不至于太失望。

Chapter 06 原罪

你的心在这里，我不想伤它。因为我想住在这里，它伤痕累累，我也过不好。

走出餐厅，天色已暗。

唐易裹紧了她的大衣，又环住她的肩，几乎把她整个人搂在怀里："外面冷，小心感冒。"

"嗯。"

纪以宁应声，坦然接受。

旁人见了，暗自笑了。是一直以来都待她好吧，所以他做出这样的动作来可以如此熟练，她显然也已经习惯他了，与他配合如此默契。所谓夫妻，就该是这样子的。

走了几步，几个人影冷不防出现，神色透着焦急。

尹谦人快步上前，压低了声音："他们等了您一整晚，执意要见您，我拦不住。"

唐易没什么表情。

纪以宁知趣地回避，对他道："我在车里等你。"

唐易点点头，拍了拍她的肩："我等一下就过来。"

纪以宁一走，唐易的表情当即冷了下来。熟知彼此的底牌，没必要耍花枪。他略显冷漠地表达立场："唐家和官方打交道，自有一套规矩。至于私交，我没有兴趣。"

眼前几位，正是检察厅的高层，有求于人，不得不来找唐易。

一个看上去年长一些的人上前道："有事相求，不得不麻烦您。唐家愿意出手的话，一句话就可以解决……"

唐易没有兴趣听下去，举步欲走。

"唐易！"对方叫住他，无奈至极，"简捷是一位好检察官，她得罪了人，处境危险。希望你能看在昔日与她的交情上，再帮她这一次。"

唐易拉开车门，看见纪以宁正搓着手取暖。

他关上车门，拉过她的手包裹在手心："怎么这么凉？"

天一冷，她就浑身冰凉。过了深秋，入了冬，就更严重。穿得再多，四肢始终是冰凉的。这两年，他找来众多医生为她调理，也不见有效。

"没事，又不是严重的事。"纪以宁见不得他冷下脸的样子，一怒，就生杀心。她转移话题，"刚才那么多人找你，有事吗？"

"没有。"

唐易焐热了她的手，对方才的事半字不提，无动于衷。

纪以宁点点头，没有过问，把期待留下来："也就是说，今晚你会陪我？"

"不然呢？"他摸了摸她的脸，"你以为我会去哪里？"

他发动引擎离开，黑色世爵如流水般滑入了夜色，将所有的俗事隔绝于外。

"唐易！"

几位年长者眼睁睁地看着他率性妄为，出声想留住他，依然未果。尹谦人抬手拦截，态度不明："不好意思，各位请回。"

"尹先生，"一位年长者看着他，忧虑重重，"你认识简捷，简捷是什么样的人，你该知道的。这么多年来，简捷为了唐家受过不少委屈。她是检察官，可在很多说不清黑白对错的事上，她始终是向着唐家的。这一份情义，唐易不能视而不见。"

"对不起，我无能为力，"尹谦人克制着自己，不动私心，"易少不想做的事，谁也改变不了。"

一路平稳地驶回家中，刚驶入庭院，两人就看见了一旁停着的另一辆车，车前独一无二的金色女神标志在庭院的长灯照耀之下熠熠生辉。

再熟悉不过的车，这是唐劲的车。

唐劲靠站在车门前，没有进屋。他独自一人站着，手里端了一杯茶，不紧不慢地喝着，在庭院橘黄色灯光的照映下，拖出一个长长的暗影。

管家端了一杯热茶从屋内出来，给唐劲换了一杯，再一次道："二少爷，这里风大，不如进屋再等吧？"

"不用了，"他淡淡地婉拒了好意，抬起手腕看了一眼表，"我在这里等就可以。"

话正说着，一束灯光忽然打了过来。唐劲抬手遮了遮眼睛，望过去，就看见那辆熟悉的黑色世爵缓缓驶入了视线范围。唐劲放下手中的茶杯，微微侧身。他要等的人，终于来了。

唐易坐在车里，没有下车。

车内没有开灯，庭院的光线亦不明亮，于是纪以宁一不小心，疏忽了身旁的男人此时的表情已冷下三分。

"唐劲来了，"纪以宁解开安全带，转身看着唐易，有丝不解，"你不下车吗？"

男人敛了下神，收起眼中过于浓重的暴戾，抬手熄了引擎，打开车门，缓缓下了车。

纪以宁是有分寸的人，知道唐劲深夜造访，一定是有重要的事。她与他打了个招呼，然后对唐易说了句"我先进去了，你们忙"，就不再打扰。

和唐劲相反，唐易全然不焦虑，单手摔上车门，也不说话，踱着步子慢吞吞地走过去，存心让人心急。

唐劲看见他终于过来了，刚想开口，却不料唐易忽然抬手，指尖用力，扯开了他的衬衫衣领。衬衫下，唐劲锁骨处的深色吻痕一览无遗，宣告这具身体的主人今天经历了怎样的一场欢爱。

"不错，"唐易一笑，有股暧昧的腥气，"生活滋润。"

唐劲大窘，被他狠狠呛了一下。唐劲不客气地打掉唐易抓着他衣领的手，骂道："神经病。"

唐易笑笑，收回手，不玩了："说吧，这么晚来找我干什么。"

唐劲一脸无奈，摸出口袋里的手机，对着唐易晃了晃："你以为我想啊？简家的人快把我的手机打爆了。"

唐易脸上的笑容顿时就没了。

唐劲知道他什么心思，但到了这个时候，他也不能去管唐易怎么想，只能顾另一边："简海成也算是风评甚好的一代老企业家，和我也有合作，算是有几分交情的。他只有简捷一个女儿，虽然这些年简捷当检察官得罪了不少人，把简海成的人脉都快得罪光了，但他到底还是疼她的，舍不得她受苦。最近，简捷为了查案得罪了三叔，三叔的规矩你懂的，踩了他的底线，不知分寸就该重惩。简捷那个人又不懂得服软，被打了也硬得不得了，三叔今晚派人对她动手了。简海成亲自打了电话给我，我没有办法视而不见。"

唐易只是听，不答，没什么表情，好像这件事跟他一点关系都没有。

"你知道的，简捷她不是什么坏人。"唐劲淡淡地对他道，"这个家伙，抓人、打架，再受伤再流血也不会当回事，好像她的命不是她自己的。对犯了法的人总是叫嚣'死也不会放过你'，然后呢，然后每一次当她知道有被告家人被无辜牵涉、受难潦倒时，又会偷偷跑回去帮忙，都不知道可怜之人必有可恨之处。"

你看，这就是简捷。

"而且，她是真心对唐家好。这次就算我去救她，也是打着唐家的名义去救的。三叔肯放人，说到底，还是看在你的面子上。所以，我总要过来告诉你一声。"

他看着唐易，问："你真的，不再管她了？"

“唐劲。”

唐易终于出声，没什么情绪地开口：“当年我救了她一次，所以她接下来的人生，我都必须负责了是吗？”

“什么？”

“我就这么直截了当地说吧，”唐易的神情很淡漠，“我当年救她这件事，在你们眼里，性质就和毁她清白一样严重是不是？如果你今天说是，那么我无话可说，她接下来的人生，我负责。”

唐劲尴尬：“当然不是。”

唐易的耐性一点点消失：“我知道她本性不坏，所以这几年来我救过她太多次。所以呢，我应该这么继续下去？对，我可以保护她一辈子，可是理由呢？这么做，对以宁公平吗？你想过如果以宁知道这些事，会是什么心情吗？”

唐劲懂了，摊了摊手，表示理解与接受。

“好吧，”唐劲点点头，“我去。”

唐易没有任何动作，连表情都没有。

唐劲按下车钥匙开车门，经过唐易身边的时候，冷不防被人抓住了右手。

他不解，看向身旁的男人：“怎么了？”

唐易扫他一眼：“你已经退出唐家了，惹上这种事，再被人盯上，以后怎么办？”

“没关系，我没事的。”

“你回家。”

“什么？”

“我叫你回家，”唐易按下车钥匙，打开车门，“就这一次。看在你的面子上，我再救她这一次。”

唐易单手搭在车门上，正要坐上车，忽然像是想到了什么，动作顿了顿，转身朝唐劲扫了一眼，语气冷了三分。

“尽挑今天这种日子，你还真是会给我惹麻烦。”

“什么？”

唐劲正不解，纪以宁从屋内走了出来，唤了他一声。

“唐劲。”

唐劲转身，一份精致的生日蛋糕置于餐盘之中，被纪以宁托着放入了他的手中：“人到了，无论如何也要吃过再走。今天我收到的祝福越多，下一年就会越快乐。”

唐劲有点被惊到，终于懂了唐易方才在踌躇什么：“今天是你生日吗？”

“是啊。白天你忙，没有来，本来想早一点告诉你的。”

唐劲顿感惭愧：“那个……”

“没有关系，”纪以宁快他一步，将他的抱歉挡了回去，“还有唐易陪我啊。”

她不这么说还好，这么一说，唐劲更惭愧了。

“那个，”唐劲平日的好口才到了这会儿竟使不出半分，“唐易他……”

“你等一下啊，”纪以宁没有察觉，转身回屋，“我准备了一份蛋糕给小猫，你替我带给她。”

她转身的时候，右手被人一把拉住。

唐易有些用力，几乎将她握疼了：“我和唐劲今晚要出去。”

纪以宁愣了下。

“啊……”

她呆了一会儿，半晌才反应过来，下意识重复了一遍：“要出去？”

“对。”

他既然已经做了决定，就不会瞒她，连失约都必定是正面回应，不留余地，这就是唐易。

纪以宁沉默了一会儿。

一个女孩子但凡遇上了情人失约，总是不好受的，又是生日，有一些小情绪也是可以被谅解的。曾经有很多次，唐易与她缠绵，总会告诉她，你可以对我有情绪，也可以对我过分一点。纪以宁当然知道这意味着什么，意味着，或多或少，她可以活得放肆一点。可是他忘记了，放肆的爱人方式，岂会是纪以宁喜欢的？

她看了他一会儿，走上前，伸手顺着他的颈项摸了摸他贴身戴着的一个十字架颈饰。带着他的体温，叫纪以宁舍不得：“当初把它送给你的时候，就想过它将来定会有它的意义的。”

她将它放入他的衬衫下，声音很温柔，“现在我放心了，有它陪着你，不枉我送你一场。”

三言两语，将所有严重性化解了。

她福薄，母亲过世得早，以至于这世上已无人会教她该如何去做一个好妻子，但“温柔”这件事，也正是从这薄薄的苦难中才生出的。她凭着天分，摸透他，靠近他，最后，成全他。千人万人中，纪以宁只有一个，这独有的温柔也只有这一份。

唐易伸手扣住她的腰，用力一带，低头攫住了她的唇。

辗转反复，耳鬓厮磨。

纪以宁的推拒被全数压下，一旁的唐劲坐进了自己的车里，假装看风景，目不斜视。纪以宁被弄乱了气息：“你还要不要做人的？唐劲还在啊。”

唐易抵住她的额头，两人的距离近在咫尺。

“纪以宁，”他替她舍不得，“不要一次次地给我机会，对你过分。”

她一笑，伸手在他心脏的位置隔着衬衣触了触：“你的心在这里，我不想伤它。因为我想住在这里，它伤痕累累，我也过不好。”

多么聪明的女孩子。

一句话，将旁人需要千言万语也表达不清的情意，讲得这样好。

唐易知道他逃不掉了。

见过一个纪以宁，从此世间女子对他而言再无深意。

这些日子被唐易缠得紧，许久未曾一个人在夜晚独处，纪以宁洗完澡，擦干了头发看了看时间，发现尚早。纪以宁不禁失笑，真的被他惯坏了，分开一会儿，连时间都变慢了。

她原本是个慢性子的人，做起事来自有一套节奏。过去两年，唐易最见不得睡前她这样子，往往在她洗澡洗到一半时就会走进浴室抱她起来。她只当他蛮不讲理，同他气恼数回。他不以为意，存心欺负她不会恨人，将她抱上床，一笑：“用这种方式躲我？换一种吧，改不掉的话，我会让你改掉的。”

后来，他真的改掉了她这个习惯，用卑鄙又缠绵的方法。至于过程，纪以宁每每想起来，只剩下脸红心跳，他是有那个本事令女人没有反抗力量的。

纪以宁擦了一会儿头发，想了下心事，微微莞尔。人与人的际遇，多么不可思议，两年，她和唐易之间竟然有了这么多共同的回忆，交缠得太深，连皮带骨，这一生如何再可能没有他。

掀开床被，纪以宁靠坐在床头，拿了他的书来看。厚厚一本《国际法》，一个字迹或者记号都没有，崭新一如无人阅读。若非某次她无意间见到唐易和人在书房对谈，看见他动怒，随手拿过桌上的这部书砸过去，甩出一句：“一百一十三页第二条，白纸黑字看不懂是不是？”恐怕她至今都不知道，原来他是高手。

唐劲说过的，如果不是高手，凭他那种身份，怎么玩得下去。

纪以宁有些不忍。

唐家、权势、责任，哪一个都黑色压城，哪一个都充满危险。可是她从未见过唐易焦虑。怎么会不焦虑呢？行走在修罗场，一念之间定生死，他哪里来的天分，竟学会了不焦虑。命里的权势，他接受，逆来的责任，他顺受，是这样的决绝勇气，才当得起唐家上下三千人称一句“易少”。

这样一个男人给了她机会，纪以宁无法说服自己不参与他的人生。于是她开始看他所看的书，她相信这种力量可以支撑她跟上他的节奏。

阅读是件辛苦的事，尤其是艰深晦涩的专业性研读。纪以宁揉了揉眼睛，刚看懂了一小节，时间就已过了十二点。放下书，纪以宁忍不住拿起床头的电话，握起又放下，放下又握起。

打给他干什么呢，打给他又能说什么呢？

她从来不是一个多话的人，面对面都难以讲出很多话，遑论是在电话里。这样一个纪以宁，也只有唐易那样真正好情怀的男人才能懂。

终究还是想他，听听声音道声晚安也好。纪以宁按下号码，动作很慢，心跳很快。

电话接通，响了好久，一直没有人接。

纪以宁感觉自己的心一点一点沉了下去。

彼时唐易，曾在她生日的夜晚，温柔陪她一整夜。他甚至会陪她玩拼图，半躺在她身边，看她一块一块把大幅的图画拼起来。当她拼错的时候，他也不帮忙，盯着她不放，不怀好意地笑。她红了脸，道一句“我不玩了”，他不准，偏要来帮她。他也不说话，只是不紧不慢地握着她的手，无声地拿起每一块拼图，落在每一个位置上。两个人，一种动作，她听得见他贴在她背后的心跳，微微抬头，就能吻到他。她不敌这等调情，想收回手，却不得他放手，不仅不放手，连腰都被他一把抱住，这才叫一体同心。拼完一幅图，她如释重负，对他说谢谢，却不料他顺势将她压下，用牙齿咬开她的衣裙拉链，对她讲："我收费很贵。"

这才是唐易。

而今晚，他失约了。

被他那样宠过，连纪以宁也再不得平静。

两个世界的人，若非他始终不放手，她根本碰不到他。纪以宁抿一抿唇，惊慌起来。等了好久，电话终于被人接了起来。

一个声音响了起来，熟悉万分："这么晚还没睡？"

纪以宁握着电话，如释重负，又有了见他的紧张。这一段感情，她陷得深了，终不得解法："你还好吗？"

"纪以宁，"他似有笑意，"你在想我吗？"

她没有说话，独自在电话这头点了点头，仍是放心不下，追问了一句："你在哪里，今天还回来吗？"

"公司，"他言简意赅，声音很稳，"我有点事，今晚不回去了。失约了你的生日，我会记得。"

"嗯……"

他的一句"我会记得"，就让她的委屈与惊慌全体不见了。

挂断电话，躺在双人床的右侧，纪以宁望着身旁空荡的半边，终于对着无人的位置说了心底的话："我很想你。"

城市的另一端。

医院，病房内。

客厅的落地窗前，一个男人站着，手里拿着手机。

穿着白色医生服的邵其轩从病房内走出来，听到刚才的电话声，忍不住腹诽："在公司，嗯？苏小猫那样的人怎么骗都不会有负罪感，但是纪以宁呢，一般人还真是舍不得骗她。"

唐易转身，扫了他一眼，眼神阴郁。

邵其轩声音暧昧："不过也对，你半夜三更英雄救美这种事，还是瞒着以宁比较好。"

"你再敢说下去试试看。"

邵其轩举手投降："OK，我不说了，我不说了啊。"

唐易放下手里的手机，冷淡地问："她怎么样了？"

"你抱她回来的你没看见啊？她身上的伤不少，都是皮外伤，受点痛是一定的。"想起这一晚处理的那些伤口，邵其轩医者心肠，到底不忍心，"我这辈子见过的既能惹事又会保护自己的女孩子啊，大概真的只有唐劲家那位了，打得过就打，打不过就溜，溜不掉就骗，反正怎么样都不会让自己吃亏，小猫真是太经典了啊，简捷跟她完全不能比。"

"这是一种天分，"唐易看了一眼病房里的人，没什么情绪地开口，"我看她不像是有这种天分的人。"

"没有天分也就算了，我看她最倒霉的应该是遇到你，"邵其轩很是感慨，毫无心机地随口说了下去，"你当年无意间救她的时候她才十七岁，你又不是不知道自己长得漂亮，那种十七八岁的小姑娘青春正盛，在鬼门关走了一圈后看见一个这么漂亮的男人救了自己，怎么可能抵抗得了啊，我要是简捷，也肯定想对你以身相许啊。"

时间静静地走，药中安眠的效力渐渐消散，病床上的女孩子眼睫微动。

简捷本就不是一个习惯深睡的人，药力一过，警觉性就都回来了。她睁开眼，撑起左手坐起来，一用力，手腕处的伤口硬生生地被撕开，生疼的滋味让她忍不住闷哼了一声。到底不是柔弱的人，这种事对她并不陌生，缓了一会儿，独自撑了过去。她翻身下床，找到医药箱，自己动手重新包扎好伤口。

四下望一望，她这才注意到身在何处。

这间私人病房她并不陌生，这些年得人庇护，来这里的次数不算少。这一次，又是他救了她？

简捷沉默半晌，拍了拍自己的脸，强迫自己清醒，然后拉开病房门走了出去。

"醒了？"

客厅里，一个男性的声音突兀地响起。暗夜里，音质更显清冷，透着凉薄的底色。

这般声音，这般态度，唐易，自然只会是唐易。

简捷深吸一口气。

命运和她开了一个荒诞的玩笑。如果当年她没有遇到唐易，必死无疑；可是当年她遇到了唐易，现在却是生不如死。

"啊，"她抓了抓脑袋，把本来就凌乱的长发弄得更像个小鸟窝，"不好意思啊，这次又麻烦你了。"

唐易扫了她一眼："你也知道你这是在给我找麻烦？"

他的声音里有那么明显的不耐烦。简捷沉默地走到一旁的吧台边，给自己倒了一杯龙舌兰，不顾身上还有伤口不能沾酒，仰起头一口饮尽。

火烧火燎，只有这样，她才有勇气和他对谈。

"你不想管我可以不管啊。"

酒精真是一个神奇的东西，一喝酒，什么混账话都敢说了……

唐易"啪"的一声合上手里正在翻看的文件，将其甩在一旁，任它散落一地。他忽然站了起来，直直朝她走去，当她抬眼看见他近身，发现双手已被他反绑住，他毫不理会她身上还有伤，扣住她的腰，把她的身体禁锢在了吧台边。

"不管你，嗯？"

他一把捏起她的下颌，捏得她生疼，她看见他眼底有明显的怒意。

"然后呢？再让你爸爸去求唐劲救你？"唐易怒极，指尖用力，将她的脸直直抬起，"你明明知道，以唐劲的性格不可能见死不救，你也明明知道，以唐劲现在的身份，卷进这种事他会很麻烦。我跟你说过多少次了，不要再和唐家扯上关系，你把我的话当耳边风是不是？"

她沉默。

半晌，简捷一笑："不要和唐家扯上关系？那你当年不要救我不就行了。"

唐易阴郁地看着她。

她的笑容渐渐落下，浮现一道经年的伤。

"真是，你说我怎么这么倒霉，还没尝过温柔乡的滋味，就栽在你唐易手里。"

她不止一次痛苦地自问：当年那一场相遇，如果是命运，那么她可不可以不要这样的命运？

第一次见到唐易，他是怎样一个模样，她已经记不清了。她只记得，这个忽然出现在她面前的男人好漂亮，他的表情好温柔，一步一步从山间台阶上走下来，走到她面前，弯腰半跪，与她对视。

追杀她的人站在一旁叫嚣："把这个女人交出来！上面交代了，她看见了我们赌场的秘密，一定要解决她！"

他一笑，全然不在意被人威胁，连眼都没有抬，轻启薄唇，说了一个字：“滚。”

来人大怒，刚要动手，只见台阶下站着的一群人已经举起了手里的枪。只要台阶上的男人一声令下，他们就会动手，此种阵势，见一次就让人明白了。这个男人，若非常年掌握生杀，断然做不到如此。

来人被镇住，惊慌急问：“你、你是——”

男人没有回答。

台阶下站着的尹谦人替他回答了这个问题，言简意赅，四个字。

“唐家，易少。”

唐易，原来，他就是唐易。

她看着他，发不出声音。

传闻中，说起唐易，只有两件事：很美，很狠。第一件，她信了，他是真的漂亮，极尽风流；第二件，她却犹豫了。他太温柔了，她从来不晓得，一个男人看起一个女人来，竟可以如此动人。

他定定地看了她一会儿，她一身伤痕，几乎没有完好的地方。他脱下西服外套，披在她身上。就在她的愣怔中，他伸手摸了摸她的脸，声音温柔如水：“自己的身体，你自己都不懂得保护，别人再怎么救你也没有用。”

他用一句话便将她医好：“女孩子身上有伤，始终不好。”

大爱临头。

就在她十七岁这一年，为了考警校，为了将来当检察官，她和整个家族闹得天翻地覆，她的父亲，除了反对，从来没有对她说过一句像这样关心的话。

她的父亲曾在暴怒中打她一巴掌，下手极重，却极无奈。试问这世间有哪一个父亲忍心看着女儿在生命中脱了缰，冲撞得头破血流？然而生命的可恨之处就在于，这一对父女还不知此生更糟糕的事情还未发生。唐易弯腰半跪对她讲话的那一把温柔男声才是她生命中最大的劫，自此生命的重量里让他占去大半，落下一身整整八年都好不了的病。

后来，唐劲劝过她。

“简捷，不要对唐易用情，”局外人，眼底清明，“唐易爱起一个女人来，可以很极端；他的不爱，更极端。”

望向她受伤的眼，唐劲告诉她真相：“知道那一天，唐易为什么会救你吗？因为那一天是他母亲的忌日。他不喜欢在他母亲的忌日当天见血，所以他才会救你。记得吗？他救你的时候，只叫他们滚，没有下杀手，也是因为那一天，他不见血光。”

是了，这才是真正的原因。

难怪那一天，他会出现在山林里，因那里有他长眠的母亲；也难怪那一天，他会有那样难得一见的温情，因他尚未从亲情中抽身。

日长人瘦。

她忘不掉那一天见过的温情。

明明是那么温柔的一个人，伸一伸手，就可以救她今生，为什么也忍心隔岸观火，不医她？

时光流转。

简捷被他压在吧台边，胸腔受力，她喘着气，缓缓开口。

“有一件事，我想问你很久了。”

唐易面无表情地看着她：“说。”

“两年前，道上有一股不大不小的势力，老大姓梁，靠放高利贷和逼良为娼起家，日渐强势，道上敢公然惹它的人很少。然而一夜之间，这股势力被全数消灭，总部被人一把火焚烧殆尽。没有人查得到一丝半点痕迹，也没有人知道这件事究竟是谁做的，最后只当是江湖仇杀，不了了之。”

唐易挑了个眼风，盯她一眼，又厉又艳。

简捷看着他：“后来，我无意中知道了一件事，你猜是什么？受梁家迫害而家破人亡的人里，竟然包括了当年的纪家。纪家的独生女曾经也因此被强迫送入风尘之地。是她一身清透的好才情，得到了夜店老板的怜惜，才得以保全清白，以劳役抵偿。而这位隶属梁家势力内的夜店老板也是唯一得以存活的梁家人。我记得很清楚，梁家被灭口的那天，正是你母亲的忌日。”

她直直盯着他：“虽然我没有证据，但是……

“我知道是你，唐易，绝对是你。”

她以一个检察官的嗅觉，也以一个女人的直觉道：“一夜之间，世间生死一把平，除了你之外，再无人会做。我只是不明白，你的原则是不在母亲的忌日见血，却为了一个纪以宁破了这原则。为什么？”

唐易放开她，直起身体，一笑。

“秘密。”

简捷咬牙，唇间挤出五个字：“你简直疯了！”

闻言，唐易忽然倾身向前。他将她圈死在了可控范围内，双手撑在她身侧的吧台边，俯下身与她平视。他脸上的表情刹那间妖艳入骨，像是调情，更似威胁。世界沉睡，暗色升起，暴力与美学并肩起舞。

“是他们该死……”

温言软语，演绎杀性。他将本性释放，放任了一场作恶：“差一点点，我最重要的以宁就毁在他们手上。所以，那些碰过她的人，我一个也不想留。”

隔日，纪以宁起得很早。

拉开窗帘，天刚蒙蒙亮，是她有心事，连睡眠也变得这样少。看了一眼身旁的位置，空荡荡的，他果然还没有回来。纪以宁的嘴角悄然弯下去。一个轻微的动作，便是她失落的证据。

唐易很爱在清晨缠她，只有在这一段时间，她不会抗拒他。书上讲，男人对女人的爱情不是在他与她做爱的过程中体现的，而是在之后共眠的欲望中盛开的。纪以宁每每在清晨醒来时，发现被他置于怀中一夜，她总会心里一软。

纪以宁俯下身，摸了摸那冰冷的半边，小声控诉："坏人。"

惯坏了她，人就不见了。

然而刚说完，纪以宁就笑了。她拍了拍脸，有些自责："不能这样啊。"自古男子心似海，唯国家与信仰不可负，太多儿女情长，就俗了。

纪以宁一笑，收拾了小情绪，走进浴室晨浴。等到擦干了头发，换好了衣服，下楼走进厨房，同人道早安。

管家惊讶道："少夫人，这么早？"

"对，"纪以宁坐下，准备用餐，"外面空气真好，舍不得多睡。"

管家是过来人，瞧她一眼，意味深长："昨晚易少爷不在，所以失眠了？"

纪以宁微红了脸，心口不一："没有啊。"

管家笑笑，为她端来牛奶，俯下身悄声对她讲："可是您都有黑眼圈了啊。"

纪以宁涨红了脸，旋即也笑了。

老人是过来人，见过的太多，天下事，分大小，也重不过一个"情"字。纪以宁不再否认，笑了起来，忍不住自嘲："被他知道的话，会笑话我的。"

“怎么会，”管家是唐家的老人了，对唐易，摸透了七分，笑着告诉她，“他一定更想念您。”

一顿早餐就在和管家的聊天中愉快地结束了。

纪以宁用了一点时间，做了一份精致的点心。不是为唐易，而是为了邵其轩。

唐易枪伤住院那阵子，纪以宁每天都会做点心给他，她在伦敦时练就的好手艺。伦敦的下午茶文化历史久远，她浸淫数年，触类旁通。那时就常常想，将来若有机会，做给生命中那个“他”品尝，得一句夸赞，该是多大的幸事。唐易没有辜负她，将她的心意吃进口中，听她讲伦敦的过去，虽然最后，她总发现他吃得不多，但也旋即释然，他一向吃得不多，不单单是这些。

倒是另一些人，着实替他吃了不少，比如邵其轩。

和娇生惯养的唐易比起来，邵其轩真可以算得上是比较好养活的类型，用个数学等式表示的话，邵其轩的好养程度大概就是十分之一个唐易的开平方，很渺小的数字。纪以宁那段时间带去医院的点心，几乎全进了邵医生的胃。

说起来，出院之后，纪以宁都没有好好向邵医生道过谢。这一天，她精心准备了一份点心，终于得空，去了一趟邵其轩那里。

天气微凉，有雾，晨雾化了水，落在路旁的树叶上，干净清透。

这样的天气总让纪以宁想起年少时在剑桥的日子。伦敦没有多少好天气，大半是雾天。那个时候的纪以宁就像伦敦的雾天，经年如一，单纯而寂寞。每次走过落雨的泰晤士河，走过浓雾中维多利亚式样的街灯，她都会有恍惚的一念：这一生，是不是就要这样过了呢？像雾一样，随遇而安，没有执念，学不会如何爱人，也不懂被人爱的感觉。

上天眷顾，终究让她遇到了唐易。

不仅遇到了唐易，还认识了他身边那么多的朋友。他们喜欢她，真心待她，就像云开日出，让她浓雾般的人生从此见了天日。

纪以宁脚步轻快，来到邵其轩的办公室门口，敲了敲门。

来开门的不是邵其轩，是个女孩子，大概是他的助手："请问您找谁？"

纪以宁说明来意："您好，我是邵医生的朋友，想见一见他。"

"有预约吗？没有预约，邵医生不见客的。"

"没有预约，"纪以宁解释，"我不是来看病的，我过来送他一份礼物。"

"既然您是邵医生的朋友，不知道邵医生这几天很忙吗？"

"啊，"纪以宁有些惭愧，忘记提前打电话问一下了，"以后我会记得打电话问他一下的。"

助手略微怀疑地看了她一会儿，这才告诉她："邵医生不在。昨晚有位贵客来了，邵医生忙了一整夜，天亮才回家休息的，您过几天再来找他吧。"

纪以宁下意识地多问了一句："贵客？"

"检察厅的简捷检察官，"助手对这个名字并不陌生，显然是熟人，多说了几句，"简家的大小姐，去做了检察官。每次被人送到这里，都是一身伤，也不见她叫过一声痛，是一个能忍的人。"

简捷。

竟然……是她。

纪以宁愣怔，几乎是本能地脱口问了一句："被人……送到这里？"

"是啊，她伤成那个样子，已经昏迷了，多亏送她来的人，救她一命。"即便是旁观者，遇到这种事，也总是忍不住表示羡慕，"这些年，那人救过她太多次，我们旁人见了，也为简捷感到值了，他陪了她一整晚。易少这些年，大概只对简捷做过这些事吧。”

纪以宁僵在原地，静静地反问：“谁？”

“唐家，易少啊。”

邵其轩和唐家的关系非比寻常，因为某个只有当事人知道的理由，邵其轩曾对人讲过：这世上只有两个人可以令我不反抗，一个是我母亲，还有一个，是唐易，前者是因为养育之恩大过天，后面那一个，是因为我信他。

清晨，时间尚早，邵其轩的助理方小姐推了早餐车来，敲门进屋。

“易少，简小姐，”小方垂手恭声道，“这是为两位准备的早餐，请慢用。”

屋内气氛不算太好，简捷刚刚对着唐易拍完桌子，听到助理进来的声音，这才规矩了点。转眼看到早餐车上的东西，随口对小方道：“不用了，谢谢。”

小方还在试用期，生怕被开除：“是不合简小姐的口味吗？”

“怎么会，”简捷一个杂食动物，不存在这种问题。她指指一旁的男人，“是不合这位少爷的口味。”

小方不解。

简捷看了看唐易，这人一脸散漫，存心晾着人，完全没有要解释的意思。

简捷做了回好人，替他解释道：“他有乳糖不耐症，会过敏。牛奶和所有含牛奶的食物，他都不碰的。”

方小姐非常惊讶：“不会啊，前一阵子，纪以宁小姐每次来，都会给他带点心，我没见易少拒绝过。”那些点心里面的牛奶含量可不低……

简捷顿时就笑了。

她扫了他一眼，神色颇为同情。

“纪以宁小姐的心意，不收下，他舍得吗？”简捷似笑非笑，倾身上前，压低了声音，“以我对你的了解，你不仅不会说，还会不准邵其轩说，对不对？我记得你以前一碰牛奶就过敏长红疹，怎么，最后请邵其轩过来每天帮忙吃点心？”

“不关你事。”

简捷笑笑：“看不出来啊，你还蛮深情的。”

唐易阴晴不定地扫了她一眼：“你说够了没有。”

“好了啦，算我多事。”

助理把早餐车推出去，换成了中式餐饮，将牛奶换成了几杯清水。

简捷抱臂，二郎腿一跷，朝那几杯水抬了抬下巴，饶有兴趣地问：“这里有四杯不同类型的清水，纯净水、矿物质水、碱性水和柠檬水，你猜他会喝哪杯？”

小方被彻底问住了。

简捷拿过其中一杯水，放到唐易面前，两人的关系可见一斑：“喝吧，知道你只喝纯净水。”

唐易深陷在沙发里，盯她一眼：“调查我？检察官的职业病？”

“你唐易的事，是我能调查到的吗？”简捷不瞒他，不以为意，“但是，请不要轻视一个女孩子的观察力。女孩子对喜欢的人，会观察他到哪种程度，你不会明白。我十七岁就认识你，到现在已经八年了。八年的时间，是可以了解一个人很多的。”

唐易没有动，对助理说了声“你先出去”，男人以视线攫住简捷，开门见山。

“知道我为什么会陪你到现在吗？”

“肯定不是为了关心我，”简捷耸耸肩，“你放心，我不会自作多情。”

唐易静静喝完半杯水，放下水杯。

简捷看着这个人，连放下水杯时都懂得以尾指垫杯底，免去杯底碰桌的声音。她记得他从前不曾有这样的习惯，这是古典礼仪中才会有的，是纪以宁才会有的礼节。简捷黯然，他竟也会被一个女人影响这么多。

“有件事，我今天跟你说清楚，”他倾身向前，声音平静，“很久以前我就对你说过了，我们唐家的事，跟你无关。如果你再为了插手唐家的事而受伤，是死是活，都和我唐易没关系。换言之，昨晚的事再有下一次，我不会再救你。”

他盯住她，并不是在开玩笑：“简捷，你信也好，不信也好，无所谓。该说的，我已经说得很明白了，听不听，在你。如果你不听，将来出了事，我不会对你有负罪感。”

薄情这回事，当真只有唐易做到绝。

他敢、他可以、他舍得。

有时她都不晓得，因为他是唐易，所以才狠心，还是因为他狠心，才成了唐易。

简捷整个人背着光，埋葬在大片阴影里。对他的话似乎也不觉意外，虽然听到的那一刻，痛起来仍是很痛的。

“我只问你最后一个问题。”

唐易没有说话，态度疏离。

她自言自语，问了下去：“当年你对我说，女孩子身上有伤，始终不好。唐易，那个时候，你对我说这句话的时候，有没有一点真正的关心在里面？”

“没有。”

情爱老。

她爱了八年，仿佛一夜老了八十岁。

人间总是有兵不血刃的悲伤，无形中有刀，一刀下去，穿肠抽出，刀口处尽是她的血，他也不会把抽刀的动作放慢一分。

“好，”简捷微微一笑，得今日结局，她无悔，“你够爽快，我喜欢，也懂了。”

对谈中的两个人，谁也没有看见，病房门外的某个角落，一个身影沉默许久，终于静静离开。

走廊尽头的垃圾桶里多了一份精致的点心。

纪以宁向馆长请了一天假，又给唐易发了一条短信，告诉他她今天要随馆长和同事一起外出，晚上会晚一点回家，叫他不要担心。清淡的用词，是纪以宁的风格，无人起疑。

唐易的短信回得很快：“好，有事打我电话，我去接你。”

纪以宁看了一会儿电话屏幕，按下了关机键。

她需要一点时间，想一些事。

纪以宁乘车去了一趟郊外，车程很远，两个小时才到。冬日的乡野，空旷寂静，弥散着蜡梅淡淡的清香。自然界给出一场馈赠，含蓄、友善，与之对望，会有种心照不宣的感觉。

这股清甜的气息一路陪伴纪以宁走进一座教堂。她很熟悉这里。多年前，在她尚未遇见唐易时，这里曾是她的倾诉之地，承受了她生命中所有的不可承受之重。

纪以宁静立仰视教堂里的一副壁画。画中，一个皮肤白皙的裸女，深目长睫，半身倾陷于沼泽地，上身被藤条与毒蛇缠绕。整个画面的基调都是深青色，只有裸女的身体是彻骨的白，明暗对比，存心叫人心慌。

画下一角，花形字体标着这幅画的名字：《原罪》。

“Envy？”

身后响起神父的声音。

纪以宁微微侧了侧身，表情平淡，纠正：“Jealousy。”

神父笑了起来：“以宁，你是我见过的最不可能和嫉妒有关系的女孩。”

纪以宁歉然，好似愧对了这份信任，转身又看画，声音如水般流淌出来。

“原罪很可怕。神父，你看亚当，悖逆犯原罪之后，《圣经》再也没有提让人管理世界。至于我，不管旁人如何理解，始终认为妒也是原罪。女人一旦犯了此条原罪，便会犹如被毒蛇与藤条缠绕，脱身不得。用句俗语说，便是‘落到了神魂颠倒的境况里’。那样太可怕，所以，在我很小的时候，我就对自己说，纪以宁以后千万不可以犯这样的错，我不喜欢自己成为那样的人。”

神父了然：“可是你今天终于发现，你还是控制不了自己？”

她点点头，态度坦然。

“生日那晚，我等一个人等了一整夜，他却陪在另一个人身边，他甚至对我说了谎。”

“所以，你很生气？”

“生气、伤心、委屈、嫉妒，这些都有，当时甚至想哭。但是，”她顿了顿，缓缓开口，“但是，我还是原谅了他。”

“以宁，你是个好女孩。”

“不是，”她摇摇头，“我原谅他，是因为后来我听到了这个故事的另一个版本。”

神父看向她：“哦？”

纪以宁没有评价，以一个旁观者的身份，隔岸看了这个故事。

“有一个女孩子，她有好相貌、好家世，活得很有主见，为了实现自己的梦想，不惜和家族对立。”

神父笑一笑，给出评价：“这是个好女孩。”

纪以宁点点头：“是啊，这么好的一个女孩子，本该有一个很美的人生。可惜，她从十七岁那年开始，爱上了一个男人。”

神父有丝了然：“那个男人不爱她，对不对？”

“对，”纪以宁应声，继续说下去，“他不爱她，她也不强求，只是兀自熟悉他的所有习惯。她知道他有乳糖不耐症，知道他不能喝牛奶，她甚至知道他连喝水都有独特的习惯。这些事，连那个男人的妻子都不知道，她却懂。一个女孩子对一个男人，仅凭察言观色就知道了他这么多。想一想就会明白，这好难。她对他真的是用了分分寸寸的心思的。”

当时纪以宁站在病房外，看着简捷的表情，她就想，这世间怎么有人敢那个样子去爱唐易呢？那个叫简捷的女孩，分明是全然放弃自己后，再去爱他的。唐易救她，她高兴，却不敢表现出来；唐易说以后不会再救她，她失望，仍然不敢表现出来。唐易一手掌控了她生命中全部的极端感情，没有他，她照样过，只是从此不再快乐。

纪以宁几乎被震撼了：一个女孩子究竟要有多大的勇气，才可以承受住唐易那么多年的不爱？

神父有点惊讶：“那些习惯连他太太都不知道？”

“是啊，”纪以宁笑了，“他太太很没有用，从小就没有主见，习惯听从父母的安排。后来父母不在了，她遇到他，就习惯了听他的话。虽然她想了解他，可惜水平太差，耐心也不好，对他仍然一知半解。他的太太最喜欢做的事就是看书，但她从来没想过，看了又能怎么样呢？不过是满足自身爱好而已，对旁人而言，是无用的。她总以为自己很爱他，都没有想过，不了解，哪里来的爱呢。连他会过敏都不知道，还要难为他替她圆谎。”

神父听懂了，忍不住抚上她的肩头，柔声安慰：“以宁。”

她没什么情绪起伏，这是一个人对自己失望到一定程度才会有的状态。

“我能回去吗？”她问自己，“我这个样子，怎么回去呢？”

他对她说了谎，他失约了她的生日，他甚至陪在了另一个女人身边。可是当纪以宁看见真相后，却发现她可以原谅唐易，也可以原谅简捷，她原谅不了的，是她自己。谦人说得对，你了解他吗，你根本不了解。

纪以宁看着壁画，静静流泪。

一个人最绝望的事就在于，连自己都把自己否定掉。

邵其轩昏天黑地睡了一上午，临近中午，被唐易一个电话吵醒。他驱车来到医院，给简捷做了复查，说了句“她没有大碍”，唐易起身离开。

邵其轩送他出去，落后他一步，看着他的侧脸，似笑非笑道：“非要我来复查后才走？你要小心了，太温柔，女孩子会对你死不了心。”

“不会，”唐易兴致缺缺，冷淡得很，“下一次，她怎么样，都跟我没有关系。”

两人站在走廊尽头等电梯。

电梯到了，邵其轩走进去，转身一看，却见唐易一点要进来的意思都没有。

邵其轩莫名得很：“进来啊。”

唐易转身，非但没进电梯，反而走到了一个垃圾桶旁边。

邵其轩无语了一会儿，只能再从电梯里走出来。这才正常了几天，这人又犯病了，盯着一个垃圾桶也能盯半天，莫名其妙。

邵其轩很难理解："你看着它干什么？"

唐易忽然问："这里面有什么？"

"垃圾啊。"这是什么鬼问题，垃圾桶里除了垃圾还能有什么。

唐易甩出一句："拆了它。"

邵其轩像看神经病一样看着他。

变态啊，大白天地和他家一个垃圾桶过不去。

但唐家的人显然不这么想，唐易说什么就是什么，唐易说拆了这垃圾桶就一定要拆。不仅拆这个，办事效率一流的尹谦人还深度解读了唐易的话，以防万一，把这层楼的垃圾桶全拆了，惊得邵其轩仿佛看见了一群神经病。

"哎哎！尹谦人……"

邵其轩刚想骂人，转身看见唐易已经沉了脸色。邵其轩一下子住了嘴。唐易的脸色很难看，他知道出事了。

唐易掏出手机，按下快捷键，不出意外地听见了一句：您拨打的用户已关机。

唐易握紧了手里的电话，骨节泛白。

纪以宁从来不会关机，从来不会。

他的警觉性全部醒了，重新拨下一个号码，电话那边，一个公事化的声音立刻响起："您好，这里是 TimeCity 美术馆。"

"我找纪以宁。"

"不好意思，纪小姐现在不在馆内，今天她随馆长出去了。"

唐易"啪"一声挂断电话，整个人阴沉无比。

"谦人。"

"是，易少？"

"吩咐下去，我要找一个人。"

尹谦人神色一紧："谁？"唐易亲自开口，点名道姓要找一个人，应该是比较严重了。

唐易几乎把手里的手机捏碎，声音切齿。

“纪以宁，把她给我找出来。”

众人一惊。

邵其轩瞪大眼睛：“以宁怎么了？”

“她刚才来过这里。”

“你怎么知道？”

唐易的视线落到身后的垃圾桶里，一份精致的点心沾了灰，完好无损，被人丢弃了。

邵其轩顺着他的视线看去，也一眼就认了出来：“这不是以宁喜欢做的点心吗？”

顿时，邵医生看着眼前这个男人，肃然起敬：“这你都能找到……”

唐易的心思全乱了：“我对这个过敏，她经常在家里做，所以我对那股味道比较敏感。”

“啊。”

邵医生点点头，后知后觉：“那她岂不就看见了你跟简捷……”他说不下去了，这事严重了。

“她不见了。”

“什么？”

唐易握着手机，强迫自己冷静。

“纪以宁不见了，”他有些恨意，太晚了，“我没猜错的话，她不止对我说了谎，还找了人替她圆谎。”

Chapter 07 爱还会自己发声

一念之差，是可以定生死的，桶狭间一念得天下，本能寺一念失天下，都是同样的道理。

傍晚，落日余晖下，城中的 TimeCity 美术馆如一方净土，静静矗立，迎来送往每一位客人。

时近闭馆，馆长老先生拄着黑杖，耐心陪着最后几位客人，笑谈着一些话题。

忽然，门口的几位保安冲了进来，慌慌张张地大叫："馆长，不好了！"

老先生蹙眉，他最不喜人无端慌张，既失了优雅，也失了理智。

"什么事？"

"他们……不知是什么人……"

话音未落，大门已被人一把推开。

清一色的黑色西服，步履整齐。是训练过的，还是那一种用生死做引线，从风雨杀伤中训练而成的。

尹谦人吩咐了一句："清场。"

短短数分钟，馆内四下无人，来人将大门关上，与世隔绝。

馆长看了一眼，心中了悟：绝非善类。

老先生拄着黑杖，视线落在了正中央那一个男人身上，他从始至终没有开过口，但老人知道，这些人里面，真正的上峰，就是他了。

好美的一个人。

漂亮成这样子，又隐隐现了杀性，既惊又艳，诱得人移不开眼。

馆长认识其中一个人，尹谦人。就在纪以宁来此工作的前一天，他亲自拜访过他，将一个人的话带给他：他划定了一个圈，将纪以宁绑在其中，不许任何人带她跨出这个圈。老先生微微一笑，他终于见到了那位带话给他的人。

年迈的老人更显通透："久仰，唐易君。"

唐易脚步不停，直直走向他。

"和聪明人讲话，就是痛快，"他开口，声音充满腥气，"馆长先生，把纪以宁交出来。”

老人看着他，没有说话，独自权衡。

唐易今日毫无耐性：“如果您是在想该如何对我隐瞒或是推拒，那么我想告诉您，不必了。纪以宁这个人，我是一定要找到的。通不通过您都可以，无非花一点时间。您告诉我的话，这份人情，我唐易记下了。日后您若有求，唐家必定以大礼相待。”

这种人，不好惹，一两句话就把威胁和引诱都讲清楚了。这是一个会谈判的人，看透人心，手里有糖，还有枪，必要时用糖，用不了糖，就用枪。这样一个男人，你很难拿他怎么样。有一瞬间，老人有些担心，以宁那样的女孩子，怎会是这人的对手。

老先生缓缓开口：“找到她后，您想如何？”

触及底线，唐易眼神冷了下来：“夫妻之间的事，不必对外人讲。”

“那么，我很抱歉。”

权衡之下，老人做出了决定。那样柔弱的女孩子，是会叫人心甘情愿保护她的。

“我并不知道她去了哪里。她只对我请了假，至于其他，那是她的隐私，我没有多问。”

经历过起落的长者是很难应付的。说不说谎，都能很好地掩饰。唐易怒火中烧，稍稍放了她出去，就让她认识了这么多人，一个又一个，要将她从他身边带走。她让他愤怒，他几乎能想到她离开的样子：她站在门外，静静地听他和简捷说话，听完了，抿一抿唇，转身把手里的点心丢进垃圾桶，然后离开。

典型的纪以宁式作风：你不说，我不会问；我要走，也不必同你讲。

一讲，就俗了。

唐易渐渐控制不了自己，沉声喊了一声：“谦人。”

“是，易少？”

他怒火中烧，失去理智：“给我拆了这里！”

尹谦人就像唐家其他所有人那样，评判是非的标准都在“唐易”这个名字。听到吩咐，立即执行，带着一种盲目。

馆长戳着黑杖，神色焦急：“你们不能这样！”

唐易今天存心要作恶：“可以。把纪以宁交出来，我绝不为难这里。”

馆长以黑杖敲地，左右为难：“我不会拿以宁来换这里。”

唐易的耐性荡然无存，吩咐道：“踏平这里。”

气势整齐的一阵应声响起：“是！”

就在双方陷入僵局的时候，大门忽然被人打开，一个男人快步走了进来。

“等一下！”

他直直走向唐易，神色平静：“你不能这么做。”

敢当面阻止唐易的人，只有唐劲。

唐易的温情算是用尽了，杀性尽显，唐劲的公然阻止令男人勃然大怒：“我怎么做，轮得到你反对？”

尹谦人站在一旁，心跳漏了一拍，视线向唐劲投去，一时间也没了章法。不晓得这两人公然对峙，他该帮哪一边。

有一种成全，叫唐劲。

他身上有常人不常有的大气，平时不常见，只到了紧要关头才会现出本色一二，好似千年寒雪化了水，尘世的沉重凝固也因它而温柔了。

“以宁不见了，我也有责任。若不是那天我去找你，你也不会出手。”唐劲掏出两把钥匙，递到唐易面前，“我的公司，或是家里，你有兴趣的话，我的地方随你砸。”

唐易盯着他，强势逼人："你以为我不敢？"

"有什么是你唐易不敢的？"

唐劲唇角一翘，以无形的温和化解了他赶尽杀绝的攻势："我在唐家二十年，你是什么样的人，没有人比我更清楚。在你面前玩花样这种没有意义的事，我不会做。"

唐劲也不去管他心里在想什么，顺势把钥匙放进他的西服口袋："只有这家美术馆，还有这里的人，你不能动。以宁有多珍惜这里，你比我更清楚。你动了它，以宁就真的不会回来了。"

唐易怒意很盛，骨节泛白，唐劲几乎听得见他握紧的拳发出的声音。

"你去联系你的人，三分水路七分陆，吩咐下去，也是件大事。你亲自要找人，动静太大的话，搞不好会惊动旁的势力，让他们盯上以宁，那样就危险了。"

唐劲走近他，压低了声音，在唐易耳边交出一句承诺，正邪相混，黑白难辨。

"至于这位馆长先生，我来搞定。"

老馆长看见唐劲不紧不慢地走过来，身后跟着一人，端着精致的茶具。

他看了这个年轻的男人一会儿，见人辨色大半生，竟也看不透眼前这人究竟是真正个性温和，还是深藏不露。老先生大抵是明白的，像他那样的人，有怒意是太正常的事，唐劲却不一样，唐劲是不大有怒的。

馆长细细去看他。

锋芒藏得这样好，当真是修养极深。

"给您添了这么大的麻烦，十分抱歉。奉茶一杯，还望您见谅。"

唐劲笑，眼神往后一挑，身后的人心领神会，摆上茶具。唐劲落落大方，请馆长坐下，拿起茶具，行云流水。

老先生赞叹："好漂亮的手法。"

"哪里，"唐劲温和一笑，与他应答，"和、静、清、寂。从前以为，所谓茶道四魂，我可以做到一二；如今见了您，才明白，是要有与尘世共存数十年的修为，才做得到的。"

老馆长笑了："您不用为了得知纪以宁的下落，如此恭维我。"

"恭维？就太怠慢您了，"唐劲这个人，这个样子，是很容易令人信任的，"恕我直言，不是所有人面对唐易，都有您方才那般坚守的勇气。"

老人一笑，心性仍在："年纪大了，见到年轻人那般咄咄逼人，总看不过去。"

唐劲不急不缓，悉心冲茶，缓缓道："听过唐家吗？"

"呵，黑色的世界，与我这等普通人不同道，不相谋。"

"看来，您是懂的。"

"那又如何？"

"是行家的话，就会明白，唐易方才那样子，他不是认真的。"

老人沉默了一会儿，像是被噎住了，半晌才问："不是认真的？"那他认真起来，还要怎样？

唐劲温和而平静，茶香绕手，抹杀一切暴力："如何救这乱世？织田信长杀人如草。他信的是这个，认真起来，要怎么样，您认为呢？"

老人微微变了脸色。

"这是在威胁我吗？"

"不是，"唐劲没有看他，专心侍弄茶，"是想讲一个故事给您听。就算是满手鲜血的人，也有为了一个人，永远不可为的事。

“他不会伤她。心上月光，怎么舍得伤。您应该也是，隐瞒她的下落，只不过是担心她过不好。但唐家这个地方，动静太大，就会惊动旁人。若旁人插手，想要利用她存心作恶，那就不好了。唐易他担心的，其实是这个。”

唐劲不急不缓，说完一番话。

他托起碗，手势漂亮，将亲自制好的一碗好茶奉于老人面前，是请求，也是威胁。软硬兼施，是唐劲的拿手好戏。

“您一定不想看见，以宁因无人保护，而被有心之人捷足先登。若真那样的话，这里面的责任，您这位知情而不讲之人，是最重的。一念之差，是可以定生死的，桶狭间一念得天下，本能寺一念失天下，都是同样的道理。这一点，还希望您一定要想好才好。”

老人看着他，半晌，接下了他手里的好茶。

五分钟后，唐劲从内屋走出来，七情未现，千军万马独擒王，交给唐易一个地址。

“说过了，这位老先生，我来搞定。”

夜色渐重。

纪以宁走出教堂，望了望茫茫郊外之景，心绪平静。一地一天的开阔，静如禅性再现，亮如生命重好，纪以宁深吸一口气，自觉世间当好，所谓的小情绪又是何必。

神父把一个十字架挂在她的颈项上，有喜欢，有疼惜：“我盼望你常来这里，又不希望你真的来。每次你来，都是伤心的。几年前是这样，后来好多了，如今再见你，为了感情，伤就更多了。”

她不忍心再多一个人为她担心，微微笑道：“我会努力去学。因为不够好，所以才会痛苦。但想一想，感情这件事本就是和文明同样古老的存在，我们尚不能懂文明到底是什么，讲不清楚感情是什么也是可以被原谅的。”

神父轻轻地抱了抱她，在她耳边落下祝福：“你能这样想，我就放心了，上帝保佑你。”

“谢谢您，”纪以宁抬手拥住神父，“我感觉好多了。”

一阵刺耳的刹车声由远及近，空降在这清静之地。

车灯大开，几束灯光直直射过来，杀伤人眼。

神父把纪以宁护在身后，有惶恐，有不解。

车上下来几个男人，动作神情一致，不由分说，上前将神父带离。神父急急道：“上帝作证，你们不能这样。”

纪以宁急了，追上去：“哎！你们这是干什么……”

她的声音在看见一个身影时刹住了。

唐易下车，重重摔上车门，朝她走来。

夜风里，他更锋利也更难以亲近，带着赶尽杀绝的恨意，要将今日之痛，连本带利从她身上讨回来。

纪以宁看着他，痛苦就开始了。战争是他的爱好，但从来不是她的。有那么一瞬间，她想离开他，“我忧伤地离开这个纷扰的世界，去寻找充满甜蜜的圣城”，她的圣城在哪里？她的锡安在哪里？

她下意识避开他的视线，一步步向后退。终于退无可退，被他强行带入怀里。

他抱紧她，一点余地都不留。

她身体很僵，没有回应，这令唐易怒火中烧。两年了，她的心在哪里，他用尽了心，换来的结局是什么？

这是一个很难把握的女孩子，有感情，也可以走，就像她曾经讲过的，萨拉丁围城，圣城陷落，因一念而免去了大屠杀。“世间万物原本都只是暂时地借予我们而已，想要长久地占为己有，就不好了。”

那时他问她，也包括感情吗，她沉默之后正要回答之时，被他倾身吻住了。他自欺欺人了一回，他不要听她讲那个答案。可是他忘记了，答案在她心里，他听不听，她都不会改。

也包括感情，纪以宁从未想过长久地将唐易占为己有。

他像是真的恨极了这个人，一句话都不肯说，压下她的后脑就是深吻。全然没有温情，动作暴力，将她的薄唇咬出了血。她在惊慌中推拒他，却一次次都失败了，血腥味弥漫口中，涌动的不是情潮，是粗暴地占有。

“你弄疼我了，”纪以宁揪紧了他胸口的衬衫，“唐易，你弄疼我了。”

他没有停下来。

纪以宁眼中闪过惊痛，他的疼惜去哪里了？许久不曾被他粗暴对待，她都快忘记了，在温柔之前，他本就是暴力的。

她垂下眼睫，对他顺从，揪紧他衬衫的手松了下来。

感受到她的动作，男人终于拉回了理智，停留在她唇间半晌，放开了她。

他抵着她的额头，尝到嘴里的浓重血腥味，他很恨她，“纪以宁，你也会疼吗？”

她愣怔，不待她细想，他的指控已经来了：“不辞而别，逃避问题。你什么时候也学会了对我说谎？”

纪以宁觉得累，她在心里想：是你，是你先对我说谎的。

但她放弃了。

她说过了，战争从来不是她的爱好。这世间要用战争解决的事太多了，宗教、信仰、政治、文明。她不愿连感情都落得这一个结局，一方压倒一方，赢了又怎样呢，就会开心吗？

“对，我对你说了谎，”她有心无力，现出了消极之色，“我想一个人静一静。”

“一个人静一静？！”

唐易骇笑。

忽然间，他就无话可说了。为她担心，几乎要疯，差点连唐劲都被他的怒火牵连，到最后，却换来了她的一句逃避。

两年了，他还是走不进她的心。夫妻一场，设了防，到底荒唐。

“纪以宁，”他努力克制自己，以最大的诚意给她机会，“我和简捷之间的事，只要你问，我就一字一句告诉你，绝不瞒你。”

“不要了。”

她脸色一变。

那个名字，纪以宁连听也听不得。

她执意不肯拿起“唐太太”这一份责任与权利，对他的诚意视而不见，画地为牢，过一天是一天，“你不要对我讲这个，我不想听。”

唐易深吸一口气，告诉自己，再对她纵容一次。

“好，那你答应我，”他也是偏执，千般尊贵，只要从她那里讨一份承诺，“以后，不会再这样对我说谎，离开我。”

两人间沉默半晌。

唐易几乎绝望了。纪以宁连这一句承诺都不肯给，她把他逼到这个份上，他害怕面对这样的纪以宁，更害怕面对失望后的自己。他知道，一旦失望了，有些事他就做得出来。

他将她抱紧，在她耳边诱哄：“说你答应我。”

她消极以对。

纪以宁不喜欢不清不楚的感情。

“唐家，还有你，我暂时……不想回去了，”她学不会说谎，即便惹他发怒，“我和你之间，有些事，我要好好想一想。”

大抵，还是情意不够。

他想，纪以宁果然是做得出来的。一点一点，划清界限，只有她才做得到如此通透的决绝。他还记得她对他开的玩笑，漫天大雪的庭院，她用折断的玫瑰枝绕着他在雪地中画了一个圈，对他讲，三千年前的战争，如果同意从踏出圆圈前撤军，就代表和解，这就是古语“划清界限”一词的来源。她盈盈一笑，看着他，问：夫妻之间，日子那么长，若你我冲撞，你会对我撤军吗？他一步跨出她画的圈，将她一身好情怀拥入怀里，也将她心底的担心一并拥入，告诉她：只要你在，我就撤军。

多可惜，如今纪以宁，渐渐不在了。

唐易垂目，眼底血色隐隐浮现。

他绝对不会要，一场非强势的感情。

“好啊，你要想一想，就待在一个地方，好好想。”他凑在她耳边一字一句禁锢她，手指用力，将她锁紧，“和你的工作说再见，和你的馆长先生说再见，和你的朋友说再见。你要好好想一想，就在家里慢慢想，直到你想通为止。以后，我不会再放你出来。”

纪以宁身体僵硬。

她缓缓推开他，简直不敢相信他在说什么。

“你不可以对我这样。”

两年前，两人初遇，她不抱期望可以与这个人相爱，所以任他禁锢，说到底，没有感情，怎样都能承受。可是现在，她无法接受。她爱上他了，也期望他爱她，若有感情，他怎么忍心对她犯罪？

纪以宁捂住嘴，摇头拒绝：“我做不到。”

唐易耐性全无，本性渐现：“纪以宁，你有选择吗？”

他根本没有给她选择的打算。

纪以宁眼底渐湿，有愤怒，有难过，更多的，是不被他疼惜的痛苦。两年了，她在这场感情里走得曲曲折折，还要迎来与他的战争，当中还有另外的女孩子，那么这段感情，她不要了。她是太明白，战争不能造形，战争过后心上只有一片废墟。

“我讨厌你。”

纪以宁落下泪来，转身就走，连看他一眼都不要了。

尹谦人站在不远处，当看见纪以宁转身想走的动作时，直觉不妙。唐易岂会是眼睁睁放她走的人？唐易最恨的，就是纪以宁会离开。

尹谦人的担心迅速成为现实。

他看见唐易一步上前，动作粗暴地拉住了她的手，两人争执，陷入苦战。纪以宁的消极以对引爆了唐易所有的恨意，杀性顿起，他收不住，忽然拦腰抱起她直往教堂顶楼走。尹谦人一惊，刚要跟上去，只听见唐易粗暴的声音响起：“滚！”尹谦人收住脚步，直觉今晚要出事。

他把她紧抱在怀里，一步一步走上楼梯。木质地板，在夜色里发出沉闷的回声。纪以宁反抗不得，在他怀里挣扎：“你放开我。”

唐易置若罔闻。

他非但没有放开她，还变本加厉地收紧了手臂，纪以宁咳了下，几乎被他弄窒息。

唐易一脚踹开顶楼天台的门，冰冷的夜风灌进来，灌进纪以宁心里，痛彻心扉。这里的天台没有护栏，跨过台阶，再往前一步，就是直线坠落，就是死。唐易抱着她，直直走过去，丝毫没有停下脚步。属于女性的危机感终于在纪以宁心里觉醒：“你做什么？！”

他不说话。

唐易一步越过底线，放她下来，用力一带，将她一并带入生死界。两个人一同站在堕落的一线之间，再向前一步，就是无间地狱。

尹谦人站在楼下，一颗心几乎跳了出来：“易少！”

神父不断在胸前画十字：“上帝啊，他在做什么？！”

顶楼，唐易置若罔闻，紧紧禁锢着她的手，声音冰冷如夜风：“你有恐高症，对吧？”

冷汗浸透了纪以宁全身。

有水光从她的眉骨滑落，滑过温润的眼角，掉下去，砸下数十米地狱。纪以宁分不清那是冰冷的汗水，还是泪水。他太了解她了，她不是他的对手。她有恐高症，以前她在伦敦读书的时候，一旦去了学校就很少回国，因为怕坐飞机。她莫名地记起了一句古老的评价，所有的独裁者都是一定程度的疯子。她看着唐易，她信了。

他正好整以暇地盯着她，“知道我这一天是怎么过的吗？”

“……”

“就是像你现在这样。我就是这样子，被你悬在半空。找到了你，以为你会伸手扶我一把，可是你连这个都不肯。”

他缓缓说着，出其不意，冷不防地松了她的手。

纪以宁因一瞬间的高空坠落感失声惊叫。

唐易一把将她拉回来，锁进怀里：“这种感觉，你懂了吗？这种被人放弃的滋味，你尝一尝，过瘾吗？”

她看着他，摇摇头。她平生没有遇到过这样的对手，她没有方寸之地可以守了。

“唐易……”她对他臣服，“我不要了。”

“你不要？”他一笑，斗转星移，也轮到纪以宁说不要了，“刚才我那样求你，你放过我了吗？”

他有好兴致，多讲一点给她听，“这些年，从唐家离开的、想走的，不止你一个。有些人走了，彻底归隐，像唐劲那样，做一个普通人；还有一些人，被人利用，以重金诱惑，反过来对唐家出手。

前面那一类人，我敬重，放他们自由；后面那一类，我不肯，唐家也不肯，以杀讨杀，十倍奉还。纪以宁，如果你也想离开，你猜，我会把你归类为哪一种？”

纪以宁思考力下降，无法专注，随了自己的心：“不要用‘唐家’来镇压我，你知道我从来都没有认同过这里。”

唐易讥诮：“看来你是认同前一类人了。离开唐家，做普通人，对不对？”

纪以宁涌起些心灰：“你可以这么认为。”

唐易瞬间暴怒。

他用力将她拉近，力道之大几乎将她甩了出去。纪以宁失声惊叫，以为会被他松手甩出去，却听见他在她咫尺之地，抵着她的额头，对她恨道：“纪以宁，我告诉你，你做不了这里面的任何一类人。你是第三类……我要过的女人，我绝对不会放她离开唐家。”

纪以宁捂住嘴，难以置信地望着他。

唐易今日的耐心算是用尽了，转身一把拉过她，几乎是拖着她走，声音与动作同样粗暴：“你不想谈，好啊，我跟你，无话可谈。从今往后，你不要想有机会踏出唐家半步，你不信我敢做？我就做一次给你看。”

不爱多好，是不是。

在爱上他之前，她还可以有一个念想。夫妻之间，总还有一个“信”字，不比得禽兽，胡乱交合，延续后代，就算完成了生命中的一桩大事。她期待感情，对它抱以大信，一草之微可通春山之大，一禽之浮可知春江水暖，一截之水可接三千落尺，一面之遇可亲前世今生。世界的文明都在这里了，天地万物有光，当你肯来爱我时。

纪以宁被他拖着手，走得踉踉跄跄，地上杂草丛生，割伤了她的脚踝，一阵刺痛传来，纪以宁终于落下泪来：“三个人的感情，我不要。”

唐易脚步一缓，终于停住了，缓缓转身。

她抬手，用冰凉的手背静静擦掉同样冰凉的眼泪，低声诉一句真心：“如果，我和你之间的感情，有第三个人比我更好，那么这一段感情，我不要了。”

纪以宁甚少这样，失控不能自已，眼泪越擦越多：“我不喜欢同人争，也害怕与人争。若是旁的，还有较量的痛快，只有感情不行。在一个人心里，争一个高下，被旁人评论，太痛苦了。这不是我想要的生活，这样一个唐易，也不是我想要的。”

泪落如雨，所有的委屈倾泻而出：“我不说，不代表我听不见。听旁人讲，你曾一掷千金，只为护她周全；你不曾遇见我之前，出入兰桂坊，包场狂欢，场内总只有简小姐一个女孩子被允许进入；这些年，无论你身边有没有我，都不曾改变你为她踏入生死界，尽你所能，将她带离。谦人认定简捷小姐更适合你，错在谦人吗？错在你，是你给了旁人这样的感觉。”

纪以宁很少讲这些，就像她很少讲爱与不爱。她放在心里，头一回被他看见，他分明看见了她一直以来，有多么伤心。

“连唐劲都愿意帮她，甚至懂得避开我，我就知道了，她不坏。一个不坏的女孩子，对你好，甚至不曾因此对我敌视过，我拿这样的感情没有办法。”

她哭得无声无息，怀念过去那个端正清和的纪以宁：“因为纪家当年的盛况，我从小也是目睹过那一类人的婚姻的。对太太，以礼待之；对红颜，不落情意；太太和红颜都不坏，有时甚至还可以成为朋友。但我始终无法接受这形变的、畸态的式样。我不喜欢这样的婚姻，我也不会要这样的婚姻。你要禁锢我，无非因为你没有想过我会不受控。如果是这样的话，唐易，我坦白告诉你，如果这场婚姻，委屈了也不能求全，我是不会再对你求这一个‘全’的。”

纪以宁永远只会是那个端正清和的女孩子：“这天下这样好，我仍爱此生要分明。”

这样的纪以宁，真是漂亮，温柔中生出决然，令人惊艳。

唐易忽然想起她曾对他讲的：我所认为的痛快，是决绝一点才够得上的。西西里人，暴力冲撞，即便被俘，行刑前仍不忘要一杯威士忌，落首是痛事，饮酒是快事，饮酒时一刀砍下落了首，痛快痛快。

他早该明白的，纪以宁痛快起来，是豁得出去的。一副肚肠，一腔热泪，情意尽了，她无憾。

唐易缓缓走近她，一把将她拥入怀里，用力抱紧。

“对不起，”他低头，对她的伤心一并负责，“一直以来，给你那么多误解，我很抱歉。”

感情是一道刑、同心扣，锁住两个人。

纪以宁靠在他胸口，揪紧了他的衬衫。今日这一回，她伤得深，做不到阔气地说出一句“没关系”。

她捂住嘴，指缝中有泪水：“我不要原谅你。”

他点点头。

女孩子生气，是需要一点时间的。纪以宁很少生气，今日这一遭，他负全责。

“我知道。”

他缓缓说着，冷不防单膝跪地，用最古老的道歉方式，向她道歉。

纪以宁止住了眼泪，难以置信。他对她尽了力，寂静又疯狂，攻心为上，这样的一个唐易，纪以宁抵抗不了。

他握起她的手：“这么长时间，我自认为对你很了解，我自认为对你清清楚楚，今天才明白，原来我已经做了那么多不清不楚的事。所有这一切，我很抱歉。很多事，我不想告诉你，也害怕告诉你。我不是存心的，而是没有办法承受可能会有的后果。我可以失去任何人，就是不能失去纪以宁。”

他抬头看向她，目光清澈：“这一点，还希望你一定要明白。”

纪以宁连夜发起烧来。

当邵其轩拎着医药箱来到别墅的时候，见到唐易，就有种“早知会如此”的了悟，笑得挺欠揍：“她跟你闹了吧？”

唐易没心情跟他扯淡：“做你的事。”

每次见到他这样，邵其轩这只单身狗都很爽，心情大好，安慰他两声：“肯跟你闹，证明她心里还是有你的。那可是纪以宁啊，一向不食人间烟火，你看她还跟谁闹过？你很有本事啊。”

唐易心烦意乱，理都懒得理。

量了体温，做了检查，邵医生安抚道：“没有大碍。是受了凉，有点发烧。我开点药，看看情况，先不要挂水。”

纪以宁声音沙哑，不忘礼貌地道：“谢谢你。这么晚了，我麻烦邵医生了。”

“哪里，”邵其轩坐下来，对她道，“倒是你腿上，这么多细小的伤口，处理不好会发炎，怎么弄的？”

纪以宁没有说话。

唐易握紧她的手，理智和道德都回来了：“要紧吗？”

邵其轩扫了他一眼：“你现在知道心疼了啊？”

唐易难得理亏。

邵其轩拿出医者父母心的精神，对他进行思想教育：“这些伤口这么细，又密，一看就是在旷野被带刺的植物割伤的。按理说，被割到一次，晓得了痛，就会避开走，但我看以宁这样子，一点也没有避开的样子，应该是被人拖着走的，她避不开。”

邵医生不冷不热地看着他：“我猜得对不对啊，易少？”

唐易看着她，不是滋味。

一场恶战，两人覆没，伤筋动骨，死伤之处以千万计。

他对她的疼惜，不止一点点：“以宁。”

纪以宁没有理他，反而唤了一声：“邵医生。”

“嗯，怎么？”

“昨晚简小姐的伤也是你负责的，是吗？”

邵其轩正拿着棉花擦拭她腿上的伤口，听到这话，手一抖，心想这皮球怎么踢到他这里来了？

纪以宁问得温和：“简小姐的伤，还好吗？”

“呃。”

作为昨晚的帮凶之一，邵其轩后背浮起一身冷汗，含糊不清地答了下：“还好，还好。”

纪以宁静静地又喊了他一声：“邵医生。”

邵其轩头皮一紧：“哎？”

“以后，若简小姐有事相求，你们不必瞒着我。我喜欢邵医生，喜欢唐劲，也喜欢简小姐。这本就应该是坦荡的关系，是可以坦荡起来的。这一点，还希望邵医生你能明白。”

邵其轩听得冷汗都下来了，扫了一眼唐易，眼神复杂地对他表示：你这个老婆，很厉害啊。

她的弦外之音，唐易听得一清二楚。他握紧她的手，对她承诺：“下次，我不会瞒着你。”

纪以宁“嗯”了一声，不再多言。

室内一阵沉默。

邵其轩低着头处理伤口，连大气都不敢出。他不得不承认，纪以宁身上有股寻常人不太会有的气质，近乎“正气”，浩浩荡荡的，她行得正，俯仰无愧于天地，以至于她要问责起人来，也站得住脚，叫被问责的人羞愧万分，良心受到极大的考验。

邵其轩处理完伤口，收拾了药箱，嘱咐了几句，迅速地撤了。是非之地，还是少待为妙。唐易这人他了解得很，碰上纪以宁的事，脑子就开始发浑，邵其轩都不敢想象，若纪以宁存心要跟他闹，还不闹掉唐易半条命？

纪以宁没有闹，她睡了两天。

也许是病了，抑或是累了。

可是唐易不行了，纪以宁闹一闹还好，可她不闹，晾着他，他时刻都有种要失去的惶惶感。他守在她身边，寸步不离，连下楼都不肯让她着地，借着她有腿伤将她抱着，走到哪里都靠他抱。唐家内外盛传他们两个浓情蜜意，少夫人走路都不用腿。纪以宁为这传得越来越离谱的言论而羞愧，不许他再抱她，他不肯，存心要将传言描得越来越黑，令她今生都洗脱不了被他惯坏的嫌疑。

纪以宁在病中，又伤了心，身心俱疲，不见好转。唐易摸着她的额头，见仍是热，神色焦急，问她有没有不舒服，想着做什么才能令她好一点。她也只说没关系。倒是一旁的小侍女机灵，每日清晨抱一束盛开的布鲁斯玫瑰，置于清水玻璃瓶中，花开得好，水又清，根茎分明，纪以宁爱看，看久了还会有许久未见的笑意。

唐易松了一口气，他现在对每一个讨得了纪以宁欢心的人都有迷之好感，挥一挥手，私下给了小侍女诸多好处。小侍女直说谢谢易少，甜甜地笑，不忘告诉他：少夫人从前喜爱很多花，现在独爱布鲁斯玫瑰，因为生日那一天，易少清晨送的，就是这一束。

唐易顿悟。

说是不在意，到底还是在意他。

连他送给她的一束鲜花，都成了她秘密的心头好。

纪以宁退了烧，但仍有些感冒，脸颊微红，声音沙哑，叫唐易听了，心里千万个不舍。

他摸着她的脸，皱眉道：“好几天了，怎么总不见好呢？”

纪以宁没有说话。

她近来咳嗽，嗓子红肿疼痛，心里又伤着，不肯好。见了他，听到他的关怀，她想说什么，张张嘴，话又下去了。她这样的性子，下去了的话，就没有勇气再提上来，于是一个落寞，又落得无话可说。

唐易吩咐人拿药过来，把怒意都带到邵其轩那里：“再不见好，过几天见了他，我收拾他。”

纪以宁见不得他这样子，一动怒，就是生生死死的。她终于开口，声音很低：“我会让自己快一点好起来。”

又想起那一晚，他陪在医院，整晚地消磨，定也是希望另一位小姐能赶快好起来。

纪以宁黯然。

心事重，调子一起，就收不住了，她疑心自己犯了原罪，罪不容诛。

下颌被人抬起来，不知何时他近了她的身，正细细盯着她：“你在想什么？”

她暗自揪紧了被角。

“我没事，你去休息吧。”

“你这个样子，我怎么可能放下你不管。”

她忽然推了他一把，气息不顺，咳了起来：“我这些，是小事，不比得你见过的那些大伤大痛，不需要你这样陪着我。”

唐易倾身吻她。

她几乎被呛到，推开他的手反被他一把握住，压了下去。他吻得深，因她一句话，克制不住，非要交缠在一道，才受得了。

“你以为我这样子陪过谁啊？”

他微微放开她，拿她毫无办法：“纪以宁，你生起气来，真是会折磨我。”

女孩子被人宠过之后，当然不愿意再见别人被他这样宠。

纪以宁轻声道：“我不要听你的花言巧语。”

唐易截住她的动作，将她圈在怀里，对她耐心解释：“那晚邵其轩也在，不是我一个人单独留在那里。是我考虑不周，让你误会，以后，我不会了。简捷会有属于她的那个人接手她将来的人生，那个人绝对不会是我，因为，我想接手的人，只有你。”

纪以宁听着，微微软了心。

他讲给她听：“知道你这几日说得最多的是什么吗？讨厌我，不要听我说话，不想看见我。没关系，对我生气的话，你尽管来。只是不要再说那天的话，不要再说不想回来，不想留在我身边。只有这个，我受不了。”

一半无心，一半有意，他开始诱惑她：“所以，不要走，只属于我一个人，好不好？”

纪以宁一个心软，就被他得逞了。

当他将她压下去，低头咬住她白皙的肩时，纪以宁心想，怎么就允许了呢，他这个伤她心、又不讲理的人。

她微微喘息：“我还在感冒……”

“没关系，”他在她颈项上用力，留下吻痕，“一起。”

她被他弄得失了力道，低声讲：“我有时会后悔遇到你。”

他忽然咬她。

她肌肤很娇嫩，吻痕如血，一丝堕落的痛感，他不允许她后悔。

“因为，遇到你以前，我不是这样的，”顿了顿，她重复了一遍，“嗯，我从来都不是这样的。”

介意，妒忌，猜疑，痛苦。

纪以宁终究是女人，不是神。女人只要爱了，谁保全得了自己？

唐易挑起她的情与欲，似威胁，含警告：“纪以宁，就算你后悔，也晚了。”

“嗯，幸好。”

“什么？”

她抬手勾住他的颈项。光线幽暗中，她在他的肩头咬了一口：“我后悔，也不打算改。”

一句话，令他刹那间便有了情欲。

她是最好的引线，引他犯罪。

“知道我有多怕会失去你吗？”

他将她置于身下，令她无法看见此时的唐易有多温柔。

“失去一个人是很痛苦的，”情爱两地，他交出真心，“那种感觉，我明白。所以，我不会让你离开我。”

纪以宁心里一颤，忍不住问：“你失去过谁？”

他没有回答，刻意回避。

就在她陷入情欲时，依稀听见唐易的声音响了起来。

“是我母亲。她忽然有一天就不见了，等我找到她的时候已经太晚了。后来我整理她的遗物，找到一只透明手表，是她惯用的。用得太久，指针都已经折断，永久地指向了某年某时某分，我母亲把它收好放进了储物箱。她的所有遗物都沾染上了她的气息，我每天看。终于有一天我觉得自己受不了了，那太让人痛苦了。我收起了她的所有东西，唯独那只已经折断的手表一直留在我身边，因为我总感觉时间就停在那里，所有人都没有离开，没有失去，也没有绝望。”

纪以宁承受着他的爱，他存心叫她听不清他在讲什么，纪以宁不知道为什么他不让她听清，她只能断断续续地喊他的名字。

他附在她耳边低语："一生很短，时间却是线性的，不可逆。纪以宁，从我遇见你开始，我就明白，我们之间已经开始了倒计时。或早或晚，我都会失去你。但可以遇见，我就该知足了，因为我明白，它已经给了我一个机会，把这一生的感情都酿足了。"

她本就是一个心软的人，他对她情深义重，她抗拒不了。

昔日她在伦敦，常常对自身下落有不明的困惑。人类自通过冰河时代九死一生以来，就层层有劫，这劫有惊有险，肉身一具，如何抗衡这世间千万的纪年。一个纪以宁，活着又是为了什么，又该如何好好活？

直到她听到了他呼唤她。

这红尘寂寞，她转身细想，应他一声，可好？

不早不晚，恰好相遇。

幸好，最后，爱还会自己发声。

一周后，纪以宁痊愈。

傍晚，唐易陪着纪以宁在庭院修剪花枝的时候，尹谦人过来了一趟，递给唐易一张请帖。一位小朋友的私人百日宴，请帖右下方署名：唐涉深、程倚庭。

唐易近日扔下公事，心思都在纪以宁身上，顾不上其他。这张请帖分量不低，尹谦人掂量得出这其中的意思，亲自跑了一趟，给唐易拿来了。唐易看了会儿右下方的署名，神色暧昧不明，声音玩味："唐涉深，你很会做生意啊。"

唐涉深的 SEC 近来北上的意图明显，风头正劲。唐涉深是聪明人，SEC 要北上，这地界的通行证必须费力拿一拿。唐家一句话，就可放行。唐涉深非常明白，绕不开唐家，就意味着绕不开唐易，说到底，这地界，还是唐易一句话的事。

可是问题来了，唐易这人，很难搞。

合作，可以，但合作以外的事，唐易没有兴趣。比方说，交个朋友。

成了朋友，有了情分，不想帮的事，也得帮。从这一点而言，唐涉深非常精明。他要找唐易，却不主动现身，一张请帖过来，钓他先为客。唐涉深目标明确，步步为营，这是一个很会做生意，也很敢做生意的人。唐易拿着请帖，掂量了几分，意味不明。

纪以宁从他手中拿过请帖，打开精致封面，冷不防看见内页中一个鲜活的小生命的照片，惊赞道："好漂亮的小朋友。"

唐易心里一软："喜欢吗？"

"喜欢啊，"纪以宁细细看着照片，连唐易都被晾在一旁，"才百日就已经长得这么好了，将来一定是一位非常漂亮的小姐。"

唐易顺手将她拉过来，抱她坐在腿上："想见一见？"

纪以宁的喜爱之情溢于言表："如果可以的话。"

唐易一笑，顿时改了主意。

唐涉深，令千金是你的神助攻啊。

他叫来尹谦人，吩咐了几句："告诉 SEC，这请帖我接下了。到时候，我一定亲自登门打扰。"

G 市。

半山私人别墅，景致一流。

唐涉深的 SEC 名声在外，这些年这个人独揽大权，一力将 SEC 带到一个历史新高度。但再声名赫赫，也比不过当年唐涉深的婚变事件来得风雨满城。

这个男人曾经心灰意冷，放任了一回情绪，伤透了一个叫程倚庭的女孩子。于是，最令他痛不欲生的事情发生了，他的妻子离开他，在已有一个月身孕的情况下。那是一个关于“来不及”的故事，程倚庭走得绝，山河岁月一并奉还，你若无心我不留。待他察觉时，他已经失去她了。人生总是会走到这样一个境地，你没有办法，我也没有办法。

但他不肯。

出事后不久，唐涉深做了最令人震惊的事，在如日中天之时，宣布中断事业，换人上位。

他赌上所有，挽留岁月挽留你。

天不负他，令他再一次找到程倚庭。那个时候，程倚庭已经怀孕四个月。他错过了她作为一个女人，最重要的三个月时光，也错过了她作为一个妻子，最需要他的一段人生。大错已成，他没有办法，发誓要用此后余生加倍补偿。程倚庭情绪不稳，又在孕中，多思成疾，心里病着不肯好，听不得他对过去一场误会的一句解释，甚至听不得“苏言”这个名字，听一次，落泪一次，到最后，他几乎恐惧她会哭伤眼睛。医生对他嘱咐，她的情况很不好，落下了心理病，再这样下去，只怕母子皆有性命之危。唐涉深断然决定，带她离开，在她愿意面对之前，都不再回这个伤心地。即便程倚庭此生不再愿意面对过去也无妨，他奉陪到底。他下了决心，带她定居 G 市，从此远离从前的一切。

当唐易驱车到达，下车看见迎面而来的男人时，颇为感同身受：情场活着熬过来的，不容易。

两个男人对视一眼，彼此打量，握手、交谈、送见面礼。

走进宴会厅，侍者端来两杯酒，一人一杯，意思意思碰了下，尽到了礼数，就打开天窗说亮话。

“SEC要北上攻城，未必要找唐家。走官方这一条明路，还能更容易。”

“呵，我找唐家，找的是你。付出的代价多一点，只要你肯接，我遇到的问题，你会比我更上心。”

“哦？”

“况且，唐家以后未必不会来找我。我在G市，你有资金要南下，我帮你的话，会比旁人更快，也更合你的意。”

唐易笑了。

这是一个聪明人，也是一个非常精明的生意人，懂得和唐家做生意，该做什么，不该做什么。和这样的人合作，有一点私交，不会太麻烦，或许，还会有些愉快。唐易倾身，碰了下他的酒杯：“合作愉快。”

唐涉深随着他的动作，仰头将酒饮尽。

眼风带了带，他看了一眼这个男人。传闻不见得夸张，长成这个样子，确实漂亮。

宴会内庭，纪以宁正由程倚庭亲自陪着。她终于见到了今晚百日宴的主角，惊赞出声：“好可爱啊。”

程倚庭笑了，见她喜欢得紧，将小朋友往她手里放：“纪小姐，你要不要抱一抱？”

纪以宁心如擂鼓，被她指导着，小心翼翼地抱了下。小朋友身上有股奶味的香甜，肉肉的小手无意识地抓着她的纽扣玩，又抓不住，一来一往时小朋友困惑了，仰头直勾勾地看着她，看得纪以宁心都要化了。

两个男人走过来时，恰好看到了这个画面。纪以宁抱着小朋友对唐易笑：“她真的好可爱，我好喜欢。”

唐易心里一沉。

他很好地控制住了自己的情绪，没有外露一分，环住她的肩：“这么可爱的小朋友，你当然会喜欢。”

一场私人宴会，宾主尽欢。

唐涉深礼遇周到，不仅宾客，连请来在庭院中演奏的小提琴乐队也奉送上分量不轻的百日宴红包。大手笔，又做得漂亮，众人皆欢，唐涉深摆平场面的功夫可见一斑。纪以宁离开之际，只看见那个男人正从程倚庭手里抱过小朋友，要她去休息，不准她太累，程倚庭似乎不愿顺他的意，他将小朋友交给管家抱，拦腰抱起妻子就往楼上走。他失去过她，再拥有，对她比谁看得都紧。

纪以宁将这一幕看在眼里。

方才抱在手里的触感未退，软软糯糯的，纪以宁终于确定了自己的心意。

她也想要一个孩子了。

天清气朗，故人季

Chapter

08

程先生把手伸这么长，都伸到我房里来了。这一趟，我怎么能不来亲自会一会你？

女人，体内天生留着母性。一旦觉醒，再想压下去，就难了。

纪以宁非常认真地思考了这个问题。

思考了几日，她越加确定，她非常想要一个孩子，她也做好了心理、生理上的准备，来迎接一个孩子的到来。

但是唐易的态度令纪以宁有些踌躇。

他似乎不明白她的意思，或者说，他并不打算明白。有一晚，她试探地问他，喜欢小孩子吗？他颇为冷淡地给了两个字：还好。

纪以宁不肯放弃，对他追问：那你想过要一个吗？唐易给出的是更为冷淡的两个字：不急。

纪以宁没有勇气再问了。这种事，他不急，她总不能对他用强的吧？

纪以宁心思重，连着几日睡不好，心里挂着事，每每想得深了，就发怔。这一晚，她正想着，就被人从身后圈住了腰。

唐易的气息缠上来："在想什么？"

纪以宁呼吸一窒，他回来了。

唐易有些担心："最近你总心不在焉，我不喜欢你这样子。"

不晓得哪里来的勇气，她忽然转身，面对他。

刚洗完澡，一身清爽。唐易眼色渐深，纪以宁有些得逞的欢喜。她存心引诱，不晓得他是否抗拒得了。

丝质睡裙柔柔顺顺的，露出一截锁骨，她凑近他，任凭腰间缎带松了，也不去系好。纪以宁握起他的手，引他到腰间，温柔地问他："想要我吗？"

唐易神色不明。

纪以宁不愿从他口中听到拒绝，在他唇间落下轻吻，声音里有青涩的慌张："可是我非常想要你。"

她真的变了。

纪以宁在心里叹息，她不晓得这样子的自己是变得更好了，还是更坏。对他求欢，勾他上手，可是她明白，她不后悔。

然而下一秒，唐易的左手忽然搭上她的肩。

他很慢、很慢地拉开了和她之间的距离。

他的力道不大，但只此一个动作，已经足以浇透纪以宁所有的期待和自尊。

两人间一阵沉默。

有那么一瞬间，纪以宁脑中一片空白。

她知道唐易拒绝过很多女人，可是她没有想过她也会是其中之一。她想起邵其轩对她当玩笑讲的：你知道唐易单身时拒绝起女人来有多狠吗？漂亮的、温柔的、可怜的、让人同情的，他都狠得下心一把推开，唐家有这种天分的，我看只有他一个。

男女情场，他无心恋战。

终于，也包括纪以宁了，是不是？

她很艰难地回神。

纪以宁控制了情绪，裹紧睡衣，不再对他袒露一分。她稳了稳声音，不让自己失了自尊："你还有事要忙，是吗？那，你去忙吧，我看会儿书就先休息了。"

右手被人一把抓住。

唐易的声音里听不出情绪："刚才……"

"没有的事。"

纪以宁挣了挣，松开了他的手。她微微笑了下，报以歉然，仍是淡淡的，眼里心里都不落伤痕："不要再说下去了，好吗？刚才，什么都没有发生。"

室内陷入沉寂。

她关了灯，只留一盏壁灯，唐易静立不语，任凭昏暗的灯光拖长了暗影。

他似有隐忍，终究不舍，半晌，缓缓踱步走向床沿，抬手拂去她额前的散发。纪以宁捂着脸，哽咽出声："不要看。"

唐易一把将她抱起来，拥她入怀："以宁。"

"不要说了。"

他抚着她的后背，一腔柔肠："不是你想的那样。"

纪以宁声音沙哑："我不懂你。"

她以手捂脸，不愿让他看见软弱的眼泪："对我好，给我希望，让从没有勇气做一些事的我也有了勇气，靠近你，爱你。就在我以为，终于可以靠得够近时，又一把推开我，对我说，不要这样子。喜欢一个人是不是一定要这么累呢，喜欢得少一些，你不肯；喜欢得多一些，你又不要。有时候，我甚至觉得连我自己都快不认得这一个自己了，为了你，我变得太不像我了。"

她需要一个很精良的外科手术，在手术未行之前就可以自行斩断对他的期待。

唐易将她抱紧，好似哄一个小孩子："以宁，我知道你在期待什么，能不能再给我一点时间？我希望在回应你这一个期待之前，你首先是快乐的。不刻意，不彷徨，不急躁，不带任何目的性。夫妻一场，一切期待的前提都是我希望你快乐。"

一席话，将她的心事都了了。

纪以宁在他怀中安静下来。

人间情理，夫妻情分，他缓缓道来，自有内里的道理与力量渗透进她心里。纪以宁想，大概这就是她即便不喜欢唐家也无法不喜欢唐易的原因。谈感情、谈人世，分寸尺度都在他心里，有持身接物的朴素与温爱。

纪以宁安静良久，对他让了步："好，我信你。"

这一晚，唐易公事上有活动。

一场晚宴，双方签字、握手、把酒言欢。公事告一段落，唐易端着一杯酒，找了个阳台躲得人影都不见。

晚宴结束前，邵其轩看见唐易从阳台走了出来，一个人喝酒喝得心不在焉，邵医生心里“咯噔”了一下，在心里默念数遍：不要看见我，不要看见我……

正想着，唐易的视线已经投了过来。

“你也在？正好，送我回去。”

邵其轩面无表情地拒绝：“不要。”

唐易端着酒杯走过来，置若罔闻：“啊？”

邵医生经验丰富：“你心情不好时才会一个人躲着喝酒。一个男人，心情不好，喝了酒，身上又有枪，我不跟你这样的危险分子同路。”

唐易放下酒杯，右手伸出两个手指，做出枪的姿势，在邵其轩腰间顶了下，一笑：“你送不送？”

被明目张胆地威胁，邵医生愤愤然：“你不要吓我啊，我是能被吓到的人吗？我送还不行吗。”

这一晚，路况不太好。前方出了车祸。邵其轩开着车，和坐在副驾驶座上的唐易一同享受三更半夜被堵车的快感。

唐易一路无话，连被堵了半小时，也能跟着静坐半小时。邵其轩在一旁瞅了他半天，最后还是敌不过良心，问了他一句：“有心事啊？”

唐易没理他。

邵其轩：“不开心吗？”

还是没理他。

邵其轩无语，正想开口腹诽他几句，忽然听见一句：“她想要孩子。”

“哦……”

邵医生漫应一声，这才回神，一时竟被惊住了：“啊？”

他确定自己没听错：“三年了，那件事，你一点都没告诉纪以宁吗？”

唐易没说话，单手靠着车窗，看着前面，视线没有焦点。

邵其轩顿觉棘手：“很久以前我就对你说过，瞒是瞒不住的，你们是要在一起一辈子的，你能瞒她一辈子吗？”

唐易有点累，靠在椅背上不说话。

邵医生有感而发：“男人呢，有时的确是用下半身思考的。做了，不见得是因为爱，但爱了，就一定会想要做。相对的，女人也是这样，有孩子，不见得是心甘情愿要的，但心甘情愿地爱了，就一定会想要孩子。这种事不能拖，开诚布公是最好的办法。有问题，一起努力，一起想办法，你瞒着她，她反而会误会你。”

这一席话的确中肯。

唐易忽然转头看着他。

邵其轩瞥他一眼，没好气地道：“你这么看着我干什么？”

“没想到你正经起来也挺有个人样的。”

邵其轩闷声闷气的，自有一筐伤心往事：“不用这么夸我，这些道理都是从谢阑珊跟我解除婚约时学到的。”

唐易想起来了，点点头：“这倒是，论被未婚妻甩，你经验丰富。”

邵其轩微微头疼：“你现在很能嘛。”

两个男人各被戳了痛脚，唐易笑容落了落，车内又安静下去。邵其轩微微叹气，他见不得唐易这样子，纵横于世的一个人，碰上了感情，也会束手无策，也会有想保护却保护不了的人。邵其轩不喜欢悲凉之气，好似大观园末期，一班女人都风流云散的样子。

“你不想告诉她的话，就不说了。”到底做不到无心，还是想帮他一把，“我会想办法把以宁治好。三年前我就告诉过你，她既然身体有这个问题，将来一定瞒不了。你不肯说，不愿她伤心，所以现在我也不会劝你告诉她。瞒都瞒了，想办法解决它才是真的，也不负你的心意。”

唐易脸上微微有了笑意：“麻烦你了。”

邵其轩被他脸上那一个收起渐落的笑容晃了心神。

论诱惑，这人真是好手。无心的，也能勾得人晃晃荡荡的。

周五，天气晴朗。下了一星期的雨，终于停歇了，雨后清新，令人愉悦。

城中的 TimeCity 美术馆迎来一位特殊的客人。老馆长站在台阶上，看着他缓步走来。纯色衬衫，格纹毛衣，十足英伦风。男人缓步走上台阶，伸手一握，掌心的温暖一如这个人。

老馆长笑了，上前抱了抱他。

“William，你真的是一点都没变。”

古老的美术馆内，两人一路观赏，闲谈间有回声回响在空旷宁静的空间里。

“这一次，多亏有你，”馆长由衷感谢他，“如果没有你的资金周转，恐怕现在这里已经不复存在了。”

男人声音温和：“应该的。”

“呵，”馆长笑了，“如今做投资的人，恐怕只有你会舍得把资金投向我这里了。既没有回报率，也没有市场价值。”

“不会，”他的笑容很淡，丝毫没有一个投资人该有的凶猛杀意，“这里很好，长远一点来看，自有它的价值。”

两个人礼貌交谈。

“你好多年没回国了吧？”

“是啊，好多年了。”

“有没有想过回来？或者是跟着你父母一起去美国？如今你们家的投资业务大部分在美国和国内，你在英国，没有人帮你，会很辛苦。”

“没关系，我还是留在伦敦好了，”他自有他的执着，“美国有华尔街，国内有唐辰睿的唐盛，在这一行做事，在哪里都是一样的。”

“你一直独自留在伦敦，始终不方便啊。”

“方便的，”他忽然说，“方便等人。”

他不能离开伦敦，他还在等人。

男人忽然停在一幅画前，静静地看，双手悄然握成拳。画中女子，深目长睫，双手交握，唇角微翘，一个笑容，足以让全世界为之沉醉。

“这是《蒙娜丽莎》的仿制品，”馆长饶有兴味地问，“你也喜欢那幅画？”

“不，不是，”他微微笑了下，“以前我有一个朋友，她很喜欢。在卢浮宫，她欣赏起那幅画来，都舍不得走。”

老馆长是过来人，听出了其中意味，玩味地问：“Geliebte？”

德文，情人。

他有些失意：“我希望她是，可惜，她可能不愿意我是。”

老馆长懂了，安慰地拍了拍他的肩。

他还是喜欢她的，记得的都是她的好：“她是一个很有意思的女孩子。寻常人见了她，总以为她柔弱，受不得伤，但其实不是的，她容得下很多，也能谅解很多，外表柔软，心却是炽烈的。”

馆长感慨：“这样的女孩子现在可真是越来越少了啊。”

“讲个故事给您听吧。”

他很怀念:“大学最后一年的一次考试,她交出的作品是一幅画。她画了三个星期，却在最后被人毁掉了。因为那次考试的评审老师是皇家学院的人，谁的作品好，就有机会被选中定向培养，名额只有一个，所以竞争很激烈。”

馆长点点头：“她一定哭了吧？”

“没有，”他摇头，声音里充满了心疼,“她从来不哭的，至少，我没有见过。她甚至都没有抱怨，收起被毁掉的画，用最后一晚的时间，重新赶出了一幅新的作品。”

馆长很高兴：“那她后来被选中了吗？”

他点点头。

馆长笑起来。

“可是她没有去，被视为自动放弃了。”

馆长大惊：“怎么会？”

“因为她不见了，”他的神情很难过，“听说她家里出了事，可是她从来没有对我们说过。任何一个人，她都没有说过。”

包括他在内。

时间渐逝。

男人抬起手腕看了看表,转向老馆长,微微颔首:“时间不早了,我该走了。”

“这么快？”老馆长很舍不得，“我本来还想让一个人陪你好好参观这里的。她很优秀，一定能和你有很多共同话题。”可惜以宁的家人刚刚打电话来，说她今天身体不太好，请假一天。

“下次吧，”男人微微笑了下，“下次好了。”

“你又在安慰我，”馆长叹气，“下次你回国，不知道又是哪一年了。”

门口，他的下属已经开始提醒他：“程先生，时间差不多了。”

老馆长只能陪他走出去。

黑色轿车停在台阶下，助理拉开车门，男人和馆长并肩走下台阶，彼此说“再见”。

命运待他不薄，一个过度思念的声音，终于再次降临在他的生命中。

“不好意思，我今天迟到了。”

程应致看着那个熟悉的人影，由远及近，确认了，他认得她。一时间他竟站住了，忘记了反应，就这样看着她和自己擦身而过，看着她急急跑上前，站在馆长面前低头道歉。

这个清晨，她就这样突然出现，一如当年的突然离开，来与去，都让他来不及准备好。程应致收紧了拳，指尖掐进掌心，以疼痛抑制住发颤的心。他看着她，带笑的眼睛，温和的表情，与人对视时清澈的目光，甚至连道起歉来会抬手捂嘴的小动作都没有变。

天清气朗，故人季。

“以宁……”

听到声音，纪以宁转过身。

单单一眼，就震住了。

程应致上前，用力拥她入怀。他与她无话可说，一开口，就俗了。有些感情，是宁可错付，也不愿收回的。

“不要说话，给我五分钟的时间。”他将她按在胸口，用力抱紧，“我等了你三年，你给我这五分钟，就够了。”

他欺骗了自己。

五分钟，怎么够。

他用和她之间的回忆，孤军作战，抗衡了整整三年。他固执地不离开伦敦，不离开剑桥，常常一个人在风起雨落的日子里站在昔日她最爱去的图书馆前，想象有一天，她还是会像从前那样抱着书从里面走出来。

天不负他，叫他今日得偿所愿。

“以宁。”

你告诉我，我们之间该以何种面貌面对彼此。故人，情人？

纪以宁仰起头，故友重逢，令她信了宿命论，唇边绽出一抹笑意：“呵，竟然……是你。”

程应致闭上眼。

两个人相爱的方式太重要，时间地点都错不得。当年太年轻，双方皆小心翼翼，不敢越过一步。他明明知道她不懂如何爱人，明明知道她不懂感情，他也始终舍不得用属于男人的手段教她接受他。站在她身旁，看着她就觉足够，他在心里期待着有一天她会懂，会主动来到他身边。直到她忽然从他的生命中退场，他才知，对纪以宁，他用错了方式。

他可以改。

那么，还来得及吗？

程应致忽然俯下身，带着力道的深吻就要落到她柔软的唇间。

纪以宁几乎是本能反应，一把推开他。她的力气不大，躲开了，但仍被他锁在怀里，她急急对他讲：“不可以。”

“可以的。”

他抵着她的额头，来势汹汹：“当年你说，牵手可以的，其他的，你不习惯。这三年来，我一直后悔，若那一天令你习惯其他的，你会不会就舍不得下落不明？”

这三年来不是没有好女人对他示好，但那句法国谚语是怎么说的?“更好是好的敌人”,纪以宁就是程应致的“更好”,他没有办法。

“以宁,我等你太久了。”

纪以宁一时竟怔住了。他眼中势在必得的目光她太熟悉了,她每一晚都能从另一个男人眼中看到这种目光。

“不可以,我已经……”

他不肯听,出手扣住她的腰,俯下身。

下一秒,程应致忽然停住了全部动作。他离她好近,再近一些,他就可以吻到她,可是他就忽然这么停住了。视线余光落到了她的颈项上,他看见了她身体上所有的秘密。

纪以宁当然知道他停下的原因。他看见了,她也没有躲,本就是她心甘情愿要的人生,她希望他能懂。这很残酷,她知道。深色痕迹布满她的颈项和锁骨,是唐易在一夜缠绵里对她宣告占有的印记。

纪以宁的声音很平静:“我现在已经有喜欢的人了。”

华灯初上,万家灯火,一城的繁华,车如流水马如龙。

两人并肩走着,一路无话,只是谁也没有停下来,数年前的那一段牵手,仿佛就在这一路并肩中风流云散了。

恋人未满,他已经来不及了。

纪以宁在他面前安静承认一夜缠绵的样子,叫程应致在一瞬间不得不向现实俯首称臣:他的“更好”,已经是别人的“最好”了。

“毕业前你忽然不见了,没有拿奖学金,连最后的毕业典礼也没有参加。学校方面不断找你,也问过我你去了哪里,所有人都关心你的下落。我只能告诉他们,你发生了很紧急的状况,不得不离开。”

纪以宁了然,低声道歉:“我很抱歉。”

“你抱歉什么呢，”他心里是有怨的，“对我、对学校，还是对其他人？”

纪以宁停住脚步，郑重地说：“我向你道歉。”

程应致声音严肃：“一句道歉怎么够。”

她怔住，看他是否生气了。

他笑起来，摸了摸她的脸：“骗你的，不需要道歉的。你很好，我也不错，不是吗？”

“呵。”

纪以宁偏头一笑。

程应致单手环住她的肩，并肩走着，他终究连对她放手都顺了她的意。

傍晚，刚下过小雨，路边的水果店三三两两地开着。冬日，暖棚中出产的不当季草莓遇了雨水，仿佛也变得有生命了，粉嫩嫩的颜色，十分可爱。

程应致在一个水果摊前停下脚步。

男人掏出钱包，买了一袋小草莓。老板找给他一把零钱，他伸手接过，一转身，却见身后一个小女孩眼巴巴地望着他手上的草莓。他笑了下，把手里的零钱塞进小女孩手中，听见她欢欢喜喜地说：“谢谢哥哥。”然后就伸手把他的零钱重新递给水果店老板，欢快地说，“老爷爷，我也要吃草莓。”

程应致转身，对纪以宁笑，指指刚才拿他的零钱买草莓的小女孩：“像不像你？”

纪以宁失笑：“什么啊。”

“你最喜欢的，”他把手里的草莓递到她面前，“不当季的水果，味道好的很少。所以那个时候，每次看见口味十分好的草莓，你都会一口气买很多回去。”

三言两语，漫天漫地的过去又生动起来。

彼时在伦敦，他与她皆年少，将日子过成诗。两人在水果店买草莓时，时常会有金发小姑娘站在一旁好奇地看着他们，怯生生的眼神，水润灵动。纪以宁总是笑言一定是东方面孔不常见，又吓坏一位小 Lady。那个时候的程应致就会像现在这样，拿出袋中的新鲜草莓擦拭干净，笑着送给可爱的小朋友，并在面对异国小朋友“你们是谁？为什么长得和我不一样？”这样的问题时，耐心地告诉她：“我们来自东方的一个伟大国度，那里的人善良、勤劳、可爱，有机会的话，欢迎你来看它。”

他是教会她温柔的人。

一声“来不及”，一生遗憾系心肠。

纪以宁看着他道：“那时，是真快乐。念书、写字、画画、买水果，天清气朗，无忧无虑。你不会晓得，我一直没有忘记过在伦敦的时光。不管今后我这一生会在哪里过、如何过、与谁过，和你一起在伦敦的日子，都是我一生真正快乐的回忆。”

程应致平静地问：“那现在呢？”

“什么？”

他看着她，眼神很深：“现在的你，快乐吗？”

与另一个男人在一起，比与他在伦敦还快乐吗？他知道是他固执了，但三年的感情就这样彻底失了下落，他的固执该是可以被谅解的。

纪以宁点点头，诚实以告：“现在比‘快乐’还要多一点。”

“是什么？”

“是‘幸福’。”

程应致了然，微微笑了下，姿态淡然，不叫内心的倾覆显现一分。那样的世界，他一个人清楚其中的滋味就可以了，万万不能叫她看见。他怎么舍得呢，这样仿佛一生都不会再好的疼痛，怎么舍得让她看见呢。

两人路过西式简餐店，相视一笑，不约而同推门进入。

“咖啡，不加糖；汉堡，多加些芝士；再给我一杯清水，谢谢。”

他递给她：“我有没有记错？”

“没有，”纪以宁心中有怀念，“都是我的习惯，你都记得。”

“我曾与你共度四年时光。”

两人说话间，有呵出的白雾涌起，有属于旧时光的情意逝去。

“我昨晚住的酒店前恰恰有一座石桥，旧式的，如果你见了，一定会喜欢。”

“呵，我不羡慕。”

“为什么？”

“因为我和你一起走过最美的石桥。”

程应致握着咖啡杯的手陡然紧了一分：“你还记得？”

“嗯。威尼斯的叹息桥，修学旅行时，我们曾经走遍欧洲。”

“以宁，我还记得那个传说。”

曾经两人一起修学旅行，去了欧洲。法国的卢浮宫、德国的科隆大教堂，最后一站，就是威尼斯的叹息桥。据说到威尼斯的人，一定要坐冈都拉，坐冈都拉的情侣，一定要经过叹息桥，在桥下拥吻，爱情就会永恒。

多可惜，程应致没有吻纪以宁，只因纪以宁尚不能接受接吻。于是，他只牵了她的手，一生都错过了那唯一的机会。神给了他捷足先登的机会，他却没有把握住，终至失去。

“后来，我一直在想那个传说是不是真的。”

如果当年，他狠得下心对她强势，她现在会不会就是程太太了？

他甚至还记得当年在桥边，她在落雨的天气里撑着伞，轻声说："将来如果一定要寻，那么我只想寻一个温暖的男人来爱。"

他是真的舍不得她。

"以宁。"

"嗯？"

"你现在爱上的那个人，一开始，你被他强迫了，是不是？"

纪以宁抬眼看他，有些狼狈，还有些慌乱："你……什么意思？"

程应致笑一笑，喝了一口咖啡，味道很苦。他看着她，猜出了全部事实。

"他强迫你，强迫你接受了他的全部，自由、感情，甚至是婚姻。你会留在他身边，甚至最后会爱上他，是因为他根本不给你做其他选择的余地。他强迫你、诱惑你、困住你，你挣扎过，最后终于发现，对他，你其实一点办法都没有。"

做投资的男人，有心起来，哪里瞒得了他："我说的，对不对？"

纪以宁有些尴尬："你……怎么猜到的？"

程应致微微一笑。

"不极端，留不住你的。"

这就是他和另一个男人之间最大的不同。他一退再退，始终对她狠不下心；而那个男人，从一开始就要了纪以宁的全部。

程应致眼里有很多的舍不得："这样强势的感情，真的适合你吗？"他猜得到，在她现在的这一场感情里，她是拿那个男人一点办法都没有的。

纪以宁握着温热的咖啡杯焐手，对他坦承："我知道喜欢他会很辛苦。但是我没有办法，遇见了，被留住，从此见到了一些我曾经以为一生都不会有的风景，没有办法了，就这样子发生了。我好喜欢他。”

他是她生命里最奢华的一场盛宴。

赌婚姻，赌性命，舍得命终，令她情场途穷。

这哪里还是从前那个没有执念的纪以宁？程应致别开了眼，没有再说话。

纪以宁轻声道：“应致，谢谢你。”

“呵，”他像是受不起，“你谢我什么呢？”

“谢谢你在三年后给我机会再次遇见你，让我知道，从前的朋友，我仍然可以拥有一两个，这很幸福。”

一种久违后再有幸拥有的温情，令纪以宁明白，大概，这就是生命中友情的重量。

“这三年中的我，遇到了一些人，失去了一些人，发生了一些事，错过了一些事。有些人放得下，有些事放不下。最难过的那些日子里，不知是否能撑下去的时候，我就想起有一个人对我讲过的话：人都有一死，早些晚些，区别只在于当中那段时间，你会不会好好待它，做一个懂得好好待时间的善良的人，绝不仅仅是说说那么简单的。既然如此，我就想我也不能例外，又有什么好怕的呢。就这样，我就像是死过一次，又被救活过来。”

程应致了然：“是他救了你。”

“是啊。”想起整个纪氏家族迅速消亡仿佛城池一夜倾覆的日子，纪以宁的声音有点哑，“是他救活我，并且让我明白，人不能消除什么，尤其是历史，但总还能有一些选择，比方说，选择忘记得快一些。”

不晓得有多少个夜晚，她在梦中落泪，不能忘记那一场大火倾覆整个生命的绝望。不晓得在哪里可以寻到过去，也不晓得在何处可以期待未来。待她从泪中醒来，看见的只有他，正抬手擦掉她脸上的眼泪，寂静而温柔，对她一个字一个字地讲：从今以后，你由我负责。

“现在想想，也许那句古话是对的，”纪以宁轻声道，郑重地一字一句，“先注死，后注生，三百年前定婚姻。”

“砰”的一声，程应致忽然放下咖啡杯，带着一点力道。

“时间不早了，”他不忍再看她脸上眷恋另一个男人的表情，“我该走了。”

纪以宁了悟，不再多言。她明白，她不该多说的。两个人，感情不对等，虽平平之语，也哀哀至极。

“你住的酒店就在附近，我送你回去吧，”顿了顿，她又留了分寸，“当然，你不需要我送的话，也可以的啊。”

“哪有让你一个人回去的道理，”程应致拿出车钥匙，“我送你回去。”

“不要了，”纪以宁连忙拒绝，有些掩饰不住的犹豫，“他……会派人来接我，我没关系的。”

程应致没有说话，盯着她不放。

故友重逢，她但求相安。他又看见了她高领毛衣下的吻痕，影影绰绰，艳丽嚣张。好狠的男人，将纪以宁禁锢至此，他在不在，她都听话。程应致望着纪以宁对他说“再见”的背影，手紧紧地攥成了拳。

他是真的舍不得她。

回酒店的路上，男人走得很慢，边走边打电话：“去查一下，一个叫唐易的人。”

纪以宁回到家，管家见了她，松了一口气，对她讲：“易少刚才找你，打电话去美术馆，得知你已经走了，谦人却没有接到你，还好谦人很快就打电话过来，说接到你了。”

纪以宁心上一颤：“这样啊，好的。”

转身看见尹谦人正开车要走，她快步上去，对他说了声“谢谢”。尹谦人心领神会地一笑，让她别客气。唐易的性格他最清楚，占有欲强得不得了，尤其事关纪以宁，一有不顺心，脾气就上来了，结果往往两败俱伤。尹谦人见多了，实在也见不得这两个人那样子。有时候，他是同情纪以宁的，唐易的爱与不爱都太强势，承受这一份感情，她是辛苦的。

管家轻声告诉她：“易少在书房，连晚饭都是一个人在书房吃的。”

“好。”

进屋，上楼。纪以宁站在书房门前，轻轻推门进去，听到唐易正在讲德语。他身穿黑色衬衫，站在落地窗前，月光洒下来，清冷、明朗。如此严谨的语言，从他口中讲出来，竟也可以充满性感。纪以宁看着他，不知怎么的就想起了程应致。当年程应致与她一道上德语课，他帮她学说小舌音，每天都教她含一口清水在嘴里，然后对她讲：就是这样发音，试试看。

纪以宁猛地收回神，拍了拍自己的脸：“不可以这样啊。”在一个男人身边想念另一个男人，即便只是怀念，也是不可以的。

“不可以怎样？”

纪以宁抬眼，这才看见他不知什么时候已停止了讲电话，正转身看着她。他不合逻辑的话让电话那头的下属显然也惊讶了一下，连忙小心翼翼地问：“易少，什么意思？”

唐易没说话，直接挂断了电话。

他伸手，向她做出一个邀请的姿势。

纪以宁乖巧地走过去，任他将她拉入怀中：“你刚才说，不可以怎样？”

“女孩子的心思，不一定都要告诉你。”

“女孩子？”他一笑,俯身对她诱道,“应该是女人才对,我的。”

纪以宁脸色一红，已经被他攫住了唇。他缠上她，闻到她唇齿间味道浓郁的咖啡香。

“今晚，和人出去了？”

“嗯，故友。”

“什么样的故友？”

“伦敦认识的朋友，没有别的。”

她有些隐瞒，避而不谈。

很久以前，纪以宁就明白，这个一手夺走她今后人生的男人，不会喜欢程应致。何止不喜欢，简直是一点容忍的可能性都没有。

她还记得，最初被他禁锢在唐家的日子，某一个夜晚，他回到家，什么话也没有，看见她站在餐桌前等他的身影，他直直上前，拦腰抱起她就往楼上走，不顾她无措的表情，将她甩向主卧室的床。他解开衬衫纽扣，步步紧逼。

她害怕起来，对他示了弱：“你今天怎么了？”

“我之前的调查，看来有点错了。”

他阴柔一笑，笑容中全无笑意：“你在伦敦有过男朋友，嗯？”

她怔住，摇头否认：“我没有。”

“被人吻过？”

她不明所以，矢口否认：“也没有。”

他像是恨极了，疑心她说谎，扣住她的手，对她威胁到底：“纪以宁，我坦白承认好了，对你，我不打算讲道理。所以，你千万不要骗我。”

她明白他不是在开玩笑。他是见惯生死的，狠起来，做得出来。她只求相安，浮生无事，抬手勾住了他的颈项，对他顺从：“唐易，不要这样。我都已经……嫁给你了啊。”

那一晚，他没有疼她，对她折磨，几乎将她弄伤。

后来，唐劲问她：“有一个人，叫程应致，是你什么人？”

她有点惊讶，诚实以告：“是我朋友啊。”

“什么样的朋友？”

“普通朋友啊。”

唐劲柔声提醒她：“以后，和这个人尽量保持些距离吧。”

“为什么？”

唐劲犹豫了半晌，仍告诉了她：“唐易查你，并且查得彻底。剑桥有传言，你和程应致是情侣。以唐易的性子，这种事，他不会讲理的。”

“原来是这样，”纪以宁松了一口气，“是误会，我去向唐易解释。”

唐劲伸手拉住她。

纪以宁一时被他突如其来的严肃弄得怔住了。

“不要问，”唐劲反复告诫她，“以宁，有一件事，我希望你能明白。唐易这个人，对你，不会讲道理。他有心要作恶的话，谁也拦不住，包括你在内。所以听我的，对那位朋友保持些距离。”

她想起商业文明中最伟大的一个理念：不作恶。

唐易为了她，可以不作恶，也可以作最大的恶。纪以宁有些心慌，不晓得这是否罪恶在己身。

……

纪以宁收回神，懂得避讳他的不喜欢：“你今晚等我，有事吗？”

他握了握她的手，再放开，她低头一看，手里有两张古典交响音乐会的观赏票，时间是下个月。纪以宁有些欣喜地道："是我喜欢的交响乐团，我有对你讲过吗？"

唐易不答，摸了摸她带着笑意的脸，对她宠溺地道："你喜欢就好。"

"嗯，我很喜欢啊。"她又细细看了一遍，"总有人认为，现代文明之下，古典音乐将渐失一席之地，但我不这么想。这场交响乐团演奏的都是已故大师的绝笔，我始终认为，临终一绝总是很妙的存在，不可以轻易否定它。"

"那么，那一天，你工作结束后，我来接你。"

"不用啊，离美术馆好近，我自己过去就行了。"

"好，我在那里等你。"

"嗯。"

纪以宁想了想，难得地向他确认："你一定要来。"

唐易笑起来："你对我这么不放心啊？"

"不是，"她有些不好意思，"因为是我很喜欢的事物，所以总想有你陪着，才是最好的。"

话说得轻轻浅浅，没有特意勾人的意思，却不知怎么的，就是特别能勾得他痒一痒、疼一疼。

唐易将她拦腰抱起来："好啊，作为交换，你先好好陪我。"

纪以宁再一次见到程应致，有些意外。

身穿工作制服的纪以宁笑着问他："我该怎样接待你呢？你是馆内的客人，还是我们的投资方？"

"客人，"程应致有些神秘，压抑住一个惊喜，"而且，今天你的客人，不止我。"

"什么？"

话音刚落，一个人从他身后走来，从远到近，落入纪以宁的视线。

一位英国老绅士，身穿格纹毛线衫、灰色外套，领口的黑色领结工工整整。他须发斑白，金丝眼镜的度数似乎也比从前更大了，拄着黑色手杖的习惯倒是一点也没有变。他尽量走得慢一些，好让蹒跚的步履变得稳一些。他曾说这是礼貌，也是教养，一位绅士，是不能够在走路的时候就让人觉得不愉快的。

老人缓缓走近，眉眼弯弯，满是笑意，用熟悉的、生硬的中文开口道："哦，以宁。"

纪以宁怔住了。

老绅士向她张开怀抱，带着记忆中温和的笑意，静静地看着她："天气不错，过得好吗，以宁？"

纪以宁的眼泪顿时就下来了。

作为一个不及格的学生，她没有勇气去拥抱这位老人，作为一个失败者，她也没有脸面对昔日的恩情。纪以宁上前，向他深深地鞠躬，将三年的歉意都倾尽了："我非常、非常抱歉，教授……"

纪以宁用了一刻钟的时间，在卫生间整理好了情绪。

她哭过，倾尽了悔恨与抱歉，洗了把脸，上了淡淡的妆，把自己整理了一下，深呼吸，唇角挂上不失礼貌的笑容，这才有勇气走出去。

美术馆一隅，彼得教授正拄着黑色手杖，静静地欣赏一幅画。

他老了。

纪以宁不忍，她不希望他老。她还记得六年前，作为初到英伦学府的学生，彼得教授作为她的授业老师，那种严谨、礼貌、矍铄的面貌，给她留下了一生为之心折的回忆。是他教会她英伦下午茶的古典礼仪，喝茶放下杯子时以尾指垫杯底，轻轻托一托，杯底就不会发出声音，这就是淑女令人喜爱的细节；也是他教会她，这世间无论哪一种学术，哪一个领域，派别都会因逻辑、思维的不同而林立万象，一个人若是为了维护自身派别而抨击他人，就俗了，真正的胸怀是求同存异，有容乃大。纪以宁佩服这位老人对道理的看法，全然是不可见的“道”，也从不用艰深晦涩的理论来讲，他只讲人情物理，讲芸芸众生的活法，没有玄妙，没有暗涌，像从古世纪吹过来的风，赤条条地来，赤条条地散，亿万年都如此，于是这风就活了。

“以宁。”

老教授静静站立，对她微笑：“不为我讲解一下？”

纪以宁屏息凝神，重回面临大考的学生时代。

老教授声音平静，音调不高，自有威严：“让我看一看这些年你懈怠了功课没有。”

一老一少，从东馆到西馆，一个讲，一个听。时间一瞬被拉回六年前，英伦学府，有温和的严肃，他对她传道授业解惑，如今天清气朗，她长大了，站在他面前，亭亭玉立。

西馆中有一场当代艺术展，纪以宁为老教授介绍一位来自西班牙的年轻艺术家画作：“就作品而言，非常明显地混合了纯粹的现代主义以及抽象和表现主义，可以看到丰富的纹理和情感爆炸般呈现了出来，这种爆炸的表现喻示了含蓄、破碎、粗略和模糊，使整个作品内容饱满、情感丰富。”

老教授点头，问：“你考虑过这位作者的绘画方式吗？”

“考虑过，”纪以宁答，“若是不能了解绘画者的创作方式，那么对她的作品的评价也会陷入盲目主观的境地。”

“哦？”

纪以宁伸手示意其中一幅画作，态度非常尊重：“这位西班牙画家的创作方式非常个性，激情、投入，有和旁人最不同的地方——她会把自身打造成画中人的样子，利用自己的身体来衡量、表达。所以最终完成作品的时候，身为绘画者的她和作品已经是一个整体了。男人、女人、无性别的天使；裸、繁复、中立。这一点，我非常钦佩。”

“想见一见她吗？”

“什么？”

老教授微笑着重复了一遍：“想和这样出色的画家，见一见吗？”

纪以宁有些惊讶：“您认识她吗？”

“她与你一样，也是我的学生，”老教授缓缓道，“与你不一样的是，她没有中途放弃。”

纪以宁怔住了。

程应致不忍心，出声解围：“教授，以宁不想的。”

老教授看着她，笑容渐收：“你不要为她说话，我想听她自己说。”

纪以宁万般滋味袭上心，只觉心里有无数唱和语，而一开口只字全无，深感辩驳之累。她无从谈起，唯有再一次致歉：“我非常抱歉，作为一个对学业、对理想中途放弃的学生，我辜负了您的教诲和期望。”

老人没有说什么，只转头又看了会儿画，半晌，才讲给她听：“你很静，我一生学生无数，称得上‘静’的，只有你一个。我所谓的‘静’，不单指少言语，更指心。你看过很多书，写过很精彩的论文，东方的儒、道、佛，西方的神、邪、生灵，你都精通一二，并且，不对任何之一斥之。六年前我问过你，看书是为了什么，你回答我，并非为了什么，只想多了解一些事罢了。那个时候我就对你有很大的期待，认真做事，却别无目的，这是哲学中的大境界。你不喜欢‘天才’这个褒义的评价，也不喜欢天才，你说你更喜欢‘智慧’这个词，比起它来，'天才'的盖棺定论总显得世人匆忙。一个理解'智慧'的人，却做了最不智慧的事。三年前，你放弃学业不告而别时，我对你，非常非常失望。"

纪以宁弯腰鞠躬，无从辩驳："请您原谅我。"

"现在，那些事，解决了吗？"

"什么？"

"三年前，令你不惜放弃学业的那些事，已经解决了吗？"老人看着她，问得非常认真，"你愿意再跟我回去吗？"

纪以宁非常震惊。

程应致将一份文件交到她手中，用力握紧她的手："手续都已经为你办好了，只要你愿意，签字申请，就能同我们一起回伦敦。"

他珍惜纪以宁这个人，也珍惜纪以宁的天分与努力："以宁，请你一定一定认真考虑，不要轻易拒绝。"

程应致和纪以宁一同送老教授回酒店后，两人在酒店门口道别。纪以宁心事太重了，没有力气多讲什么，怕一开口，就错了。程应致明白，她需要时间考虑，但他放不下私心，他希望她可以变回过去那个才华横溢并有机会示于众人面前的纪以宁。

送走纪以宁，程应致独自回了酒店。

刷卡进入房间，开门的一瞬间，程应致一愣：哪里来的烟味？

上等的薄荷烟，诱人心神。

程应致没有开灯。

一室暗影，只看得到一点薄荷烟的火星。那人吸了一口，放下，点燃的烟如同星光，影影绰绰，一闪而过。

黑暗中，男人深陷在沙发里，姿态诱惑："程先生，久仰。"

程应致暗自镇定了下，伸手，开灯，室内顿时敞亮。他望过去，缓缓出声："私闯酒店客房，不是君子所为吧？唐易。"

男人顿时就笑了。

唐易放下薄荷烟，熄灭，好整以暇地道："程先生把手伸这么长，都伸到我房里来了。这一趟，我怎么能不亲自来会一会你？"

程应致心底生出阴晦。

他看着这个男人，与他的调查有出入的是，这个人比调查中的面貌更艳、更漂亮，一个男人长成这样子，不见得是好事。他可以肯定的是，这样子的男人根本不适合纪以宁，太嚣张，也太豪横。

"她是你的妻子吗？"

"太失礼了啊，这样的问题。"

"不，我不认为她是你的妻子。"

程应致无法认同这个男人和纪以宁之间的一切："我查过你。你对以宁做过的，是一个丈夫可以做的、应该做的吗？你利用她走投无路的境况，给她施舍，要她用一生来换。你禁锢她，夺她自由，你了解以宁，以宁对人、对事都报以大善，你利用她的不争，对她软硬兼施。三年，你用一纸婚姻绑住她，没有给过她任何选择，你给她的这种畸形婚姻，我不会认同。"

唐易一笑，讥诮的意味喷薄而出："我唐易的婚姻，要你的认同做什么？你认同，纪以宁是我的女人；你不认同，纪以宁还是我的女人。"

"我会带她走。"

唐易终于脸色一变。

程应致重复了一遍，确定了自己的心意："我不会眼睁睁地看着以宁毁在你手里。"

"你还真是费尽心思啊，"唐易的声音冷了下来，"为了打动纪以宁，不惜从伦敦接来她的老师，引诱她、动摇她。将一个女人从婚姻中带走，你认为，以纪以宁的道德观，会允许这样的事发生吗？”

“我不是要把她从婚姻中带走，我是要把她从你身边带走。”

“那么，你试试看。”

话音落，“咔嗒”一声，武器上膛的声音传来。待程应致反应过来时，已有一支枪对准了他的眉心。

唐易缓缓从沙发上站起来，枪口对准了他，姿态闲适。

程应致看着他，竟发不出声音。他没有见过一个人用调情的意味用枪，他也没有见过，一个人喜怒不明，即便用枪对准了人也令人疑心他仍是心慈的。

唐易拿枪抵着他，绕着他走了一圈，颇有兴致地问：“听过唐家吗？”

程应致人生第一次在这样的境地下聊天，一时失去了反应能力。

“看起来，你对我的调查还差得很。”唐易一笑，兴致不减，“今天我有时间，就对你讲一讲好了。对，我和纪以宁的婚姻一开始不算磊落，是我强迫她的。我也坦白告诉你，对纪以宁，我不打算讲道理。这里是唐家，不是你们那个有天使、有神爱着的世界。唐家做事的准则只有一条——不择手段，达到目的。我要纪以宁，你管不了；我如何要她，你也管不了。我承认，是我让纪以宁没有朋友，没有过去，几乎令她与世隔绝。而且，不妨告诉你好了，我并不打算改。我要让这个世界完完全全遗忘她，让纪以宁的生命里只有‘唐家’这一个地方。”

希腊神话中写十六岁的妙龄少女莎乐美，由于向心上人约翰求爱被拒，愤而请求希律王将心上人斩首，然后她把约翰的首级拿在手中亲吻，就以这种血腥的方式拥有了爱人。程应致看着他，就想到这一个故事。他觉得恐怖，以宁为什么会遇见这样一个男人。

“所以，”程应致的声音有些哑，“你知道了我执意要带走她，准备对我怎么样？”

“要一个人听话是很容易的。比如说，做一个死人。”

“唐易，你敢？！”

男人一笑：“程先生，你以为令尊的投行业务非常干净吗？得罪过什么人，被什么人记恨着，你了解吗？对这些事稍加利用，就会是非常好的脱身理由。以唐家的能力，你今晚丧命在此，也绝对可以推给他人，甚至可以将你的父母一同牵扯进来。只要我想，甚至可以在这个过程里面，将你父母为了既得利益而游走于灰色地带的事件一并渲染起来。你想，到那个时候，纪以宁会不会为你掉眼泪？用一死换心上人哭一场，我帮你一把，你很值。”

程应致咬牙：“你疯了！”

唐易笑起来，疯得彻底：“如何？我们试试看。”

男人说完，忽然将手里的枪对准了他的太阳穴，缓缓用力，做下了扣动的动作。

“砰”的一声，房门被人推开，一个焦急的声音响起来：“不要！”

唐易缓缓转身，对上了纪以宁的视线。

他眼底的倒影全是她，可是她的视线却落在了另外一个男人身上。

“呵，纪以宁，你终于来了。”唐易莞尔，毫不意外，“在外面站了这么久，担心他吗？”

纪以宁不自觉抬手握紧了胸前的十字架吊坠，快步上前，柔声对他示弱：“我和他之间不是你想的那样。唐易，我跟你回家，我们回家谈。没有什么事是不能谈的，我没有要离开你，也没有要反抗什么。所以我们不要在这里这样子，伤到别人。”

唐易置若罔闻：“好啊，那你告诉我，你手里拿的是什么？”

纪以宁一时间愣住了，她竟忘了瞒他。

“是去伦敦的通行证，对吧？”唐易扫了一眼她手里的文件，折叠得那样好，被她双手握着，那样小心又郑重，纪以宁的心意都在这一个动作里了，他还争什么？

唐易轻启薄唇：“撕了它。”

“什么？”

男人看着她，存心要作恶：“就在这里，你亲手撕了它。你的这位‘好朋友’，我就放了。”

纪以宁深吸一口气。

“不可以。”

她看着他，认真地对他讲：“即便我不签字，不去伦敦，我也不可以撕了它。这里面有一些心意，对我来说很重要。”

唐易扫了她一眼，眼风很艳：“舍不得他？”

“不是的，”纪以宁看着他，语气很焦急，“你知道我不是的。”

“我知道，我知道什么？”唐易没有接她的话，“知道你深夜独自来酒店找他，知道你辛苦瞒了这么久就是为了不让我知道他找到了你，知道你的老师邀请你回伦敦而你并没有拒绝，知道在你的朋友眼里，我除了是强迫你结婚的人，并不是你的谁。纪以宁，我知道了这么多，你认为我们还能怎么谈？”

“可以谈的，”她急急上前，拉住他的手，“唐易，不要这样子，我不是别人，我是以宁啊。”

他看了她一眼，眼神几乎要软下来。

程应致的一句话结束了他所有的心软：“你对以宁知道得这么少，呵。”

唐易握紧了手。

他有感觉，他杀心已起。

程应致看着他，缓缓开口："叹息桥下，我对以宁的心意和我们的初吻，你知道吗？"

唐易一狠，眼神带着恨意，赶尽杀绝。

纪以宁从他眼中看到那一抹变色，心中大骇，做出了本能反应。

"你不要伤害他！"

手起刀落，他开了枪。

枪口对准的是程应致的心脏。

"咔嗒"一声，没有子弹，没有威胁，是空的。

可是纪以宁的反应却是真的。

没有经过训练的普通人，在眼见开枪的威胁之下，第一反应应该是躲避。可是纪以宁没有，她的本能反应给了他最好的答案，她要保护另一个人。他不知道她为什么会有这样的反应，也不知道她这样的反应在她体内存在多久了，他只看见危急关头她挡在了另一个男人面前，抱紧了那个人，身躯那么柔软，也要护他一次。

唐易缓缓放下了枪。

他忽然觉得没意思。

纪以宁一点一点转身，捂住嘴，明白了，神色难以置信。他怎么舍得用试背叛者的方式这么试她？

唐易声音很淡："你见过我是如何试程洛的，纪以宁，难道你不知道这把枪里没有子弹吗？"

她想一想，就会明白；可是她没有心了，心都在别人那里，哪里还有心去想一想唐易？

她摇头，下意识去拉他的手："唐易……"

"放手。"

他像是一瞬间厌恶了，带着对她的死心，连看她一眼都觉失望："和我在一起时接受我，要我爱你，对别人也不否认是被我强迫的。纪以宁，你把我当成什么人了？"

一场情意，他陷得深，被她负一负，到底意难平。

"对你的伦敦念念不忘，好啊，我成全你。"唐易辜负起一个女人来，可以很绝，"当初我是疯了才会强迫你留下。"

直到他走了很久，纪以宁都没有反应。

她就站在那里，没有说话，也没有动，好似世界末日来临，而她已经失去了逃生的欲望。

程应致走上前，将她的身体转过来："以宁。"

只一眼，他就失了声，再说不出话来。

纪以宁已经满脸泪水。

程应致几乎被吓到，他从来没有见过她哭，这样子无声无息地痛哭，更是没有。纪以宁是"静"的，心里得了平静，七情六欲都不动，一股子静气足以撑起她的浮生岁月。

程应致拿出手帕递给她，一时间竟也说不出任何话来。又见她手中的申请书早已掉落在地，他俯下身，将它捡起来。这才看见申请书上并没有她的签名，里面静静夹着一封信。

一封因为无法赴约而对恩师道歉的信。

程应致几乎被震住，看着她，缓缓开口："你今晚来找我，就是为了拒绝跟我回伦敦？"

纪以宁没有回答，闭上了眼睛，热泪滚落。

她只想一个人好好地解决这件事，到底还天不遂人愿，她来不及了。

程应致用力握紧那封道歉信，深呼吸，一点一点将她拥入怀中。

"没关系，"他像是对她讲，也像是对自己讲，"会好的，都会好的。”

纪以宁抬手捂住嘴，像是一生的力气都用尽了，她身受重伤。

“他怎么可以，说那种话……”

Chapter 09

总是圣朝天子事，昭阳宫里又何人

这是一个比英雄与美人更好的故事，他只有一个人，给出的是不回头的孤注一掷，又不大诉苦，这样的感情给了她，有人世间的大信在里面。

自那天起，唐易没有再回家。

纪以宁开始失眠，整夜整夜地清醒，偶尔得以入睡，听见声响便会立刻惊醒，以为他回来了，而当她拉开门去看时，只有一室冷清。

纪以宁站在门口良久，终于慌得弯下腰来。

以前，她和他也吵过。

“伦敦”是她生命中的欢喜，却是他的大忌。他不爱她提起，更不爱她怀念。有一晚也是这样，她将记忆中的伦敦画成了一幅画，画得太入神，当下惹得他不痛快。她也不否认，轻声对他讲，那段日子，她是怀念的。他连听都不要听，甩下她摔门而去。纪以宁几乎被他摔门而去的决绝惊痛，没有什么比他不愿意接受她生命中的一部分更令她难过的了。她就这样一个人枯坐了很久，以为他会回来，然而他终究没有。她觉得心慌，披上了睡衣，拉开门去找他。

刚把门打开，她就怔住了。

唐易靠站在走廊上，就这么看着她。这一晚，她没有出来的时候，他就这么看着紧闭的卧室门。也不知道他这样站了多久，脚下一地的烟灰。

看见她出来了，他熄灭了手里的烟，抬起手腕看了一眼手表。

“六十七分钟，”他说，眼底都是余情未了，“我本来以为起码要等你一整夜，你才会出来找我。”

她走过去，当即抱紧他。跟他在一起，她变得不善言辞，并且往往词不达意，话到嘴边只剩了一句：“不要抽烟，对身体不好。”

他倾身吻她，几乎弄疼她。嘴里的烟味一并溢入她口中。他扶着她的后脑令她不能拒绝，像是绝不仅仅满足于此，他将她压上了墙壁，耳鬓厮磨，缠住她讲：“忘掉伦敦的日子，就算是为了我，好不好？”

像是听不得她拒绝，他不容她回答，以深吻拒绝了她的回答，拦腰抱起她就往卧室里走，一并隔绝了与她之间的再一次沟通。

时间过去那么久，相似的困境重又来袭。

纪以宁一次一次地拉开门去寻他，这一次，他没有再出现。

唐易没有回来，邵其轩倒是来了。

这三年来，邵其轩一直在为纪以宁用中药调理身体。邵医生停好车，一路走来都有人跟他打招呼，可见是唐家的熟人了。管家迎上去，拿过他手里的中药，邵其轩没什么心思地吐槽了一顿："唐易人呢？打他电话居然关机。以前这些药，他都会亲自去我那里拿，最近我连他的人都找不到，想了想，就亲自跑一趟给以宁拿来了。"

纪以宁下楼，听见了这一番话，脚步顿住了。

这三年，她喝的中药几乎都是他亲手煎出来的，有时她会站在他身旁和他闲聊，问："你懂中药？"他一笑，不答，只在她兴起拨弄草药的时候抓住她的手，看着她说："不要碰，畏者有十九，反者有十八，弄错了就不好了，所以，这些事我做比较好。"

和同龄人比起来，她已经算是很有忍耐力的了，再苦再难喝也不会抱怨一句，虽然当喝下去的时候真有些连胃都想吐出来的痛苦。每当这时，他就会在旁边陪着，握着她的手对她讲："以宁，没事的。"

大概就是这样子的一个唐易，让纪以宁在最后甚至喜欢上了一个游戏。中药自有它的妙处，火候分量，失之毫厘，差之千里，她每次喝，都能凭舌尖味觉分辨出手上的药是不是他亲手熬制的。如果是，再苦再难喝她都不会皱眉；如果不是，她也会喝，只是喝完之后不会开心，非要他看出她心中所想，抱着告诉她，下次他来熬，她才觉得开心。

被他这样子疼过，再失去，到底好不了。

纪以宁对邵其轩致歉："邵医生，对不起，这些药我不喝了。"

“啊？”邵其轩心想这是哪出啊，“怎么能不喝呢，断了疗程可不好啊，你的身体需要调理，才会更好。”

纪以宁没有多说什么。

连她自己都不晓得她还能不能接受这些好意。他一夜之间对她不管不顾，这里对她而言变得毫无意义。唐家还有没有她的位置，她还能不能留下、能留多久，她都不晓得了。

邵其轩看了她一眼，有点明白了。邵医生在心里腹诽：连和纪以宁这样的人都能吵起来，还能吵得离家出走，唐易你很有本事啊！

邵其轩对她微微笑道：“以宁，反正我都来了，好歹留我吃一顿晚饭吧。我们聊一聊，怎么样？”

纪以宁自然不会拒绝，连忙请他进来：“嗯，好。”

一顿饭，两人配合默契。邵其轩亲自下厨，纪以宁为他做配菜。纪以宁惊讶地发现他的厨艺很好，以前总见他叫外卖，都不晓得他还藏了一身厨艺。邵医生将醋熘鱼片铲出来，放入盘子里摆好造型，颇为感慨：“以前啊，就靠这个骗未婚妻了。”

纪以宁惊讶道：“你有未婚妻吗？怎么从来没有听你说过。”

“曾经有，”邵其轩控制了情绪，不将经年的痛外露一分，“后来嘛，我没有好好珍惜，她就把我甩了。”

“啊……”

纪以宁住了口。

“还是说说你吧。”邵其轩将两个鸡蛋熟练地打在碗里，同她闲聊，“你和唐易吵架了？”

纪以宁没有否认，抬手将散发别到耳后，掩饰慌乱：“嗯。”

“是他又对你不讲理了吧？”

“没有，这一次是我不对。”

邵其轩都笑了：“以宁你啊，就算有不对，和唐易对你的不讲道理比起来，你那些‘不对’，根本算不了什么。”

纪以宁有掩饰不住的落寞，没有说什么，把菜端了出去。

邵其轩给她盛汤的时候，问了她一句：“他又对你怎么了？”

纪以宁沉默良久，递给邵其轩汤勺，自己喝了一口汤，轻声道：“他不喜欢我提伦敦，也不喜欢我的朋友。我不喜欢他那样，他可以对我不讲理，可是他不能对我的朋友不讲理。”

邵其轩微微笑了下：“你认为他会吗？”

“嗯？”

“我不关心他会不会伤害你的朋友，我关心的是，你相信他是那样的人吗？”

纪以宁握着汤勺沉默良久，半晌才低声道：“我不信的。但是他那个样子……”

说着伤人伤己的话，做着绝天绝地的事。

她只是一个普通女孩子，没有天分，如何衡量他的真心？

邵其轩笑容渐淡：“所以，你还是不敢信他，是不是？”

纪以宁低下头，她失去了判断力，一并失去了他的下落。

“以宁啊，”邵其轩告诉她，“唐易不会那么做的。不管你相信也好，不相信也好，他其实只是说说而已，那些很恐怖的、不讲道理的威胁以及逼迫，他都不会去做的。正因为他清楚自己不会那么做，所以才会毫无顾忌地讲出来。”

纪以宁怔了下，黯然道：“我不懂。”

邵其轩微微叹气：“这么说吧，以唐易的性了，他要真的有心对付一个人的话，是绝对不会让人察觉的，尤其是身边的人。不动声色，除之而后快，不留证据，全身而退，这才是唐易。尤其是对你，他怎么可能当着你的面伤害你的朋友呢，他又不傻。”

纪以宁沉默地听着。

“他喜欢你，以宁，唐易最喜欢的就是你。所以，对付你的朋友他又能得到什么呢？你会离开他，就算人离不开，心也会走，这不是他要的结果。唐易那么聪明的一个人，看得清后果，所以，他绝对不会那样做的。”

受伤这回事，绝不仅仅是一方的事，有时候，令之受伤的那一方往往会承受更多。就像曾经说的那样，纪以宁受到的痛，在唐易身上会成倍增加。

她是聪明的女孩子，一点就透，知道了她的不够好：“是我不够好，唐易才会对我那样，是不是？”

邵其轩笑了。

“作为朋友，你很好。但是，作为女人，尤其婚姻中的对手是唐易，或许，以宁你真的需要包容与谅解。唐家这个地方要他一个人撑起来，他撑了这么久，已经没有办法再做一个普通人了。掌权、控制欲、固有的道德观、对人对事的衡量，这些都是他得以保全自身和唐家的本能。这一点，还希望以宁你一定要谅解。唐易其实很好哄，尤其是对你，你哄一哄他，他就没事了。”

可是唐易还是没有回来。

纪以宁每晚打电话给他，都是关机。他伤了心，有心要避，她顿失他的下落。纪以宁黯然，她非常想念他。

连尹谦人都忍不住来找她，支支吾吾地问：“纪小姐，你和易少吵架了？”

尹谦人有些担心：“连我也找不到他，只在一个月前接到他的电话，不准我烦他。我有些担心他，所以过来问一问你。”

纪以宁口中苦涩，心里隐隐作痛，只说“对不起”，再说不出别的。

尹谦人看了她一眼。

她瘦了好多，也憔悴了很多，整夜整夜的失眠让她看起来气色很不好，惶惶不安。她的难过与痛苦都写在眼底，那种被人放在手心里疼过又陡然失去的失控，令人见了都不忍心。尹谦人是有些明白的，唐易的爱与不爱都太极端，被这样的男人缠上，她是辛苦的。

他忽然心念起，擅自做了主："纪小姐，请跟我来。我带你去看一样东西，可以吗？"

一路无话。

尹谦人稳稳地开着车，整个世界仿佛一宵之间陷入旧时的荒与静，从车窗望出去，山河俱暗，间或传来一声野外林间的啼叫声，让人禁不住去猜测这是何种兽在其中蛰伏。

尹谦人缓缓停车。

郊外山林，夜寒露重。通向上方的路口有多人看守。有人伸手拦截，尹谦人声音低沉，表明了身份，那人立刻放行，鞠躬致意。纪以宁嗅到一丝"唐家"的味道，她不爱这味道，今生却已避不开这味道，她已身陷局中，不知如何是好。最后仍是在礼教之下，她对那人鞠躬回礼，倒是令对方震惊不已，慌忙扶起她，连连对她讲：纪小姐，请不要客气，易少会怪罪我们的。

一路步行，尹谦人停住脚步，声音很低、很恭敬："到了。"

纪以宁抬眼望去。

就这样看见了一栋精妙绝伦的艺术品。

山间古堡。

当真是艺术品，身色皆白，立于山腰边缘，地势极险，却也因此将巧夺天工的匠心发挥到了极致。四周松林环绕，绿树常青，劲风激荡，风景独好。置身其中，只觉所有物与景都好似在缅怀着什么。

纪以宁折服，给出评价："即便以建筑学最单纯的标准而言，这也已经是独一无二的艺术品了。”

“只要他想，他就可以做到。”

纪以宁听懂了，很惊讶：“这出自唐易之手？”

“是的。这里的一切都是易少亲手建的。”尹谦人告诉她，“每一棵树、每一株花，还有这栋别墅里的每一个房间、每一件摆饰，都耗尽易少的心血。”

纪以宁隐隐明白了：“这里是……”

尹谦人没有回答，独自讲下去：“林间植满两千一百九十棵树，松柏与冬青，皆是常青树，有一种寓意是永生；别墅四周栽了两千一百九十株花，谢了一朵，就会再开一朵，春夏秋冬，花开不败；别墅里所有的钟表每次走过两千一百九十秒，就会全体响足一分钟，所有的水晶吊灯自动熄灭，没有声音，没有光，你知道这是什么吗？”

“是默哀。”

尹谦人露出很淡的笑意。

纪以宁值得。

她太聪明，无须说太多，她就懂了。

“是，”他告诉她一个秘密，“两千一百九十，代表易少与她在一起的六年。这里是易少为他母亲建的，永远的回忆。”

她一直是知道的，唐易很重感情。他爱过的人很少，一旦有，就倾尽全部。他将这一生全部的感情都简单化，只给几个人。给出去的时候，他不犹豫，甚至也不给他自己留底线，有时这样的强劲会令人负痛，他也不解释，只在你看不见的地方，他会那样温柔而痛苦地看着你，无言地对你说抱歉：有这么多感情，都只想给你，你能不能，帮我一次收下它呢？

纪以宁黯然：“他从来没有对我讲过这些。”

“你要他如何说呢，”带着血的历史，如何开得了口，“那些事，沾腥带血的，他舍不得让你看见这些。他六岁就经历了失去母亲的痛苦，他是怎么忍过来的，我不知道，劲少也不知道，或许永远都不会有人知道。就像你也不会知道，他不让你去伦敦，一半是吃醋，还有另一半，是没有把握保护你。”

纪以宁愣了下：“保护我？”

尹谦人有些无奈，为她的身在局中却不知局：“唐家这个地方你待了这么久，还对它不了解吗？易少为了唐家做过很多事，好的、不好的，他不打算原谅自己，也明白有更多人不打算原谅他。杀机和仇恨就这样来了。你是易少最珍重的人，我们都知道；时间长了，外人也会知道。那些不打算放过唐家、放过易少的人，会放过你吗？伦敦太远，唐家鞭长莫及，一旦出事，到底没有把握。所以这些年，他狠了心不放你走，就算你恨他都不要紧。他是从一开始就想好了，要让你好好活着，爱他或者恨他，都比你身陷危险要好得多。”

这就是唐易。

尹谦人忽然转身，面对着她，郑重请求道：“对他好一点，好吗？”

纪以宁怔住了。

“我知道，这对你来说不公平，”尹谦人明白他很偏心，但他改不了，本就是一生的心意，他如何改，“唐家这个地方太腥气、太凶猛，和你的道德观与价值观格格不入，我看得出来，你从来没有认同过唐家，但这些都没关系，唐家也不需要你的认同。三年了，你和唐家也能相安无事，不是吗？可是，易少不行，他需要你的认同。为了你，他克制了很多，也变了很多，本质上来讲，这是一件非常危险的事。在唐家，他不能变太多，一变，就有弱点，外面多少人要他死，等着他暴露弱点，你知道吗？这些年，我见过他用心去待的只有两个人，一个是他过世的母亲，一个就是你。你否定他、不认同他，认为旁人比他更好，他那么骄傲的一个人，嘴上不说，心里已经伤了一大片，他又不肯让旁人近身，除了你之外，他连死活都不要旁人来管。”

夜风起，乱流年。

曾经她不爱久掌生杀的男人。总是圣朝天子事，昭阳宫里又何人，一代一代的真心，被辜负，又翻新。这样的历史令她见了，总对同类的男人生起些嫌隙来。

偏偏唐易不是。

他对她的心意高到不落爱情，用“情爱”两个字都俗了。这应该是他固有的价值观，全情投入，等你回应。这是一个比英雄与美人更好的故事，他只有一个人，给出的是不回头的孤注一掷，又不大诉苦，这样的感情给了她，有人世间的大信在里面。

唐易仍然没有回来，他骨子里的偏执发起狠来，纪以宁无从找起，只能一天天地给他打电话。打过去，他的电话仍然关机，自动转入语音信箱，纪以宁握着电话，不舍得挂断，一个人对着语音信箱说话，希望他听得见。

近来她常常想起他。

想起这三年，每到清明节，他就陪她去扫墓，看望她的母亲。墓前放着的从来不是惯常的白黄菊花，而是夜间绽放转瞬即逝的韦陀花，那是她母亲最爱的花。母亲常说，喜欢看见韦陀花盛开，因为据说韦陀是有灵性的，懂得最大限度地避开众生独自盛开，难盛放，更难保存，所以才珍贵。

她是惊讶的，问过他：“你怎么知道我妈妈最爱的是韦陀花？”

他一笑，不瞒她：“查的。”

她怔住。

他坦诚：“先查人际关系，再查细节，用点手段，总是查得到的。”

她有些了然："我妈妈从不喜将私生活示于人前，而且她已经过世了，你查这些事，怕是不容易吧？"

他点点头，承认："啊，是费了我一点时间。"

她低下头看他，安静地问："所以，这些事查来又有什么用呢？"

他站直身体，抬手把她额前被夜风吹乱的头发别到耳后，对她承认："抢了人家的女儿，到底站不住一个'理'字，总想过来一趟，亲自求一求伯母，把你给我。"

纪以宁不敌唐易，大概就是从这里开始。他对她不讲理，她拿他没办法，他对她讲道理，她就拿自己没有办法了。许多惊天动地的感情到了他这里就成了进退有度的疼爱，彼此有疼有爱，血融骨连，一天天地，舍不得了。

纪以宁拿着电话，一个人对着自动接通的语音信箱，对他倾诉想念："什么时候回来？不要生气了好吗，我不走，一直在等你。"

她轻声对他说着一些迟迟未说出口的话："那天，我去酒店找应致，不是为了要答应他，同他回伦敦。而是写了致歉信，给他的，也是给教授的，对他们致歉，这些年对我的错爱，我终究是要辜负了，我不会同他们回伦敦。

"以前，我也想过还有没有机会回剑桥，把喜欢的学业继续学完，成为在那个领域里能拿出好作品的纪以宁。尤其是在遇到你之前的那段日子里，有些受苦的日子里，这个信念就是我一天天走下去的力量。可是后来，我遇到了你，你对我说，我以后的人生，你接手了。其实从那个时候起，我就开始信你了。

"很奇妙，是不是？这三年里，我不止一次地回想过，若当年不是你，而是别人对我做了这样的事，要我用一生来换一个未来，我还会不会点头答应。我想了好久才明白，我是不会答应的，原来那个时候，我在潜意识里已经被你打动了，认同你的孤注一掷，接受你的赌注，所以才愿意留下来，希望我的顺从能换来你的信任，可以让我们彼此重新以平等的面貌对待这场婚姻。”

她静了一会儿，拿出平生最大的勇气，对他轻声道：“所以，不要后悔留下我，好吗？我从来没有后悔，被你留下。

“唐易，你是我愿意放弃伦敦的全部理由。”

这一天，苏小猫跑来公司找唐劲。

喜欢野在外面的这货会乖乖地来公司找唐劲，那肯定只有一个原因：月底了，她没有钱了。

苏小猫无论做任何事都力求三个字：力与美。即使是伸手要钱，苏小猫也要得很有水平，那种哭丧着脸嗲一句“老公，包养我嘛”的方式是绝对不符合我们苏小姐的审美的。

苏小猫的步骤是这样的：第一步，走进办公室；第二步，和唐劲谈谈心，谈什么不重要，关键是要把唐劲的注意力从公事转移到她身上；第三步，拿下唐劲！

事实证明，唐劲的原则里显然有苏小猫这个漏洞，一开始唐劲还能不去理她，十分钟后唐劲就心猿意马起来了。

“你在打我什么主意？”

苏小猫冲他一乐。她确实在打他的主意，眼珠直勾勾地只望着他肥肥的支票。

唐劲的手指游移到她的腰间，冷不防摸到她裤袋里有东西，拿出来一看，这才看清了，是个瘪瘪的钱包。

唐劲没多想：“钱够用吗？”月底了，以这家伙整天惹祸散财的能力，手头很紧吧？

苏小猫冲他一笑：“不够你贴呀？”

太可爱了！

唐劲顿时什么理智都没了。

"我贴。"唐劲的声音蛊惑人心，"你开个价。"

这时，一阵敲门声要命地响了起来。

唐劲真是杀人的心都有了。

他连声音都高了八度："没看见我在忙吗？！"

他的特助在门外听得头皮发麻。唐劲是不大发怒的，苏小猫进去后就能把他搞成这样，用脚指头想都能猜到他在里面干什么。

特助哽着声音答："劲少，纪以宁小姐来找您，正在门外等您。"

唐劲和苏小猫对视一眼，同时大汗淋漓。

特助等在门外，不知所措，敲门又没反应，只能先请纪以宁进去："纪小姐，这边请。"

唐劲当机立断抱起苏小猫就塞进了办公桌的桌底！

纪以宁的声音同时响起："我打扰你了吗？"

唐劲不愧是谈判桌上的老手，千山倾轧不变色，一脸温和地笑："怎么会。"但也开不了口让她进来坐坐。

倒是纪以宁，站在门口看了他一眼，不知怎么的就明白过来了，脸红不已，慌忙对他道："我……没什么事，唐劲你先忙，我走了。"话还没说完，人已经走了，像是撞见了不得了的大事。

唐劲一脸黑线，心想他的演技也不至于差到这个地步吧？连纪以宁都看出来了？

正当唐劲汗颜着，忽然感到桌下伸来一只罪恶的手，伸向了他的裤子。唐劲低头，只见躲在桌下的苏小猫正做贼心虚又非常努力地在伸手帮他拉上裤子拉链，一脸严肃："你刚才裤子拉链没拉上……"

唐劲连神经都抽搐了下。

他汗颜地抹了把脸，怪不得纪以宁看了他一眼就逃了。拜苏小猫这货所赐，他的一世英名从此也算是毁了。

既然都毁了，那就索性不要了吧。

唐劲对身下的人全无抵抗力。苏小猫这个家伙，有点坏，有点邪，全然不似一个寻常女孩子，会作恶，兼侠性，动了感情，对男女之事又纯如白纸，这就绝了。叫唐劲一沾，直接跳过了“喜欢”，付深情，泥足深陷。

他抱着她，却听到苏小猫哼哼了一声：“现在去追以宁，还能追上吗？”唐劲知道她的良心道德已经统统回来了。

一时间，两人对视一眼，同时生出一丝罪恶感。

苏小猫做贼心虚地道：“以宁从不来打扰你的，特地过来，一定是有重要的事要请你帮忙。”

唐劲抱着她：“我知道。”

“那你还做这种事呀？”

“苏小猫，你甩锅的本事可真不错，”他扫了她一眼，爱恨交加，“勾引我，用完了，现在负罪感起来了，就没你什么事了？”

“别这么说呀，讲点夫妻道义嘛。这个锅你不背，难道要我背呀？”

苏小猫甜笑。这家伙是个行动派，转眼间已经爬起来穿好了裤子，顺手把地上的衬衫裤子扔给他，居高临下地指挥唐劲：“快穿好，你去找以宁。我回公司写个稿，先走啦。”

唐劲看着她的背影一时火起，爱恨重叠，一把拉过她，倾身深吻，声音恶狠狠的：“你这个祸害。”

唐劲后来找到纪以宁时，她已经变得少言，并不愿多谈了。

唐劲有些后悔，想来她必是鼓足了勇气才去找他的，却被意外打乱，要她再生起这勇气，怕是不容易了。

最后，纪以宁只问了他一句：“你知道，唐易他……最近在哪里吗？”

唐劲非常惊讶：“一个月前他就出境了，不在国内。他没有告诉你吗？”

纪以宁黯然，没有回答。

他已拒绝与她往来。

沉默良久，她似鼓起了最大的勇气，对他请求：“唐劲，能不能替我转告他，过几天，他约我的那一场音乐会，我会在那里等他，一直等他来。”

这一晚，暮色沉沉。纪以宁细心地为自己化了一个淡妆。唇妆失败了，没关系，再来，一点点化，直到满意为止。又打开衣柜，拿出早已准备好的小礼服，一个人认认真真地穿好。她耐心地把自己收拾得清爽。

傍晚，纪以宁裹上外套，跟管家说想要一个人出门。

李叔立刻反对：“不可以，我不可以让你一个人出门。”

尹谦人这几天都住在这里，听到这话，立刻过来：“纪小姐，我陪你去吧。”

“不。”

纪以宁意外地坚持。

这是一个很少会坚持拒绝旁人好意的女孩子，但一坚持起来，必定是下定了决心，非做不可。

“我有一些和唐易之间的私事，今晚要处理。”她的声音很淡，一丝心事也无，“所以，我和他之间的约定，让我一个人去遵守好吗？我不愿意麻烦各位。”

李叔看着她，很担心：“不要把易少的气话当真，好吗？无论他对你说过什么，他都是无心的。”

纪以宁淡淡地问："这么久不回家，也是无心的吗？"

"是，我信他是无心的，这就是我和易少之间的默契。少夫人你也是，一定要和他有这样的默契才可以。"老管家握着她的手，非常舍不得，"易少有时候也许会说一些伤人的话，但那绝不会是他的本意。他从小被人捧着长大，难免会有脾气，遇到了喜欢的人，求而不得，自尊心那关过不去，自己也会同自己发狠，有时狠起来，同你也说了气话，请你千万不要同他认真，好吗？"

纪以宁握紧了手，握得两只手都毫无血色，微微颤抖。

她其实真的不擅长拒绝旁人。

尤其是这些旁人对她都只有好意。

拒绝起来，最难受的还是她自己。

"李叔，"她声音很轻，也很重，一字一句，说得很慢，"从前他不喜欢我离开，所以我留下；今晚，我想确定的是他是否已不喜欢我留下。"

李叔心里一紧，连一旁的尹谦人也大为震动，快步上前劝阻："纪小姐，请千万不要怀疑易少的心意，好吗？他不会的。以我对他的了解，他绝对不会是你想的那样。"

"那么，就请让我亲自见一见你信的这个结果，好吗？"

她非常坚决，柔弱中生出的勇气令世间一切谎言止步："我信他，所以才去等他。我非常期待，就在我等的那一刻，那个地方，他会来，他会舍不得我多等。"

等一个人，不容易。

尤其是心上人，更多了许多情。

天黑，又冷，挽着手的情侣、夫妻依偎在一起，恨不得能更紧一些，相互取暖。纪以宁在音乐厅的门口静静地等着，心如止水。

不知怎么的，她今晚心里始终怀着一份大信。这一份信任如同这世间的文明只有一个，纪以宁的信任也只有这一份。这一年，她二十六岁了，仿佛这二十六年都只为了这一晚的信任而生，这一份信任里有她二十六年的认知、对人世的态度、学会爱人的方式，还有生出勇气的决心。她其实是一个没有太多决心的人，犹犹豫豫，不干不脆。这样的性格曾给了她一些好处，譬如，不懂心碎，后知后觉。后来，这性格给了她更多的坏处，包括伤了他的心，快要失去他。她已经努力在改。想起那一晚，她拿着那封亲自写好的道歉信去酒店，她就确信她是很努力地在改的，可是她不明白，为什么这么努力了，还是来不及。

纪以宁等了很久。

这一天就要过去了，她发现自己竟也不是那么恐慌，亦没有太多乐观，只像一个最平淡的局中人，走着走着就到结局了。

工作人员善意提醒了她两次。

“小姐，音乐会已经开始了。”

“小姐，抱歉，音乐会已经结束了。”

纪以宁低头，又很快地抬头，淡淡地回答：“谢谢您，结束了也没有关系，我再等一会儿。”

她料到了这个结果。

但她不愿心碎。

吵一吵、争一争，本就是平常之事，她不愿令自己心碎。这是起风了，喜欢一个人，总会有起风的时候。将自己站得直一些，让自己等得久一些，风就过去了。风也欺生，同你熟了，便不好意思再欺你。

纪以宁搓了搓手，呵了一口气。

她不愿心碎，因为她不晓得心碎之后该如何是好。心痛、心酸、心急如焚，这些她都会自己医治，唯独心碎这一种，她不会治，怕是要仰仗他，多不好。她请求，但愿这一辈子都不要尝这滋味。

她等了整整一夜。

纪以宁垂眼，眼底湿了一大片。

唐易，不再留她了，是不是？

唐家，她回不去了，是不是？

一阵喧哗吵嚷声由远及近传来。

几个年轻人，酒气熏天，声喧音浊，勾肩搭背地走着笑着，其中一个眼尖，一扫，忽然大叫：“好漂亮的妞啊。”

纪以宁抬眼，对上了数道浑浊的男性目光。

西西里。

从古至今的神秘、罪恶、热情，延续千年。

巴勒莫有最好的女人、最危险的男人，势力交错，家族纵横。西西里人极其强烈的家族感绵延百年，在这片土地上不断上演着人性、欲望、善良与邪恶。

海湾夜店里今晚进行着一场拍卖会。人、物、权，只要你想有，西西里都能满足你，代价是传统意义上的那一种，一掷千金。从这个意义上讲，钱是这个世界上最好的通行证，在它面前，绝大部分关卡形同虚设。

二楼观景台，巴勒莫最好的酒、奶酪、柠檬、橄榄，被美丽的少女们端着，恭敬地送入包厢内。包厢里只有两个男人，包厢外却站着数十个男人，包厢里的两个男人一个笑，一个听，包厢外的所有男人皆神情冷漠，枪在暗处，杀意在眼底。夜店的执行经理是自己人，也是这一带的老油子，上前询问：“今天的贵客是？”

包厢外的一个东方人告诉他：“唐家，易少。”

“啊，上帝，”金发碧眼的老外了然于心，“这可真是贵客，也是稀客呀。”

包厢内，林奇正在谈笑间不动声色地打量着眼前的男人。

西西里不缺美丽的人，但他来了，还是会让人吃惊，原来一个人可以漂亮成这样。

“唐易，我们是老朋友了。”

林奇这话说得有七分真。相交近十年，做过一些事，闯过一些生死，所以也只有他说了这话，不会被对面的人笑话。

“对，是朋友。”漂亮的东方男人并不否认，但也绝不更进一步，“所以，我认你这话，但也只认你。”

林奇叹气，打开天窗说亮话：“既然是朋友，何不顺我一次呢？我总会老的，西西里家族也总会后继有人，我的儿子如今接不了这门生意，你帮一把，他会容易得多。西西里这地界，对你是敬三分、畏三分，你就当是帮老朋友一次，如何？”

唐易抬手饮尽一杯酒，放下，酒杯里的冰块顺着他的动作响了下，刺耳得很，一如他的拒绝：“不行。”

林奇头疼地揉了揉眉心：“理由呢？”

“人不行，我没有兴趣。”

身为林奇家族的大家长，林奇当然知道，以他儿子如今的德行操守与处事能力，入不了唐易的眼，但他仍是不死心，人一老，对独子总是特别宠：“用钱补偿你，如何？给年轻人多一点机会，行吗？你帮他一把，我记在心里，要多少回报，你开个价。”

唐易笑了：“你觉得，我会肯？”

看来是没的谈了。

这是唐易，他身后是唐家。唐易不肯，唐家就不肯；唐家不肯，林奇家族下一代继承人的生意想要踏至东方，就绝无可能。

林奇到底是生死场上的老将，明白逼他太紧，就不好了。遂一笑，陪着他赏风月，一指那拍卖场："都是上等的美人，一夜，还是一生，开个价，主随客便。你难得来，不看一看？"

唐易大笑："我对这种事很挑。今天这种的，还是算了。"

林奇看他一眼。

这些年关于他的传闻不断，坊间传言他结婚了，但总也不见他太太的影子。又有他一直单身的传言，这倒是最可信的，不过近来他玩得少，也是事实。后来又有最新的传闻出来，说他喜欢的其实是男人，跟退出唐家的二少爷纠缠不清，暧昧得很。林奇听了这传言，很是匪夷所思过一阵。

林奇看着他笑："连巴勒莫最漂亮的女人都不看一眼，你到底什么口味？"

唐易笑着摆摆手。

正喝着酒，不紧不慢地聊着，唐易不经意间抬眼，落到一个身影上，顿时收了音。唐易看了一会儿，放下酒杯，话锋一转，意思已经变了："向你要一个人。"

林奇惊讶不已。

他看着唐易起身，下楼，身后带了人。顺着他的视线望去，林奇看见了一个女侍应生，二十二三岁的样子，端了酒给客人，正遭受刁难。几个男人将她推来搡去，顺势摸着她的臀、搂一把腰，看起来手感不错，更是欲罢不能。她长着一张这地界并不多见的东方面孔，一丝混血也无，清透感浑然天成，鞠躬弯腰说"请不要这样"。唐易走过去时，正听见她不断地在请求："不要这样子。"

男人心弦大动。

他禁不起一丝相似的诱惑。他最爱的女人也是这样，会一声声地对他讲："不要这样子。"

唐易走过去，直接动手。

身后自有唐家的人替他摆平，他拦腰抱了人就走，小女生落进一个又一个惊险中，满脸慌乱，问他："你是？"多么相似，连问他的方式都一模一样。他一秒重回三年前，单膝跪地的那一天，用对心上人的方式在西西里又对旁人讲了一遍："唐易，我是唐易。"

他带她回了酒店。

西西里奢华的海岸夜景尽收眼底，香槟、柠檬、女孩，都是清甜的香味，又是你情我愿，他要了她也合理，如何要都可以。

他进门就将人往墙上按："叫什么名字？"

"这里的人叫我纪亚。"

唐易顿时就笑了。

多么好的名字。

纪以宁当年在伦敦的英文名就叫Jiya，她曾对他讲，其实她用得并不多，会用这个名字也是因为开头的发音和"纪"相似，她觉得亲切。后来在伦敦住久了，喜爱她的人发现她也不爱用英文名，渐渐地都同她自称一样，唤她以宁，包括程应致，即便分开三年，也仍是一声声那么唤她，以宁，以宁。

男人心底闪过一些黑色情绪。他最喜欢唤她以宁，可是他不喜欢别人这么唤她。他知道自己很独裁，对她有近乎变态的占有欲，可是他改不了了，她一向是顺着他的，这一次她不再想顺，于是他受不了。

他咬住她的薄唇深吻，将少女的清甜一并吞入口中，随即不由分说地抱起她，将人往床上带。

纪亚有一些惊慌，对他讲："对不起，我不出卖自己。"

"那么，这种时候，我该怎么回应你呢？"

唐易笑起来，非常真心，将她的手反绑在身后，调情道："你是不是在期待，我会对你讲，我对把你带上床这种事兴趣不大？"

纪亚怔住。

一把枪已经抵在了她身后。

他眼中情欲未退，下手之快，令她始料未及。他抵着她的腰，声音性感得令人想要犯罪：“林奇派你来的？说，对纪以宁，你们调查了多少？”

床上的女人震住了。

冷静了一会儿，她终于开口，并不瞒他。林奇先生吩咐过的，对唐易，说谎是没有用的，说实话反而能得一丝生机。

“易少，林奇先生是好意，你喜欢这一款的女人，他就让我成为这样子的女人来满足你。”

唐易眼底的狠意汹涌而起：“生意上的事，用生意的手段来，这点规矩，他该懂的。为了家族前程，要我帮忙，可以；但不惜动我的人，这就不行了。”他用力掐着她的腰，几乎令她窒息，“说，你们查了纪以宁多少事？”

“并没有多少，我发誓。”

女人呼吸困难，对他臣服：“并不是林奇先生不想查，而是查不到。您对纪以宁小姐，保护得滴水不漏，我们能查到的只有她很柔弱这一点。我发誓，林奇先生绝对没有想动纪以宁小姐的意思。”

唐易沉默半晌。

他的枪口慢慢移到她的掌心，他忽然阴柔一笑，手指一动，一枪下去。

枪口消了音，只剩纪亚撕心的惨叫声。

手掌鲜血淋淋，迅速将白色的床单染成一片血红。唐易起身，冷漠地看着她，轻启薄唇：“回去告诉你的老板，这一次，算警告。下次再打纪以宁的主意，这一枪就会打在他的心脏上。这是我的意思，也是唐家的意思。”

话说完，他像是烦了，打了内线电话，叫来了人，把人带走，顺便将房内清理干净。他最近被纪以宁影响得够深，见不得血光，叫人马上拿来一束新鲜的布鲁斯玫瑰，插于房中玻璃瓶内，他这才看得顺眼。

做完这些，他往隔壁卧室唤了一声，声音慢条斯理："出来吧，看这么久，看够了没有？"

唐易拿起手帕，用冰桶里的水浸湿，一点一点擦拭嗜血的双手，顺便看了一眼客卧："怎么，擅自进我房间，不敢见我？"

一个人慢吞吞地从客卧走了出来。

唐劲扶额，惆怅得很："什么时候知道我在的？"

唐易随手把手帕丢在冰桶里，没兴趣瞒他："从你入境就知道了。不错啊，学会跟踪我了？"

"跟踪，说得那么难听，是担心你好吧。"

想起方才的场景，唐劲仍有些后怕："你把人往床上带的时候，我差点以为你疯了。"

唐易扫过去一个很艳的眼风："如果我真的对她做了什么，你会出来阻止吗？"

"啊，会，"唐劲把身上的枪丢给他，"我不喜欢用枪，不代表我不会。"

唐易大笑。

"管得真多。"

"以宁会伤心的，我见不得纪以宁那样的好女孩被你伤到心。"

唐易笑容渐落。

到底是谁伤了谁，唐劲不会懂。

"她让你来的？"

"不是。"唐劲有些无奈，"有些话，她要我带给你。打你电话，你不接；找你，你又不肯见。我只能亲自跑一趟，来找你。”

唐易没有回应。

男人打开衣柜，拿出一件黑色衬衫，解开扣子脱了身上这件换上。方才沾染了血腥味，纪以宁不会喜欢的，她在不在，都在他心里。

心里挂着，嘴里反而讲不出了。老式文章里讲的“欲”字，就是他现在这个样子，稍稍一动，就起欲壑，难填难收。

唐劲看着他的背影，颇为不忍。

活在世界的阴影里，一生黑色，“真心”其实是奢侈品，除却这个，他什么都有，什么都可以有。这个道理，他明白，但还是不肯认输，偏要她的真心。自己同自己，拿一生开了一个黑色幽默的玩笑。

唐劲开口劝他：“不要晾着以宁，她会难过的。”

不错，纪以宁懂事、乖顺、明理、大度，但她终究只是一个女人，女人之外岂赋有它？被冷落，终不得好。

“以宁她，很能忍，比我想象中的那一类‘能忍’的女孩子更能吃苦。你仔细想一想，这三年，你用手段令她无法与伦敦的过去联络，以纪以宁的聪明和敏感，她真的没有察觉到吗？她有心要联系的话，怎么可能察觉不到。她疑心过你，在唐家挣扎过，但始终没有反抗过。不是不愿反抗，而是舍不得，舍不得为了这样的事和你产生误会，惹你不痛快。”

唐劲告诉他：“那天，她深夜返回酒店去找程应致，不是因为想见他，也不是因为要答应同他走，而是去给他一封信，一封辜负了他与教授的好意、承蒙错爱的道歉信。那一晚她就决定了，选择的人是你，她不会同任何人走。可是你没有给她机会，你连沟通的机会都不肯给她。唐家那么大，她同谁都没有血缘，上上下下那么多人，待她好不好，只看在你的情分上，连谦人都是这样，何况其他人？你不护着她，还有谁能护她？”

唐易眉目低垂，端着一杯清水，沉默地喝着。

他有些分神。

眼前闪过她不争的模样，不会泣诉，不会去恨，只会在心里病一场。旁人问起，她也总是笑着说没有关系。她信人活多年，就当快乐多年，将圣经当信仰，将信仰当救赎。

唐易握着玻璃水杯，握得骨节泛白。太过想念，心底生疼：“她要你带什么话给我？”

“有一场音乐会，你约她的，”唐劲告诉他，“她会一直在约定的地方等你。”

唐易沉默了一下，脸色很差。

他失约了。

他什么话都没有，直接伸手去拿唐劲口袋里的手机。

唐劲愣了下，反应过来后几乎无语了：“你跟以宁吵架能吵得把电话都扔了？你怎么想的？你的智商去哪里了，跟邵其轩那个笨蛋在一起久了，也被他传染了吗？”

唐易懒得理他的风凉话。

几乎是同时，手机铃声响了起来。来电显示：邵其轩。唐劲一时挺无语，刚说到这个笨蛋，电话就来了，可见背后不能说人。唐易懒得把它还给唐劲，接起电话：“什么事？”

电话那头似乎愣了一下，半晌回过神来，邵其轩劈头盖脸的骂声顿时传了过来：“你总算知道要出现了？打那么多次电话都关机，连谦人都找不到你，唐家你不要了吗，那么多事你不管了吗，我说你是疯了吗？！”

唐易听得心烦，截住他的话：“说重点。”

邵医生的声音听上去很冷：“纪以宁你也不要了，是不是？”

唐易脸色一变。

他的预感一向很准："邵其轩，你什么意思？"

"纪以宁出事了。脑震荡，现在昏迷中。"

尘埃落定，易向以宁归

Chapter

10

感情有很多种。被你留下，不是最好的那一种，但在我心里，这是我永不后悔的一种。

这个冬天有些微妙，四周白茫茫的，像雪，细看又没有，她坐在窗前，视线范围内一片白色，让她怀疑自己是否还存在于这个世界上。

她好累。

这一年，她二十六岁，似乎从来没有那么累过。从前她也辛苦过，家变、没落、辍学、打工，但只是辛苦，还称不上累。只有这一年，她是真的累了。

她坐在窗前，拿起铅笔在白纸上写信。信很短，每一封都只几行字。写给母亲，她唯一的亲人，尽管也已不在了，但她累极了，非常想念母亲。

“妈妈，我渴望与你见面，同你讲话。就算是斥责也可以，如今，连一个斥责我的人都没有了。

“妈妈，你来领我回家好不好。无人握住我的手，我迷路了。

“妈妈，我努力地去学了很多事，变成了你们喜欢的女孩子，他也喜欢我，那现在，他为什么不回家了？

“妈妈，我好想回伦敦，但我更想回唐家。后一个，似乎更难了。

“妈妈，我好累。”

……

唐易抱起纪以宁的时候，她已昏迷了一夜。

私人飞机再快，也是迟了。

邵其轩惊了一下，连忙上前制止：“不要动她。她有脑震荡的迹象，快让她躺好。”

唐易纹丝不动，紧紧抱着她不放。他不肯放，他从来没有像这一刻这样恐惧过，他快要失去她了。

他是不能够失去纪以宁的。

“你不可以有事，”他抱紧她，声音很哑，“纪以宁，你不可以。”

她是这个世界上最温柔的人。

不会生气，不会发脾气，两人争执，她也总是先退一步，去拉他的手，温柔地对他讲：不生气了好吗。有时他咄咄逼人，过分起来，不肯放过她，惹得她无措了，总会不自觉将散发拢到耳后，掩饰羞窘，轻声对他示弱：你不要这样子。

这么好的纪以宁，他去哪里找第二个。

他扶着她的后脑，摸到她后脑肿起的伤。肿得那么厉害，他是老手，摸一摸伤口，就明白是如何造成的。

这是遭受暴力，头撞到地面造成的。

唐易骨节泛白，几乎捏碎自己的一双手。

他受不了。

暴力和流血放在纪以宁这个人身上，他受不了。

他看见了她唇角的伤，这是撞击在地，被冰冷的水泥地擦过嘴角留下的。他守护她三年，分分寸寸都用尽了心，连冬日里见她用冷水洗手都会舍不得，哪里见得了她身上有分毫的伤。他几乎可以看见那个画面，她是不会反抗，也不喜欢反抗的一个人，她信善良、可解、沟通、诚实，她信这世界一切的好意与不作恶，直到世界给她一个教训，令她心碎，遍体鳞伤。

滔天的后悔席卷向他，他深埋在她的颈项间，不让任何人看见他眼底渐湿："纪以宁，你那么好……"

邵其轩站在一旁，静静地告诉他："她被送来的时候很不好。要好起来，需要很长一段时间。昏迷的时候，甚至有幻觉的情况出现，她会喊'妈妈'，应该是很想念母亲吧。你不在，她没有人可以讲，也没有人可以倾诉，已逝的母亲便成了她心里的寄托。"

静默了一会儿，邵其轩看不过去，忍不住骂他："我说，你怎么想的啊？是你让纪以宁没有朋友，没有亲人，从此生命中只有你，只有唐家。你把她变成了这样，为什么还会对她放手？"

唐易没有辩驳。

邵其轩只听见了黑暗中骨节作响的声音。

他顿时住了口，知道眼前这个男人杀性已起。

邵其轩没有再说下去。他是唐易，受了伤，也仍然是唐易。唐易擅长很多事，比如，赌生死；比如，流血与暴力；再比如，复仇。

唐易走出病房的时候，脸上已经没什么表情了。

他直直走向等在走廊上的尹谦人。什么话都没有，抬手过去就是重重一个耳光，惊得身后的邵其轩一时愣住，连声音都没了。唐易眼底有前所未有的恨意，下手很重，当场打得尹谦人唇角流血，禁不住力道，偏过了头。

尹谦人没有抬手擦拭流血的唇角，恭敬鞠躬："易少，是我没有保护好纪小姐，请您原谅我。"

唐易眼底血红："谁做的？"

尹谦人鞠躬应答："三叔场子里的人。四个人，从夜店出来，喝了酒。三叔已经知道了这件事，亲自把人押进了唐家，向您赔罪。"

"赔罪？"唐易像是恨极了，"他赔不起。"

尹谦人弯腰听着，静等命令。

唐易没有让他等太久："沈三的场子，都给我吞了。吞得下的，尽管放手去吞，用多少人、多少钱，我不在乎；吞不下的，都给我毁了；毁不掉的，烧了；烧不掉的，砸。"

尹谦人恭敬地道："是。"

他杀性已起，收不住了，眼底全是滔天恨意："从他的人动纪以宁起，有我没他。有我唐易一天，就没他一日立足。"

整整数日，纪以宁都没有醒过来。

她像是终于得以长长地入睡，把过去失眠的日子都填满了。无声无息，有时唐易会半夜惊醒，抱紧她，无端端就怕从此要失去她了。

唐易没有再离开过她，昼夜陪伴，连睡也是伏在她身边，握着她的手陪着睡。这样子睡是睡不好的，睡一阵醒一阵，将自己也毁掉。邵其轩看不过去，几次劝他去客卧休息，好好睡一觉，他不肯，原谅不了自己。

每每一睁眼，他就会看见她颈项上那块红线玉石。

他想起了很多事。

想起纪以宁曾那样靠在他怀里，对他讲：我有你给我的最好的信物。

——什么？

——这个啊。

她将玉石握在手里，万分珍重：从那天晚上你把它戴在我身上开始，我就没有把它拿下来过。虽然在我所知道的故事里，它的含义没有一个是和感情有关的。盘古的骨髓，驱邪避凶；君子无故，玉忆力不去身，君子于玉比德。我常常想，这些又和纪以宁有什么关系呢？但是唐易，我对你，无端端就有一种信任。信你给我的玉石，有它的故事在里面；信你将它送给我时，有你的心意在里面。即便我不懂这里面的故事，也不曾听你讲过这里面的心意，我仍然非常珍惜，你将它送给我这件事。

三年过去，他伸手抚过她颈项上的玉石，低头认罪。

“纪以宁，你要好起来，”他一字一句地对她请求，“醒过来，好起来，你要怎么恨我都可以。”

他一直明白，是他一手毁了她单纯的人生。

他强迫她、占有她、留下她，又懂得利用她的善，对她软硬兼施。很多个夜晚，他抱着她，对她讲“喜欢你”三个字，单音节，从他口中说出来，性感得无可救药。她情场遇高手，一败涂地，一不小心得身心都交了出去，自此再无后路。

有一日他醒来，发现身边无人。捡起散落在地的衬衫穿上，走出卧室才发现她竟然一个人在书房睡着了，手中掉落一本书。他捡起来看，发现是康德阐述伦理观的名作，翻开第一页，有她清秀的字迹："有两种东西，我对它们的思考越是深刻和持久，它们在我心灵中唤起的惊奇和敬畏就会不断增长，这就是我头上的星空以及心中的道德律。"

冗长德文，语法的繁复与语义的晦涩，她译过来，竟也可以如此简明单纯，一如其人。

他明白，她已为情所困。是他算计她的，而他也真的成功了。

可是在他的算计里，绝对没有她身负重伤这一点。

白天，李叔过来照顾，低声告诉他：那一日，谦人其实一开始是暗暗跟着少夫人一起过去的，却被少夫人发现了。谦人回来说，少夫人看见他，很难过。少夫人告诉谦人，她真的很怕你误会她不喜欢唐家，又不拒绝唐家，表里不一，言行虚伪，你不会爱这样的纪以宁。少夫人执意要谦人回来，不要再令她为难，让她在你面前无法辩驳。谦人被她说服了，一个人回来了。后来，谦人始终放心不下，又回去找少夫人，就这样发现她……正被几个喝醉酒的人欺负。谦人其实过去得很快，出手也很快，是他抱少夫人去医院，送急救的，但还是来不及了。少夫人被那几个人摔在地上，撞到了头，谦人抱起她的时候，她已经没有意识了。

李叔说完，唐易很久都没有反应。

李叔等在一旁，等了很久，等来了一句吩咐："出去。"李叔垂手致意，看了一眼病床上的人，心中大为不舍，称了一声"是"，心事重重地退了出去。

病房中，一室沉静，只有吊瓶里的液体滴落的声音。

唐易低头，握起她的右手包裹在掌心，一遍遍对她道歉："对不起……以宁，对不起。"

纪以宁是在一阵小提琴声中醒过来的。

她曾对他笑谈：你不觉得撇开音乐不谈，小提琴本身就很漂亮吗？将对称做到了极致，会令人想起圆规、直尺以及一切最古老、最智慧的工具。只用四根弦，声音就可以是最接近人类的发音，很美的一个奇迹。

纪以宁有些昏沉，眼皮很重，睁不开，浑身隐隐有一些疼。是这样一阵小提琴声，将她的伤口抚平了。

她细细去听，听出这是一曲《卡农》。

静水深流。

除了她之外，这个世界上还有一个人，一同碎了心。

爱和占有、征服与穷尽，有多少年，这就是他的价值观。

现在，不行了。

他认输了，俗是有点俗，但要过一生，认输也要的。

纪以宁缓缓睁开眼，就看见了她最喜欢的人。这是她第一次看见唐易拉小提琴的样子，月光下，长身直立，一地悲伤。有多少回，就是这样子的悲伤，她见不得他那样的人有，情愿自己委屈一些先退一步。就这样，一天天地，退着退着，都习惯了。

最后一个音符落下，他对上了她的视线。

两个人，四面楚歌，七零八落，九死一生。爱得太用力，收不住力道，不小心就将人生活成了一个个数字。

唐易向她走过去，弯下腰，握住她的手，一声"对不起"来不及讲，眼底已经有了水光。他穷尽一生，只愿她无恙，却不知为什么，还是让她躺在了这里——其实，也是明白的。

纪以宁抬手抚上他的脸。

唐易是不可以这样子的。他这种人，不可以乖，不可以弱，一乖一弱起来，就让人有机可乘了。唐家不能有这样一个掌权人，纪以宁也不能给唐家一个这样的唐易。

她开口，声音很哑："你的小提琴……技艺还差了一些啊。"

唐易低头，笑容很痛，他闭一闭眼，将眼底水光散去。

这是纪以宁的温柔，不愿见他认输。

"好久没有练，生疏了。"他将她的手拉下，放在掌心握住，"我一直在想，该怎么对你开口解释我那一夜的失约。想了好久，都没有办法。我看了那场音乐会的曲子，就试着练一练给你听。比不上你喜欢的乐团，也没有你喜欢的合奏，但也总比单单说一声'对不起'来得好。"

她被他重新握在手心，生命中的温暖都回来了："我第一次听到这首曲子，是在维也纳。音乐厅旁有书店，我就是在那里听到了这首曲子，也看到了它的故事。一个男孩子从战争中觉醒了今生所爱，九死一生，活了下来，只为回去找她表白，回了家才知道，那个曾被他拒绝的女孩子已经为他自杀了。之后，他就弹下了这首曲子，这首曲调里面是有痛哭的。"

她静静看他："我喜欢这首曲子，却不喜欢这个故事，尤其是对你……"

她反过来安慰他："我见不得你和这样的悲伤融为一体，那样，就不是唐易了。唐家需要你，谦人、唐劲，很多人都需要你。所以，什么都不用对我讲，我原谅你。"

"那你呢？"

"嗯？"

"你还需要我吗？"

他俯下身，拥她入怀，抱紧她：“如果纪以宁不需要我了，我要其他那么多人的需要，做什么呢？”

他好怕她对他死心。

就像一条鱼，对水死了心，怎样都完了。

纪以宁听着他的心跳，静了好久，低声问：“那么久，你去哪里了？”

他抱她的力道又紧了几分，告诉了她一个地名。

纪以宁心里钝痛，她明白那是什么样的地方。

“那里不好，太危险。”

“好不好，不在那里，”他低声诉一句真心，“在你。”

他声音很低，有不能被打扰的惊痛在里面：“那一晚，看见你护着他，连你自己都不顾了，连我都不顾了，我不知道我还能对你说什么……那一刻，我是没有感觉的，我怕从此以后我都没有感觉了。没有感觉的人生很可怕，我不是怕我从此感受不到快乐或难过，我是怕从今往后我感受不到你的感觉。你快乐吗，你在难过吗，这些如果我感觉不到，那我跟你之间该怎么办呢？我不能接受这样的未来，我很明白，要一个人有感觉，最快的办法是用暴力，见一见血，碰一碰生死，所有的感觉都会回来。所以我去了那里，去了这个世界上最复杂、最危险的地方。”

纪以宁说不出话。

这一场感情，她陷进去了，他也是，伤得重，断了骨，不醉无归。

“你那样试我，对我不公平。”

想起那一夜他转身走得决绝，她就红了眼眶：“他是我的朋友，我很珍惜。我珍惜，是因为我没有多少朋友……这三年，我只有你，我也知道你不喜欢他，所以我从来不提他。那天见了一面，很愉快，但我也没有要跟他走的意思。说起来，连我自己都害怕了，不晓得从什么时候起，我已经变成了现在这样子。教授从英国来，他也从伦敦回来，都要我回去，给我机会，我却感觉到害怕。我怕你误会我，至于你会误会什么，我都不知道，猜不到，只是很明白，你误会的话，一定会离开我的。我……不能和你分手，如果要和你分手，那伦敦对我来说还有什么意义。我努力让自己变得更好，其中一半是为了自己，为了理想，还有一半，是为了你，是想你不后悔留下我。”

被他宠爱的感觉太好，会上瘾，难怪淡静如纪以宁，也投奔了欲海。

所谓红尘，不过如此。

他伸手抚过她的唇边，看见尚未痊愈的伤口：“很疼，是不是？”

“嗯。”

她不瞒他。

“但这些，忍一下就好了，”她拉着他的手，放在她的心脏处，“只有这里，忍也忍不住，好起来也很慢。”

他抵着她的额头，低声请求：“医好这里，你需要我吗？你是只需要我吗？”

“否则呢？”她盈盈一笑，反问，“我不需要你的话，难道，我需要邵医生？”

唐易笑了。

“他就算了，”他抱紧她，对她笑答，“他也不敢。”

他低下头去吻她，又不敢用力，连唇角都有伤，他将轻吻落在她的额头。

“唐易。”

“嗯？”

她静静圈住他的腰，闭上了眼睛，心安如水：“感情有很多种。被你留下，不是最好的那一种，但在我心里，这是我永不后悔的一种。这一点，你一定要明白。”

生活很简单。日升、日落，就是全部了。

程应致来过一次医院。

他走到病房门口，正要敲门，听到里面传来一阵小提琴声，不知怎么的，他忽然就停住了动作，没有敲门。

纪以宁正为唐易调整琴弦，声音中有笑意，对他讲："你校准的动作不对，所以音色总是差了一点。"

她躺在病床上，不紧不慢地替他一点点调音，过了好一会儿，将小提琴递给他："这把是好琴，到了你手里，它都被怠慢了。"

唐易乘虚而入，手指卷着她的发梢不放，含情调意："那你教我啊。"

纪以宁挣了下，挣不开，明白他是故意的："这是慢功夫，哪里是教一教就会的。况且，我也不是行家，懂的也只是皮毛，自娱尚且可以，说到'好'，那是万万够不上的。"

唐易放开她，脸上微微有笑意："学这么多，还都学得那么好，不觉得累吗？"

"自己喜欢的，就不会累。"

她看了他一眼，病中勇气生，率性了一回："就像我对你。"

唐易抬眼，对上她的视线。

被他看着，她有些不好意思，声音低下去，但始终是郑重的。

"你以为喜欢你不累吗？没有比喜欢你这件事更累的了。但因为是自己喜欢的，所以，还是一直在努力着。"

程应致在门外站了一会儿，没有再打扰。

脚步一旋，他静静离开。

今天傍晚的飞机回伦敦，走之前，来这一趟，他没有遗憾了。

这场感情，他孤军奋战了三年。独撑一场大戏，终于到了落幕的时间。他最喜欢的以宁，学会了喜欢一个人，而那个人对她的专注，比她的喜欢要更多一点。

这样的结果，程应致可以接受。

纪以宁在医院休养了一个月，后脑肿起的部位消了下去。唐易了解伤痛，懂得伤痛，照顾起来，本就比旁人更通三分，又是她出事，心思就全部用上了，纪以宁做复查时，暗自笑道都被养胖了。

傍晚，纪以宁看了会儿书，望了一眼窗外无限好的落日，心思一动，放下书，披上外套出去走了走。她又支开了陪着的护士，得一会儿清净。这样的清净不常有，唐易是一个说一不二的人，他说了要放人在她身边，就是天天如此，如今她出了事，他更是不肯。幸好是爱他的，纪以宁抬头望着落日心想，否则，和这个男人之间的今生，将有多少血流成河。

纪以宁独自回病房的路上，想起了邵其轩。这个温柔的好人在她生命中几次伸手扶一把，成就了她不至于穷途末路的人生。纪以宁喜欢这个人，折返去了一趟邵其轩的办公室。

刚要抬手敲门，唐易的声音意外地出现在里面，纪以宁一时顿住了。

他的声音很静："她不太好，是不是？"

纪以宁抬眼：什么人，竟能让唐易连声音里都有了"认命"？

邵其轩对他有不满："她本来就一直不太好，你还欺负她，在孩子的问题之外再给她增加伤害。你让她在这么冷的夜晚站在外面等了你一整晚，她被送来的时候几乎冻成一块冰，你不知道她原本宫寒就很严重吗？你的烂摊子我不是每一次都能给你收拾的。"

唐易没有说话。

这是一个有心理承认能力去认错、去承担责任、去承受后果的男人，该来的，他不躲："你坦白告诉我好了，如果是最坏的结果，也直接对我说。"

邵其轩对这样的对话有同情，有不忍，但现实不讲同情。

“不是不可能，”邵其轩诚实以告，“只是概率低一点。”

“低到什么程度？”

“……”

“50%？”

“……”

“20%？”

“……”

“是不是连10%都没有？”

“唐易。”

邵其轩忽然上前一步，抚上他的肩，给他安慰。男人和男人之间的谈话，有时可以非常简单，甚至不需要语言，一个眼神、一个动作，所有的意思都一步到位了。

唐易没有太多挣扎，似乎连挣扎都是不屑的，一字一句交代邵其轩：“这件事，不可以告诉纪以宁。”

邵其轩有些不忍：“你还有心力瞒她多久？”

“我会瞒到她不再为这样的事伤心为止，”唐易答得很快，显然很久以前他就做了决定，万死不悔，“否则，我会一直瞒下去。”

心意澄明，认定了人，做什么都比旁人更清楚。

他见不得她伤心。

一伤心起来，力挽无从。

“咔嗒”一声，门外传来轻微的异样声。唐易皱了下眉，常年的警觉性令他当下做出反应，一步上前拉开了门。

屋外的长廊空空荡荡，廊下一屋的风，回旋着寂寞的声响。

唐易站定，盯了一会儿。

与生俱来的危机感如影随形，眼见无凭，揣测无据。

男人沉默，站了一会儿，返身回屋。

这一天晚上，唐易工作上有活动，和唐盛投行谈判接洽。

唐辰睿的唐盛投行赫赫有名，其中很重要的原因在于他这个人。年轻，出手惯狠，做人做事都透着一股邪气。圈子里不少人看不惯这个人，想除之而后快，却发现这人路子太野，攻和守都毫无章法，且好战，是个难缠的角色，这些年他让多少人吃了亏，他和唐盛就圈了多少地。

唐辰睿对唐易有点意思。

这人是个美学爱好者，又崇尚暴力，骨子里信奉的是“能用刀解决的问题就不要用嘴”。以至于唐辰睿见到唐易的第一眼就移不开眼了，暴力美学，多么完美的完成品。

这阵子他又盯上了唐家的好处，大为心动，实在忍不住要捞一笔。唐辰睿对唐易势在必得，以至于尹谦人每每看到唐辰睿盯着唐易的眼神，整个人都会头皮发麻。

傍晚，两个男人从酒店会议室出来，下楼，边走边谈。

唐辰睿直言不讳：“站在唐盛的立场，如果你的资金能进来，那自然是最好不过的，另一方面……”

他正要说下去，却看见唐易忽然停住了脚步。

唐辰睿皱眉：“你干吗？”

他正不明所以，顺着唐易的视线望过去，顿时就没声了。

呵，真是大驾光临，纪以宁小姐。

酒店大厅左前方的位置，纪以宁正孑然而立。一袭黑色小礼服，香肩毕露，一身的性感，而她身上干净不争的味道又太重，于是两种气质就像是发狠般的要在她身上争一个高下，犹如血染寒剑，入水漾开一池梅花的清与腥，瞬间惊艳。

唐易一言不发，丢下了身边的人，直直朝纪以宁走过去。

唐辰睿心里那个郁闷啊。

他一指唐易，语气很不爽："他什么时候有了这种毛病？"谈公事谈到一半居然丢下他去泡妞！

尹谦人自然不敢像他那样勇猛，不敢直白地解释说"他也就只泡这一个妞"，最后只能笑笑，不接这茬。

楼下，他近她身。

唐易从身后将人拉进怀里："你今天怎么会来？"

"美术馆公共休息日闭馆，"纪以宁柔声道，"有时间，就来陪你一晚。"

"陪我？"

"和人谈合作，晚上会有酒会吧？"她从小在这个圈子里长大，深谙这游戏规则，若是有心，恐怕无人能敌一二，"你会需要女伴的。有我陪你，会好得多。"

唐易觉得有意思。

"那种场合，你不会喜欢的，"他捏了捏她的脸，对她宠溺，"不适合你。"

纪以宁偏头一笑："那么，谁适合你？"

唐易顿时就笑了。

她轻轻浅浅地就将了他一军。纪以宁这种女孩子，若是用心，真是厉害。

"我认输了，"唐易搂过她的腰，将她带着走，"就今晚，一起。"

唐家与唐盛联手，一场酒宴，精致奢华。

纪以宁有一句话说得对，这样的场合，有一个深谙规则的女伴在身旁，会好得多，也有趣得多。多少人盯着唐易，又有多少人盯着唐家，他一个人出战，赢了，也不是不辛苦。如今多一个她，一步跨出去，这就成了生死之交。纪以宁柔柔挽住他的臂弯，并肩踏入会场的一瞬间，三年的默契就全出了，是夫妻，是同盟，是朋友，是知己。

唐易微微转头去看她。

又到了并肩的时候，这个时候的他和她，全凭默契，没有敌手。

觥筹交错，唐辰睿端着一杯香槟走过来，笑吟吟的。

纪以宁细细打量他。

这个人路子太野，连端一杯酒都不肯合规矩，松松垮垮垂手端着杯沿，好似手中端着的不是酒，是甜蜜的威胁，下一秒就会哄你喝下。偏偏笑容又那么好看，既天真，又世故，这就叫人难辨真貌了。

“纪以宁小姐，”男人落落大方地与她接近，“久仰芳名。”

纪以宁微微欠身，报以友善的礼节：“唐总监。”

“我手里这杯香槟，是非纪以宁小姐来陪不可的。”

“唐总监有话，我听。”

唐辰睿笑了，开门见山：“唐盛的这笔合作案，还请纪以宁小姐帮忙一二。”

纪以宁笑容清浅，如同柳叶拂清水，连拒绝都是轻悠的：“我不大懂这个。”

“呵，”唐辰睿自来熟起来，脸皮也是厚得很，端着香槟酒杯轻轻碰了碰她手里的酒杯，笑容暧昧，“喝过这一杯，把我当朋友，就懂了。”

话音未落，他仰头，一饮而尽。

唐盛的年轻掌权人如此给面子，纪以宁懂得回应。不是所有人都能得唐辰睿一饮而尽的面子，纪以宁轻抿了一口酒，与他举杯：“我喜欢‘朋友’这个词。”

寒暄几句，唐辰睿暂时离席。

有侍者过来，唐辰睿顺手放下酒杯，拿出手机，走到屋外打了一通电话：“去准备和唐家的合作文件，这笔交易，OK 了。”

接电话的是跟他一起出生入死的特助，姓韩，单名一个深字，做事严谨，此时也不肯放松一分："你确定吗？"

"嗯。"

"唐易亲口同意了？"

"没有。"唐辰睿意味深长地笑了，"他会同意的。因为，我有最好的帮手。"

一场酒宴，四方尽欢。

驱车到家时，已近凌晨。

这一晚，下起了今冬第一场雪。纪以宁坐在车里，一时看入迷了，忘了下车。唐易没有打扰她，明白她爱看雪，尤其是夜晚清静的快雪，扑簌簌一地，每每见了，都有心明澄澈的欢喜。

看了一会儿，纪以宁回神。

她像是有些惊讶："好快，都到家了。"

多微妙，话里竟有舍不得。

所谓舍不得，就是到手的不舍和未到的不得。她一句话，前后两重意思，竟都有了。

唐易搂过她的肩，声音平静："'家'这个地方，心里想着要回来，如何快都不算快。"

从庭院进屋，有一段不长的路。

路边花丛盛开，落了快雪，花雪交融，暗夜里有冰清玉洁的一诱。

两人并肩走着，谁也没有说话。

这也是一种默契。

玄关处的灯光洒下来，比庭院里的街灯更透亮，叫纪以宁明白，这段回家的路是到尽头了。

她忽然停了下来，落后他一步，轻声开口："唐盛的这笔合作案，你若肯答应，对唐家而言，是好事。"

唐易缓缓转身。

他望着她，有意外，但没有太多："你也有兴趣当唐辰睿的说客？"

纪以宁没有承认，也没有否认："如果是我觉得他还不错，想交他这个朋友呢？"

唐易笑了。

唐辰睿这家伙，动作当真是快。才带纪以宁现身一次，就被他抓住机会，捷足先登了。

"他那人，不好搞。"唐易摸了摸她的脸，评价得很客观，"不过，他还真有一个优点。"

"是什么？"

"他不欺负女人。身体上的、生意上的，他都不乱搞。"

"呵。"

唐易给她机会："说说吧，为什么要当他的说客？"

"因为，想要你好，想要唐家好。"

唐易眼神中的兴味一闪而过："哦？"

纪以宁双手交握，柔柔地垂着，以一个言谈者的姿态面对他。大概有些冷，以至于她的左手握着右手，不自觉地握得有些紧。

"但凡一宗不小的合作，或者说，交易，都不能只看当下。或许，生意人会有'预测'这一种职业习惯，注重未来，注重预期，但对我而言，换一个角度，以人文的层面去评判，就不会忽略他的历史。历史是很有意思的，也只有历史能告诉你，过去是怎样，现在正在怎样，未来会怎样。"

唐易兴味浓重："那么，你看到了什么？"

"我看到，唐辰睿这个人，还有他的唐盛，不单单折射出他这个人的样子，还有背后一个百年家族的沉淀，一个经历过时代苦难变迁而挺住的金融体系。”

她偏头看他，以一种并不意图去说服谁，单单想讲一些想法的姿态与他聊着：“近现代最复杂的战事只有两种：兵战、商战。无兵不立商，无商不成兵。而商战中最复杂的，只两个字，金融。晋商，天下第一商帮，一夜崩溃就是从票号的全军覆没开始的，也就是晋商金融体系的崩溃；同一时间，上海形成银行新业态的金融体系，自此崛起，至今雄踞一方，这都是有道理在里面的。唐盛的起源可以追踪至此，从一开始，唐盛就带着悲天悯人的独特情怀，它同情在官僚和外商夹缝中艰难生存的民间势力，伸出援手，给予帮助，开创了旁人不敢为只它敢为的经营之道。政权交替，日月变换，一百年说长不长，说短不短，对唐盛而言，熬过来，千万死中求一生，当真是可以评价这一句的。”

多奇妙。

纪以宁有心起来，任何领域都能精通一二。

这个女孩子所具有的人文情怀，只此一家，别无分号。

所以她是纪以宁，旁的人，都做不了纪以宁。

暗夜里，她看不清唐易背光的表情，只听他问：“还有呢？”

纪以宁知道他在听，听进去了。她有得人尊重的感激，不枉谈这一场：“唐辰睿的做事方式诚然褒贬不一，他本人的风评也很复杂，但他有一点，我是认同的。”

“哪一点？”

“办一天事，有一年的眼光；办一年事，有一生的眼光；办一生事，有历史的眼光。这应该就是唐盛家族教会他的最宝贵的特质。年轻，却是强人之姿，身上流着祖父辈悲天悯人的情怀，亦正亦邪，左右逢源。这样一个人，和他合作，很值得。”

唐易顿时就笑了。

“我从来不知道你懂这些。”

他拂去她额前的散发：“从前只以为你不爱这个，所以也从不勉强你和我谈。”

纪以宁顺从着他的动作，任他靠近了些，柔声告诉他：“我没有特别不喜欢，当然，如果要说喜欢，可能也谈不上，只是不讨厌罢了。多了解一些，多想一些，对我而言，也是可以接受的。”

唐易将她的散发别到耳后，淡淡地问：“接受这些从前并不愿接受的东西，去了解，去想，是为了什么呢？”

“为了，我配得起你赌的这场婚姻。”

他顿了下动作，看着她。

纪以宁抬手，抚上他的脸，单单是看着他，她就悲伤起来了：“从前你就知道了，我……可能是一个今生都会有缺憾的女人。你还不死心，这么倔强，赌什么呢？”

她知道了。

他看着她的表情，就明白那一日他的感觉没有错，她在门外都听见了。

他想过很多种可能性。

纪以宁也许会走，也许会哭，也许会茫然无措，也许会从此变成一个复杂的成年人。你知道，人受过太大的伤害，就会变得厉害。

唐易缓缓伸手，将她拥入怀中抱紧，一声感恩：“谢谢你，愿意同我讲。”

肯讲，该是多么大的勇气。

他太了解她了，从本质上来讲，纪以宁是一个不习惯于用语言去表达的人。她的表达方式是旧式的，意在眉目，不在话里。心里有，眉目传情，心思都出了。长久以来，她未曾想过改，他也不要她改，改了，就不是纪以宁了。

然而今日，她改了。

平铺直叙，是纪以宁对唐易最大的诚意。

“一开始是想不明白的。”

多奇怪，事情到了这个地步，同谁说都不行，只有同他说，才讲得了。这就是亲人了，她看着他，心里有前所未有的平静。从情人到亲人，她和他，彼此努力，用了整整三个年头。

“关于那些事，发生了，从前也从来没有放在心上。”

那一年，她才二十二岁，反抗不了，被人关在酒吧的地下冷藏室一夜，醒来时已经身在医院。医生对她说，外伤不碍事，不过冻伤有些严重，最好留院观察一阵子，内里可能会留下病根，女人的身体，内部看不见的隐患远远比看得见的外伤严重。

她不懂事，舍不得把时间和钱浪费在病床上，早早出了院。年轻，有自以为是的自信，认为不要紧，生命还长，一时半会儿的病痛又算得了什么。虽然从此以后，她就体会到了生理痛的揪心之痛，但在时间和财力的双重压迫下，她仍然没有重视，只一味认为平时注意保暖就好了。

她不懂，其实换个说法，这就叫“劫”。

纪以宁眼底有湿意：“很久以前我以为，所谓的‘劫’必是惊天动地的，带着某种形状的，是那一种，它来时你就知道它来了，必有时间认出它、反击它，轰轰烈烈，人定胜天。直到那一天，听到你和邵医生的对话，我才明白……”

才明白生命中大多数的“劫”不是这个样子的。

没有形状，无声无息，它的厉害之处在于你都不肯承认它厉害，认为它无关痛痒，小事一桩，没有资格当你的敌手，于是它就有了作恶的时间，进行一场慢性扑杀，最后你会如同写烂了的那一句话一样——明明好似什么都没有发生，怎么就回不去了呢。

多少婚姻，就这样散了。

多少感情，就这样输了。

纪以宁揪紧了他的衬衫，眼底隐隐有泪光闪动，但倔强地，不肯掉。

一掉，就不好收拾了。

“你这个人……”

她对他又爱又恨：“一早就知道有今天的，你一个人，还坚持什么呢？”

唐易轻抱着她。

到了这个地步，反而天高云阔起来，好似什么都能讲，什么都能接受。能这样子拥她在怀里的感觉太好，一场谈话竟也显得只是一场谈话而已，即便谈不下去也没有大碍，睡一觉，好好休息，改日又有新的办法了。

“没有特别想要坚持什么，”他抱着她，声音很平静，“只是我需要你，非你不可罢了。”

有些事，就是这样发生了，他并没有太多深究的欲望。

他始终记得那一天傍晚，有火烧云，令他想起火光，心里不痛快。他漫不经心地开着车回家，半路上无意中一抬眼，远处火光冲天的画面就这样不经意地映入了他的眼帘。

这些年，唐家所有人都明白他心底的不可触碰在哪里。这件事如此严重，如此毁坏，以至于和纪以宁夫妻一场，再亲密，他也始终没有对她说过一丝一毫。

他的母亲，是被人烧死的。

确切地说，是被人绑架，在浴室自杀身亡后被人烧了的。

对，他的母亲过世的方式，和纪以宁母亲的一模一样。

幼年的记忆不可小视，他目睹过最残忍的火光画面，自此以后，他从纯真幼童一夜变成了另一种生物。

就在数十年后那个傍晚，无限火光滚动在天际，勾起他心底最深处的记忆。

他下意识地忽然左拐方向盘，朝火光冲天的方向开去。

就这样遇见了那个叫纪以宁的女孩。

停了车，他坐在车里，毫无意外地看见她在被人欺负。

一张清秀的脸，是个干净清透的女孩子。但除此之外，她没有任何特别之处。

要多管闲事救她吗？呵，不，唐易不是邵其轩，没有怜香惜玉的嗜好。这世间外表柔弱的女子并不少，他见得多了，习以为常。多少清秀的弱女子接近他，结局不是要他的人就是要他死。女人，他没有太多兴趣。

他看了一会儿，终于还是兴致缺缺。认出是梁家的人在动手，于是他打了个电话过去，淡淡几句话往场面上放，对方马上大力保证今后绝不再动这女孩一分。

电话收线，他远远望过去，看了她一眼。

萍水相逢，做到这一步，可以了。至少她能活下去，至于怎么活，就不关他的事了。当然，他会救她，更重要的原因是过几天就是母亲的忌日，他不想在这几天见血光。

一个陌生女孩，唐易没有兴趣再留下。抬手发动引擎，他准备走。就在下一刹那，他忽然听到她的声音，听到她哭着说："我妈妈还在里面，让我进去好不好……"

发动引擎的动作猛然停住，他抬眼朝她看去。

这才看清她泪落如雨的绝望。

他原本以为她只是因害怕而哭，却不料她的母亲还在这场大火里面？

他忍不住打开车门，却没有下车，手扶在车门上，好像有预感，只要决定下车，他这辈子都会不可避免地和她缠在一起了。

他看着她，觉得她好似幼年时的他，单纯地想冲进火光里，单纯地想要去母亲身边，唯一不同的是，她只是悲伤，只是难过，只是绝望，没有恨。

怎么会没有恨呢？

他凝视她良久，不可思议地确认了一件事：她没有恨。

被折磨到这个地步，她始终没有恨过谁。不像他，从母亲过世那一天起，就学会了暴力。

同样的起点，截然相反的人生。他成了彻骨的黑色，她依然是纯净的白色，苦难带给她的，是让这白色更通透了。

唐易笑了起来，不可思议。

有生之年，他竟还能遇见她这般磊落之人。

他终于下了车，反手关上车门，缓缓拿出随身携带的枪，稳稳地上膛，然后，不紧不慢地举起来。

第一次，为一个女人，他开了枪。

记得从前，为父亲之死，他走到复仇这一步，大开杀戒，自此成了生死场上的职业玩家。结束之后，某一次的酒会上，他悄然退场，独自端了一杯清水，站在阳台上，任凭冷风贯穿整个人生呼啸而过。

唐劲站在他身后无声地陪他，他忍不住问唐劲，更像是自问——唐劲，我怎么会对性命这回事狠到这种地步？

《希伯来书》写得清楚：凡物差不多都是用血洗净的；若不流血，罪就不得赦免了。

将来如若出现摩西，那么该从我身体内取走多少血，才够神与我立约的凭据？

恐怕流尽我所有的血，都洗不干净我，哪怕只是一双手。

唐劲，世上是有因果报应这回事的。

而我怎么会连这一点都学不会去害怕了。

唐劲一贯好口才，那一刻竟也说不出话。

唐易走得太远，回不了岸了。他爱不了人，也无人敢爱他。

高处不胜寒。

直到遇到这个叫纪以宁的人。

救她回家的那天傍晚，唐劲闻讯赶来，看见邵其轩正在为他包扎被火烧伤的伤口，忍不住吼："你疯了吗？！杀了那么多人，放一个不认识的女孩子跑进火场，你再进去抱她出来，你脑子怎么想的啊？就不怕你们两个都烧死在里面吗？！"

他笑了下，心里很平静，告诉唐劲："我有经验，那种时候不放她进去，她会后悔一辈子。"

就像他一样，小时候想冲进火海里救母亲，被下属拦下了，一个一个拼命拉住他，说："易少太危险，我们绝对不会让你进去。"

从此叫他抱憾终生。

唐劲脸色变了变，提醒他："她不过是个陌生女孩子，你并不认识她。"

他点点头："然后呢？"

唐劲动了动唇："然后，你却已经开始纵容她了。"

他顿时就笑了。

她终于来了。

孑然一身，饱满在内里，令他终于寻到去处，这些年来所有的缺失，都填补了。

呵，纪以宁，我等你这么久。

尘埃落定，易向以宁归。

流年经转。

她站在他面前，已是他最亲的人，带着一身劫难，奋力一搏。

“过完年，我就二十七岁了，”这一刻，纪以宁有些认命，“二十七年的人生里，我没有做过任何坏事，没有害过任何人。”

佛教说“无作者义”，是说这世界上没有造物主，万事万物永远有自己的因，不存在一个开端。她仰头望这辽阔的天幕，问过一句，那么纪以宁要受这般重罚的因在哪里。

“我想过要离开的，”她坦白承认，“若是三年前，我应该不会有除了离开你之外的其他念头。但我最终没有选择走，对你，我没有办法做到不告而别。”

三年，不长不短的一段岁月，改变了她。

她看着他，明白自己是舍不得他的，更是感激他的：“从不被人爱，到被一个人好好疼爱；从不懂婚姻，到渐渐明白婚姻的重量；从女孩，到女人；从稍许有些自闭的倾向，到爱笑爱同人交往；从不清楚自己的心意，到敢于承认；从将这世界黑白分明地对待，到更开阔也更谦和地认同它灰色的存在；从二十四岁，到二十七岁；从一个不像样子的女孩子，到一个像样的成年人。我所有的这些，所有成长，都是你教会的，你一个人给的。这样的一个唐易，我无论如何也不想辜负。”

苦难面前，唯有胆色过人，才得一二线生机。

《希伯来书》讲得明明白白：天地都要灭没，你却要长存，天地都要像衣服渐渐旧了；你要将天地卷起来，像一件外衣，天地就都改变了；唯有你永不改变，你的年数没有穷尽。

纪以宁偏头一笑，含清泪，欠矜贵，但坚强争气。

她问他一声："那么，这样一个纪以宁，你还愿意继续喜欢吗？"

唐易顿时就笑了。

他伸手抚过她的长发，一点一点将她拥入怀中。一声叹息，他非常非常满足。

"谢谢你，愿意给我机会，继续喜欢你。"

她用三年时间，磕磕碰碰，自学自悟。跌倒了，一次次忍痛站起来；错了，她也认了，自己把自己撑起来，知错就改，就这样把自己变成了一个像样的成年人。苦难来了，她不躲，不逃，没有过分内疚，也没有推卸责任，同他摊开了一切，明白直谅，有情有义。

"我喜欢你，以宁。在将你作为妻子去喜欢之前，首先是将你作为一个独立的女人去喜欢的。女人是最复杂，也最美的，脆弱又饱满，感性又理智，会坦诚，也会口是心非，似乎世间一切的矛盾都在女人这种个体上齐全了，矛盾又和谐，是非常了不起、非常壮观的生命体。

"这样的生命体是为了延续后代存在的吗？不是，至少我认为不是。那仅仅是这个生命体所具有的一种功能，它更重要的，是感情的延续，换言之，它是为爱而存在的。你情我愿，想要更深入地爱你，结成这世间最无懈可击的一种同盟关系，只有在这个条件下，孕育生命才有意义，也才是被允许的。在此之前，我爱你，和这一部分无关，我喜欢的是作为一个独立女性的纪以宁，喜欢的是有思想、情怀、智慧，还有对感情的忠诚，这些组合而成的纪以宁。

"坦白讲，我想过很多次，你发现的这一天，我该如何同你讲。也想过如果你要离开，我该如何留住你。要留住一个人，是很累的。一个人铁了心，无论如何都要走，另一个人怎么做都是错。所以我好高兴，你选择的是信任我，信任我和你的这份感情。什么是夫妻？这就是了。不止这一件，将来一定会有更多的难关，我们一样一样来，很不错，不是吗。”

一纸婚约，那薄薄的一张纸，需要动用多少力量去守护？要智慧，要信任，要雨打风霜不回头，要久跪佛前全不悔。

婚姻不易，但不易之地，才有绝色好风景。

纪以宁推了他一把，落下泪来：“你都把我变成一个很酷的人了。”

唐易笑了，伸手静静拭去她的眼泪：“很酷的人可不能哭啊。”

这一场情意好重。

摊开底牌，彼此信任。

上下千年，历史面前，所谓的文明，善恶是非一把半。在越来越放纵的今天，活这一世更像是一场战争。得你相邀，以婚姻为名，并肩对抗这人间一战，真是太好了。

《十诫》第一条：除了我以外，你不可以有别的神。

彼此为信仰，从此以后，在这世间，无懈可击。他送给她的玉石，正静静戴于她颈间，细细红线，牵一生。

唐易笑起来，倾身低语。七个字，便够一生——全世界，我只守你。

番外

Extra Story

番外一：灯火阑珊处

机场。

邵其轩拖着一个小行李箱，一张机票在手里被他捏过来捏过去，捏得几乎不成样子，汗津津的。广播里一遍遍提醒登机时间已到，最后一遍提醒时，邵其轩终于壮士就义般霍地站起来，自我鼓励：“好，走！”

人生二十九年，需要邵其轩做决定的机会其实并不多。

他的战场通常在手术台上。往哪里开刀，怎么下刀，用什么力度，这才是他熟悉的领域。在这个领域里他刻苦努力，因着一些天分，年少成名，收到鲜花、掌声。这些又促使他更刻苦更努力，于是一个出类拔萃的医生就诞生了。他诞生在众人的期盼中，也诞生在他自己对自己的严格要求中。这样的诞生通常带着点牺牲，比方说，牺牲了童年、快乐、一切年少成名的孩子都应该牺牲的东西。

而邵其轩牺牲的，还有一样更大的。

大到他那个年纪尚未明白，一直到他从男孩长成男人时才懂得，他原来牺牲得这么大，牺牲了这么多。

他牺牲了一段感情。

邵其轩从来没想过他和谢阑珊会分手。

至少在二十六岁之前，他没有想过。

门当户对、世家相交、指腹为婚、情投意合，他的一切认知都告诉他，他和谢阑珊是不会分手的。

小时候，两人一起玩，再大一点，他们开始一起学医。

他们一起养小白鼠，再一起将小白鼠解剖做实验。两个还未成年的学生尚未学会心狠手辣，将小白鼠绑在实验台上，一刀下去伤了在场两人一鼠三个未成年的心。实验成功后他俩毕恭毕敬地将小白鼠火化埋了，又毕恭毕敬地弯腰致敬。谢阑珊抬手擦掉眼泪说“我绝对不会让它白白牺牲”，立志要做最好的医生、救更多的人时，邵其轩心想就是她了，她肯不肯嫁他都要娶她了。

但他那时真没想过谢阑珊会不肯嫁。

她不仅不肯嫁，一并连婚约都毁了。

她甚至没有跟他吵过，平平淡淡地，淡着淡着就散了。

唐劲对他暗示过，女人太静，不是好事，她可能已经恨不得把你千刀万剐了，就是不肯跟你吵，那就意味着一切都无力回天了。

唐劲对危机有着本能的敏感，知道许多“不是好事”的苗头，这是唐家出来的人会有的本能。被唐劲暗示过的，十有八九成了坏事。

可惜那时的邵其轩天真烂漫得几乎有些蠢。

他拍着胸脯打包票：“不会，阑珊不会。”

话刚落下没几天，他认定不会的谢阑珊就跟他退了婚。

以前两个人也不是没闹过别扭，他年少气盛，总挟着“指腹为婚”的名义得意扬扬。谢阑珊气恼了，就会顶他一句“我们还是算了吧”。这句话一出来，邵其轩就老实了。那一天也是这样，细细一想，却又不是这样，他俩没有闹别扭，就在和和气气的气氛之下，谢阑珊又对他讲了一遍：“我们还是算了吧。”

邵其轩转头去看她。

这一眼，他不明白，她恨他的不明白，于是看得两个人都伤心得木讷，沉默了很多年。

她就真的这样跟他算了。

当晚，她飞去了法国。

逢年过节，谢阑珊都没有再回来，只把父母接过去住，而她再也没有回头看一眼。

所以当邵其轩知道唐易在联络谢阑珊时，他是激动的。

他几乎是自告奋勇地跑去揽下了这活：“我去，我去找她！”

唐易扫了他一眼，知道他在打什么小算盘。

他也不瞒着，把自己撑得笔直，头一次撑出了一个天不怕地不怕的气势。

唐易最后没拆穿他，只对他交代：“谢阑珊是这方面最好的医生，纪以宁的事，你不要跟我开玩笑。”

邵其轩知道唐易是暗中给了他机会。

唐易和谢阑珊私交不错，唐易开口，谢阑珊不会拒绝。

邵其轩看了看自己，有些伤心。

反倒是他自己，已经是要靠着唐易给他的机会才能去见她的陌生人了。

法兰克福机场。

邵其轩在闸机入口，就听见一声生硬的中文叫唤：“邵医生？”

他抬头，看见一个金发碧眼的异国男人正朝他挥手。

两人握手，对方把他的手握得紧紧的：“我是谢阑珊医生派来接你的。阑珊今天有一个重要的医学会议要参加。我叫乔治，美国人。”

邵其轩胸中一暖。

他本来以为谢阑珊会对他实行“你从哪儿来就滚回哪儿去”的闭门羹政策，如今有这待遇，他受宠若惊。

“谢谢，麻烦了。阑珊……呃，谢医生还好吗？”

“哦！请放心，有我在，她很好！”乔治笑容爽朗，“我对女朋友可是很细心的啊。”

邵其轩两眼一瞪：“你说什么？”

乔治仍然握着他的手，好脾气地重复了一遍：“女朋友啊，她是我的女朋友。”许是以为眼前这个东方男人是女朋友的好朋友，遂又拍胸脯大力保证了一番，“请你放心，我会把她照顾得很好！”

邵其轩咬了咬下唇。

这手，他忽然就不想继续握下去了。

谢阑珊回到公寓的时候，已是凌晨。

她这会开得郑重，各国首席专家齐聚一堂，哇啦哇啦各讲一通，她又是个讲礼貌的，做不出早退这种事，只能陪着一起哇啦哇啦，一天下来，头昏脑涨。

她打开门，就看见邵其轩正睡在沙发上。

他睡得沉，这时差倒得很失败，一觉从下午睡到了现在。谢阑珊站在沙发旁看了他一会儿，想到了四个字：沧海桑田。

就在四年前，她终于对这个人灰了心，还了戒指，退了婚，站在他面前对他讲：“如果对你而言，病人永远比我重要，那么这样一个邵医生，我就把他还给他的病人吧。”

她是给过他机会的。

一给，就给了很多次。

他忙，他失约，他的生活里越来越没有她，她都没有说过什么。男儿心，天下事，唯国家与信仰不可负，她不会用感情绑住他。

直到那一次，她终于失望了。

她在他的医院病房中，听病床上的一个女孩讲了一席话：“谢小姐，邵医生昨晚在和你的订婚一周年宴会中突然离场，你知道是为什么吗？我告诉你吧，其实他不是来医院做手术，而是来陪我，因为我打电话对他说我不舒服。谢小姐，我叫杨树，没有你的家世，也没有你的样貌与才华，但是我有的，你没有。我有病痛，多幸运，对邵医生这样的男人而言，最能揪住他的心的，就是病人的痛。”

听完，谢阑珊转身离开，不言半语。

身后的杨树笑着感慨：“我早就听闻谢小姐性子淡泊，倒是没有想到，连今日也能保持这样的好风度。”

“你用这样的方式去抓住他，不觉得可怜吗？”她没有回头，留给病床上的人一句话，“为了一个男人，就放弃做健康人的机会，永远拖着病，才能博取他的同情。这笔交易，不划算的。”

谢阑珊有谢阑珊的骄傲。

这件事，谢阑珊永远不会质问邵其轩。

但是，不质问不代表不在意。

身为未婚妻，在订婚周年宴会上被他放弃，她面上再平静，心里也是有关系的。

可是一切都没有用，她是了解他的，邵其轩是一个十分负责的好医生，这就意味着他必不是一个好情人。

一个男人，用尽力气，能顾及的只有这么多，对这一个好一些，便会对那一个淡一些，经年累月，顾此失彼，不是伤了这一个，就是疼了那一个。

流年经转。

她弯下腰，伸手抚上他的脸。前仇旧恨，都化成了淡淡的一声自嘲：“知道吗？你是一个好医生，但不是一个好男人。”

“我知道。”

谢阑珊怔住。

她猛地抬头，对上了一道清醒的视线。

她有些被人愚弄的气恼，拂袖想走，邵其轩将她的右手握住了。他握得很紧，手指摩挲着她的手心，那是一种久别重逢的贪恋，有情有欲，摩挲着摩挲着，就摩挲出一个男人的样子来了。

谢阑珊忽然气息不稳。

她猛地一挣，将人甩在沙发上，这次是真的不再理他了。

邵其轩吃了个闭门羹，再起来面对她时，带上了点“我是来办正经事”的态度，唯恐再一次被她拒绝。

“那个，纪以宁的状况，你觉得怎么样？”

“难说。”

“……”

“她的情况不是一朝一夕造成的，我没有把握。”谢阑珊喝了一口咖啡，慢悠悠地说完后半句，“虽然没有把握，我也可以试一试。”

一句话被她讲得一波三折，邵其轩颇有被人牵着走的郁闷。

谢阑珊笑了下，放下咖啡杯，眉睫微垂：“邵其轩，你这次来，是来求我办事的吧？”

邵其轩心里一紧。

谢阑珊连名带姓地叫他时，他就会紧张。

她从前很少这么叫他，总是叫他“其轩”。只有恼了他，才带上姓。

“撇开唐易不谈，以宁也是我的朋友，”他告诉她，“她需要你，所以我来找你。我知道，以你如今的身价，没有预约的话，是不可能立刻和我回去的。但是，我还是想试一试。”

谢阑珊忽然起身，没有答应，也没有拒绝，径自从他身边走过，像是不再关心这件事般。与他擦身而过时，她终于像是放弃般，叹息一声。

“你一直都是这样的，病人对你来说才是最重要的。”

“不是。”

邵其轩声音平静，一种彻骨的静，是只有在情关爱劫中生过、死过、撑过去后，才会有的静与悟，入得了界，出得了世。

“我治得好天下人的病，却医不好你留给我的一刀。”

谢阑珊笑了：“邵其轩，是你先不懂得珍惜的。”

好可惜，这么善良的男人，和他在一起，她却不幸福。

去过感情的绝境后，她才明白，原来感情这回事，是不能用善良来说的。

“我会回国接下纪以宁这个病例，”她淡淡地道，“你是医生，我也是。你有的责任感，我也有。所以你不必对我说刚才那些话。”

邵其轩怔了下。

“你以为我刚才说那句话是为了博取你的同情？”

“和我没有关系。”

“谢阑珊——”

他忽然起身，在她面前站直了，站出了一个男人的形状。

“我去对一个女人认真，你觉得会是什么样子？”

她转过脸，沉默以对。

他一字一句告诉她：“当年你走，特地选在我主刀做手术的时间，下午一点四十二分的航班；你来到这里，连续一个月，你每晚都在酒吧过，也不喝酒，只是坐着不走，有好几次都被人欺负了；后来你开始整日待在实验室，三餐顾不上，把时间都给了工作；再后来你声名鹊起，世界各地跑，好几次在途中累得病倒；记不记得你在伦敦那一次？你高烧到三十九度，意识不清的时候说了一句，你想喝一碗童年巷上的咸豆浆。”

谢阑珊猛地看住他：“邵其轩你——”

这些年，这么多事，他如何能似亲历般如数家珍？

“对，我就是这样对你的，怎么样？”他不瞒了，承认，“你走的那一天，我赶去了机场；你来到这里，在酒吧整晚整晚地坐着，我陪着你；你被人欺负，每一次都有人替你解围，那些都是我的人；你把自己关在实验室，连命都不要，每一天都有人给你准备合你胃口的三餐，是我吩咐的；你全世界地跑，你很敏感，有好几次你都觉得有人跟踪你，对，是我；在伦敦你突发高烧，病情严重，在意识不清的时候，陪在你身边的人，也是我。”

谢阑珊怒目：“邵其轩！你跟踪我？”

“我想你回来，”他终于这样说，把这些年隐忍了这么久的话说给她听，“我不是唐易，我做不到即使你不愿意，赌上一切也把你强行留在我身边这种事。当年你说，一个人只有一生，过去了就再没有了，在有我的人生里，你没有了快乐，所以你希望，在今后没有我的人生里，你可以来得及再快乐些。谢阑珊，就因为你对我说了这句话，我没有资格再出现在你面前。我想了很久，甚至在你的航班离开后我买了下一班航班跟着你一起来了。这些年我时常来这里，都没有让你知道。我单方面来看你，有时看一天就走，有时会看一个月再走。这算不算守一个人呢，我不知道，我只清楚我对你是认真的。”

怪不得。

怪不得，她总觉得这些年他没有消失过；怪不得，她时常会有他在身边的错觉；怪不得，每一次她遭遇困境，都有人替她解围；怪不得，谢阑珊在和邵其轩这一场感情里，伤了心，疼了肺腑，依然没有学会断肠无声。

“那个男人不是你的男朋友对不对？”他悄然环住她的肩，拉近和她之间的距离，“你不可能会对他动心。”

谢阑珊眼底渐湿："是不是，和你没关系。"

"有，和我有关系，"邵其轩居高临下地盯着她，"我守了你这么多年，你的事，我不可能放过一点点。如果真有男人打你的主意，那么我只能提前对你说一声抱歉，这种男人，我只能干掉他。"

"你——"

他不肯放开她，一点点都不肯放。两人你来我往，胸膛这么点的地方，一个打着，一个受着，这就熟出一对情人的距离来了。

邵其轩凑到她耳边，对她讲："我就是跟踪你，也不打算改，老子就是看上你了，怎么样？"

谢阑珊眼眶红透了："邵其轩，不要以为我很好欺负，会这么容易就原谅你。"

他抱紧她："嗯，那我们好好地重新认识一下彼此，好不好？"

话说的是人话，活干的就是禽兽的活。

感受到他的不安分，谢阑珊耳根一红："邵其轩，不准动手动脚。"

邵医生笑了。

"谢医生，我身体不舒服，你给我做个检查好吗？"

"邵其轩你给我滚！我是妇科医生！"

番外二：唐允痕小朋友二三事

小朋友名叫唐允痕

谢阑珊作为医生的水准，在纪以宁身上得到了最好的体现。谢医生不仅让纪以宁成功有孕，而且分娩无恙，母子平安。唐易拿出了最大的诚意，欠了谢阑珊一份人情。谢医生笑吟吟地对他道："别的我也不想要，以后邵其轩要是惹我不痛快，还希望你不要偏私。"唐易笑笑说："好，一定。"两人这就结成最稳固的同盟，一致对外了。

为小朋友起名字的时候，纪以宁头一次生出了顺应天意的心思。为这个孩子，她吃过苦，也让旁人吃了不少苦，而所有的苦无疑使她更信命运，更感恩。人类在苦难面前总是会给自己找一个类似于信仰的支撑，纪以宁也不例外。

纪以宁郑重地决定："这个孩子就叫唐天赐吧？"

唐易的第一反应就是她是不是在开玩笑。

纪以宁继续郑重地对他解释："嗯，这是上天的恩赐。"

唐易终于知道她不是在开玩笑了。

他好半天才找回声音，又不敢否定她，模棱两可地含糊了一声："这个……"

一旁的唐辰睿及时救场，积极表扬："好名字！雅俗共赏！"

滚！

你自己也姓唐！这么好的名字你怎么不留着给你儿子起？！

唐易一脚把这人踢了出去，又找了个借口安抚她："不急，现在先把身体养好，其他的事都能等等。”

唐易用了三个月的时间，才把纪以宁脑子里“唐天赐”这个念头压了下去。他洗脑洗得很辛苦，是一场持久战，幸好最后洗得很成功，将纪以宁从前的品位又洗回来了。

最后，纪以宁又起了一个名字：唐允痕。

允，是为诚信；痕，是为迹。

一如他和她，这一路走过的感情，有迹可循，互诚互信。

唐允痕与小兔子

这一段时间，唐易家的小宝宝正处于断奶期。

众所周知，小孩子断奶非常麻烦，他对母乳已经产生了极强的依赖心理。小宝宝哭着怎么也不肯断，纪以宁心软，舍不得，唐易要横加干涉，纪以宁看不过去，心里一委屈眼泪就在眼睛里打转，弄得唐易一点办法都没有。

某一天，救星终于从天而降！就是唐辰睿养的那只荷兰兔。

唐辰睿没太多嗜好，不良的和良好的，他都没有，再加上又是光棍，生活时常处于亏空状态，总要找点事打发下青年期旺盛的精力。于是他一个人在公寓阳台上种上了花，养上了草，买了只兔子，每天下班到家剪剪花，喂喂兔，提前过上了养老生活。

唐易家的小宝宝非常爱唐辰睿的这只兔子，每次给他喂食时只要对他说“宝宝乖，你看小兔都爱吃这个呢”，然后喂一勺婴儿食物给小兔吃，小宝宝就会和小兔一起吃饭了。

就这样，唐易家的小宝宝成功断了奶，唐辰睿的宝贝荷兰兔也光荣地被撑死了。

唐辰睿心里郁闷得不行。

他的宝贝荷兰兔啊，他天天一把萝卜一把青菜地把它拉扯大容易嘛！

纪以宁内疚极了，良心受到了严重的拷打。几次三番要去赔礼道歉，都被唐易拦下了。

唐辰睿是什么人？是能以一己之力在百年金融体系唐盛家族掌控董事会的人，脑子和心都半黑不白，号称唐盛内部第一杀将。这样一个人，你以为他当真会有一颗脆弱的小心灵吗？

唐易直接打了个电话给唐辰睿，单刀直入："你要的资金我翻三倍给你，现金，一次性到位。条件只有一个，不准再在纪以宁面前提你那只兔子。"

唐辰睿从死了兔子的悲伤情绪中迅速恢复过来，笑眯眯地应声："成交。"

就这样，事件落幕。因为这次的联手资金数额创下唐盛历史新高点，于是媒体把它戏称为：小兔事件。

唐允痕爱妈妈

让我们跟随时间的脚步来到三年后。

清晨六点，主卧室门口准时响起一阵敲门声以及一个童稚的清脆声音。

"妈妈，妈妈。"

没人搭理，小朋友沉默了下，然后抬手继续敲门。

"爸爸，开门，我知道妈妈在里面。"

卧室里的唐易郁闷地睁开眼睛。

窗帘外的世界还一片漆黑，唐易揉了揉隐隐作痛的太阳穴，抬手拿起床头的闹钟看了看，心情很复杂。

这才几点，年纪那么小，都不赖床的吗？

纪以宁的睡眠本来就浅，顺势起床："我去看看他。"

唐易伸手一捞，把人捞回来："别去管他。"

纪以宁失笑："允痕在外面叫你，你都不心疼吗？"

确实，不怎么心疼……

相比起来，他更心疼自己……

一动欲念，连声音都喑哑了几分："既然醒了，不如我们……"

还没等他开始做禽兽之事，门口那个欠揍的童声又响起来了。

"爸爸，有一个伟大的人对我说过这样一句话。"

唐易不理他，铁了心无视他。

"那个伟大的人说，一日之计在于晨，是男人就应该早起。"

唐易继续无视他。

"爸爸，这个伟大的人就是你。"

纪以宁顿时就笑了："好了，我去开门，输给允痕，你也不算太丢脸啊。"

他不肯，一把将她拉回来："别动，我不舒服。"

纪以宁愣了下，抬手抚上他的额头："不舒服吗？哪里不舒服？昨晚怎么都不告诉我啊，你忍了多久？"

唐易言简意赅："连着几晚没睡好，头痛。"

这倒不是他在瞎说。

唐允痕这家伙连着几晚都缠着纪以宁，晚上不放人，早晨来要人，有几次甚至半夜三更来敲门说睡不着要妈妈抱。扫黄的都没这么勤快啊！

唐易头痛得很："有人会照顾他的，不用担心，陪我再睡一会儿。"

纪以宁不疑有他，抬手轻轻替他揉着太阳穴，柔声问："这样呢，有没有好一点？"

没等唐易回答，门口那个欠揍的童声，冷不防平地一声雷——

"爸爸，你又在用头疼当借口吗？"

小朋友的心机着实够深，一字一句地道：“爸爸，上次妈妈请了其轩叔叔来家里给你治头疼，你对其轩叔叔说‘假的，骗她的’，我都听见了。”

唐易这下是真头疼了。

纪以宁恍然大悟，推了他一下，挣开他的禁锢，笑容柔软：“都跟你说了啊，输给允痕你也不算太丢脸啦。”

唐允痕爱爸爸

这一天，唐允痕小朋友在幼儿园的手工比赛中取得优胜，被奖励了一朵小红花。回到家，唐允痕软软地请求妈妈也要奖励他，纪以宁笑着抱起他，给了他最想要的奖励：晚上和爸爸妈妈一起睡。

于是，当唐易晚上回到家，推开主卧室的门，就看见了这样一副光景——

唐允痕正大大咧咧地霸占着原本属于他的半张床，和纪以宁一起玩拼图，见爸爸回来了，“刺溜”一下就往纪以宁怀里缩，朝唐易笑出一张天真无害的包子脸：“呵呵。”

唐易眼风一扫，居高临下地盯了他一眼：“记不记得我说过什么？”

“记得。”

唐允痕虽然只有四岁，但惧父已久，面对唐易很有压力。显然他还不了解，事实上每个人面对唐易或多或少都会有压力。

“爸爸说，男孩子要勇敢，要有担当，不能总想着依赖妈妈，而应该保护她才对。”

纪以宁心里一软。

她看了一眼唐易：“你不要吓他。”

才四岁，担当什么。她不急，她只想让他慢慢来，好好来。

纪以宁并不认同唐易："你不要用你的标准去对允痕，允痕和你是不一样的。"

当年的唐易六岁目睹母亲葬身火海，十岁就懂得试毒以攻自控力，这个男人身上沉重且血腥的背负，迫使他学会担当，学会如何将世间的不可能变为可能。可是唐允痕不是唐易，他可以拥有一个不一样的童年。

唐易敛了下神，俯下身抱起他。

小朋友抬手勾住爸爸的颈项，眨了眨眼："爸爸？"

唐易摸了摸他被汗水浸湿的后背："玩得一身汗，抱你去洗澡。"

浴室里，唐允痕小朋友被爸爸照顾得非常开心。从小在唐家长大，有些事他虽小，也是隐隐明白的。比方说，唐易是怎样一个存在；再比方说，除了纪以宁之外，唐易从不亲近任何人。

唐允痕搓着手里的泡泡，歪着头问："爸爸，我想对你做一件事，这件事你一定不喜欢。但是妈妈在外面，你不能凶我，妈妈会生气的。"

唐易拿了毛巾替他擦脸，意味深长道："学会找靠山了是吧？"

"呵呵。"唐允痕捂嘴偷笑，冷不防双手掬起一捧水，"哈哈"一声往唐易身上泼去，泼了唐易一身的水。

唐易扶住唐允痕的身体，以防他坐不稳滑进水里，捏了一下他肉嘟嘟的小脸蛋："胆子大了，嗯？"

唐允痕趁机拉他进浴池："爸爸也湿透啦，和我一起洗吧！"

"别动。"唐易也不理他，一边拒绝，一边拿起一旁的浴巾，想要替他擦干，抱他起来。

唐允痕黏着唐易，扯着他已经弄湿的衬衫："都是男人，爸爸不要害羞啦。"

就在拉扯中，唐易的衬衫纽扣被唐允痕解开了两颗，领口大敞，唐允痕视线一瞥，看见了一个不得了的东西。

“这是什么？”唐允痕瞬间安静了，“爸爸，这是……伤疤吗？”

唐易的肩头有一道经年不散的伤，疤痕清晰，隐下一个属于过去的故事。

小朋友毕竟还小，冷不防看见这样一个伤疤，还是在唐易身上，顿时就慌了：“会很痛吗？”

唐易摸了摸他的脸：“不会。”

“骗人，”唐允痕连声音都低了下去，“上次其轩叔叔在书房里对你说‘不要仗着底子好，年轻，不当回事，以后天气变化旧伤湿痛起来要你的命’，说的就是这个吗？”

“唐允痕，你又偷偷躲在书房外面？”

“爸爸，不要转移话题！”

咳，这小子还不大好骗……

唐易笑了下，眼神静定，被打湿的头发有水珠缓缓滴下来。雾气氤氲中，昔日那个认真、隐忍、专注，即使负痛也不会说的唐易又回来了。

“这是秘密。不要对妈妈讲起这件事，懂吗？”

洗完澡，唐允痕破天荒地不要和爸爸妈妈一起睡了，乖乖地回自己的卧室睡觉了。

隔日，清晨六点，唐允痕穿着拖鞋“嗒嗒嗒”跑来主卧室门口，轻声喊：“爸爸，爸爸。”

稀奇了啊，居然喊的不是妈妈。

纪以宁昨晚被唐易累到了，还在睡，唐易起身，捡起丢在一旁的睡衣穿上，开门就看见唐允痕正一脸严肃地对着他。

“爸爸，我想和你进行一场属于男人间的谈话。”

唐易起了一丝兴味。

他点了点头，俯下身，与他平视：“想说什么？”

“昨晚我打电话给其轩叔叔了，其轩叔叔给了我一个治疗你旧伤的秘方！”

唐易抚额。

怪不得昨晚半夜三更会收到邵其轩的短信，说什么：“你家小家伙很疼你啊，好福气啊你，羡慕死老子了啊！以宁真会生！”一堆废话。鉴于邵其轩时不时会发点网络笑话、新编段子等没营养的短信给他，于是唐易昨晚顺理成章地只当邵其轩又抽风了，把它当成垃圾短信删除了。

他配合他问下去：“嗯，他给你什么秘方了？”

有什么秘方才真见鬼了，这些年邵其轩为他这旧伤牵肠挂肚了不少次，就是苦于没有一个快速见效的疗法。

唐允痕拿出一瓶晋江牌老抽酱油，神秘兮兮地道：“其轩叔叔说，只要你每天早晨坚持喝一杯晋江牌老抽酱油，以毒攻毒，你的伤口就一定不抽了！”

邵其轩，有你的，敢借我儿子的手来消遣我！

唐允痕捂嘴偷笑，十分有成就感地接下去说：“爸爸，你放心，我不会让你喝的。我知道，这是其轩叔叔不敢消遣你，想借我消遣你。因为我喝了一口这个老抽，真的不大好喝。”

大清早的，他能不能不讨论晋江牌老抽酱油的问题？属于男人间的谈话，层次能不能再高点……

唐易抚额：“他还对你说什么了？”

“他还说了属于这个伤口的秘密，其轩叔叔没有说太多，但是我已经明白了。”

“哦？”唐易看着他，“你明白什么了？”

“我猜啊，这个伤疤一定是妈妈造成的，如果是别人造成的，爸爸一定会狠狠地对付他！只有妈妈造成的，爸爸才会放过不说。爸爸，这就是传说中的苦肉计吧！”小朋友十分理解又同情地看着唐易，“我懂的，妈妈那么好，当年她一定不怎么看得上你！你只能以退为进，用苦肉计让她心疼吧？”

虽然后半段猜得不靠谱，但七七八八还是说对了前半段的……还有什么叫妈妈一定不怎么看得上他，他当年的资本还是不差的好吗……

唐易摸了摸他的脸：“这是属于爸爸和妈妈之间的秘密，懂吗？”

“嗯！”唐允痕重重点头，“我不会在妈妈面前提起这件事的！爸爸疼，妈妈会更疼的。”

唐易笑了下。

唐允痕忽然抬手勾住他的颈项：“爸爸，其轩叔叔不靠谱，给我的秘方都是假的，我自己想了一个可以治你伤口的办法。”

“什么？”

唐允痕笑容柔软，趴在唐易身上，忽然低下头，轻轻地在他肩头的伤口处落下一吻。属于小孩子唇间独有的柔软触感传来，一路渗进唐易心底，温暖不可言。

唐易抱着这个柔软的小生命，惊觉自身生命中的美好竟也可以奢侈得拥有这么多。

原来“家”这个字是这样的意思。

好幸运，当年他倾尽一切放手去赌了人生这一场豪赌，天不负他，终令他成为最后的赢家。

照顾唐允痕下楼吃早餐后，唐易折返回主卧室，纪以宁刚好醒来，正揉着眼睛起身："这么早，允痕找你有什么事吗？"

"没什么，"唐易微微一笑，"这是一场属于男人间的谈话。"

"呵。"

纪以宁笑他故作神秘。

晨光正好，从落地窗外洒进来，落在纪以宁的肩头，温暖、干净。

唐易俯下身，抬手轻轻拥住她。

"谢谢你，给了我这么好的允痕。"

番外三：择一人，付深情

这一阵子，纪以宁跟随美术馆到伦敦交流学习。

每晚，纪以宁都不忘跟唐允痕打电话。

五岁的唐允痕已经逐渐展露出强烈的恋母情结，无论有多少心事，一接起纪以宁的电话，立刻心花怒放。

这一日，纪以宁打电话回家时，接电话的是唐易，只对她道：小孩子玩累了，先去睡了。唐易讲这话时稀疏平常，几乎把他自己骗了过去，然而他忘记了母子连心，不晓得大洋彼岸的纪以宁电话未放下，已经被一阵心绞痛席卷了全身。

纪以宁以一个母亲的直觉，感受到了一件事：允痕出事了。

她连夜飞了回来。

纪以宁把这件事想得很严重，她很明白，值得唐易不惜说谎也要对她隐瞒的，一定是严重的事。但她没有想过，事实的真相会比她认为的更严重。她以为唐允痕是生病了，但她没有想过还有一件事会发生，比如，绑架。

纪以宁对这件事很陌生，但唐家有一个人很精通，懂得绑架，也尝过被绑架的滋味，这个人，就是唐易。

唐易亲自出面解决。

周旋数小时，他下了一个十分大胆也十分惊人的判断：唐允痕不是目标，他是被误绑的。

唐劲在一旁听得眉头一跳：“你确定？”

唐易的特点在于临危不乱，他习惯和危机相处，每一种都和他处得很熟。接手情况后，他当机立断下了一个决定：二十四小时之内，把人找出来。

尹谦人快步走进来，带来一个不太好的消息："暗中保护纪小姐的人刚来消息，纪小姐一个人回来了，明天一早就能到。"

唐易顿了下动作。

他几乎是下意识地反问了一句："几点？"

"明早七点。"

唐易直起身体，默不作声地权衡，沉声吩咐："好，明早七点前，我要看到唐允痕出现在这里。"

纪以宁独自回到了唐家。

她拎着一个行李箱，步子很沉，既不快也不慢，是那种暗自做了重大决定，每一步踏出去都离决定近一步的人会有的样子。

唐易从玄关走出来。

管家上前，笑着替她拿过箱子，留给两个人空间。

小别重逢，他抱了抱她。她也想回应些什么，说点什么都好，但她说不出来，一个笑容勉强挤出来，累死了当场两个人。纪以宁抑制不了心里的怀疑，终于问他："允痕呢？"

唐易神色不变，指了指屋内："在房里。"

纪以宁丢下他就走了进去。

那种头也不回的样子，就差一点将心里的话说出来了：我不信你。

然而，他赢了。

唐允痕正在睡觉，听见开门声，直起身体来看，惊喜过望："妈妈！"

纪以宁心里一紧，几乎站不稳。

她强撑着自己，带上了笑容，走过去抱紧他。这个孩子是她信了命、自己把自己撑起来、赌上爱情和性命才有的，他是她痛苦的终结，两人一体，结成人类文明中最稳固的联盟：母子连心。

纪以宁抱紧了他，视线一垂，这才发现他身上伸手可及的伤。

脸上、肩头，一道道伤口，触目惊心。还有左手，唐允痕的左手包扎着绷带，很完美的包扎方式，她看一眼，就明白这出自邵医生之手。纪以宁几乎有些气息不稳："你告诉妈妈，这些伤是怎么来的？"

"不小心摔的，不要紧！"

唐允痕在说这样一句谎话时有种势在必得要成功的气势：他有幸和父亲结成同盟，共同为了母亲而撒一个谎。他把这当成无上的光荣。

因了这一份光荣，他更卖力，本色出演，抱着她的颈项不放："妈妈，我不疼，真的。"

纪以宁没有再问什么。

一个孩子的苦心，值得她就此打住。

她抱了他一会儿，又检查了一遍他身上的伤，确认他口中说的"不要紧"不是谎话之后，哄他入睡，这才走了出去。

唐易在客厅等她，见她下来了，走过去："我说过的，他没事，是不是？"

纪以宁抬手，出其不意地给了他一巴掌。

尹谦人和管家正谈着话走进来，冷不防听见巴掌声，两人抬头一看，都惊得不轻。一个是从不可能被人打的，一个是从不可能打人的，就是这么两个人，今天都破了例。尹谦人回过神，和管家迅速退了出去，远离是非之地。

纪以宁这一巴掌打得不重，就像她这个人，永远不会重、不会狠，连打人也是温柔的。但纪以宁这一巴掌是认真的，她就那样看着他，看得从红了眼眶到大颗大颗地落泪，叫唐易知道，她是认真地想打他，也是认真地不能原谅他。

“你怎么可以拿这种事骗我？”她控制不了自己，哭得发抖，“你怎么可以从头到尾都骗我，到现在都在骗我？”

唐易上前一步，将她按进胸膛。

有很多年，他见不得她这样子哭，豁出去似的，自己控制不了自己，全然是一种束手待缚的哭法，她很多年都没有这样子哭过了，他宠出来的，宠得她都忘记还有流泪这回事了。这一回，他也想宠，但用错了方法，她接受不了。他不该忘记的，她有作为母亲的直觉，还有纪以宁式的独特敏感。

他沉默又耐心地抱紧了她，在她耳边柔声道：“我不会让我们的孩子出任何意外，我保证。”

纪以宁承受不了这种事。

剧变来袭，她像全天下的母亲那样，护子心切。纪以宁捂住嘴，指缝中全是泪水：“允痕不可以。这种事……允痕不可以承受，我受不了。”

“我知道。”

唐易拍着她的后背，将她的恐惧和失控一并收进胸膛：“我来处理。今天这种事，我不会放任，唐家也不会坐视不理。所有你担心的，以后都不会发生。”

连着一星期，纪以宁都陪着唐允痕。

白天，邵医生过来，替小朋友换药、包扎，纪以宁就在一旁学。用了一个下午就学会了基本的医学方法，以后的这些事，都由她自己接手了。

唐易知道，她是在内疚。她几乎是在忏悔，在允痕最需要她的时候，她却不在，不仅不在，甚至在国外忙于其他事。这样的认知令纪以宁感觉罪孽深重，她原谅不了很多人，头一个就是她自己。

唐易不忍心，握住她的手，被她挣开了。

她原谅不了的人里，还有他。差一点点，他就让她做了最不负责任的母亲，差一点点，他就让她抱憾终生。有一个念头在她心里忽闪忽现，引爆恐惧：如果，允痕没有获救；如果，她没有及时赶回来……

纪以宁眼底渐湿。

遭此一劫，她和唐家，都伤得重了。

相比父母间微妙的相处关系，唐允痕最近的生活倒是十分滋润。

他吃好睡好，小肚子都圆了一圈。晚上，还有妈妈陪他睡，令他惊喜不已。在这种满足感之下，他甚至都不想快点好了。受点伤，换来纪以宁寸步不离的陪伴，他觉得值。

他甚至知道，爸爸半夜来找过妈妈，试图抱她回房睡，结果不小心弄醒了她，她立刻拒绝，要他离开。妈妈下意识地抱了抱他，告诉爸爸：她哪里都不去，她只要陪着他。爸爸最后被弄得毫无办法，只好俯下身哄她："好了好了，听你的。"不一会儿，爸爸转身离开，关上门的声音传来，让唐允痕暗自得意了一回。在妈妈陪谁睡这件事上，他还没有勇敢到和爸爸正面对抗的程度，但仍然以微弱的优势赢了，这让小朋友非常满足。

就这样，唐易被纪以宁晾了好几天。

这件事说起来，唐易其实有点冤。

他的直觉判断没有错，这次绑架的目标不是唐允痕，而是另一个孩子——季封人。

说起这个季封人，那真是幼儿园的一个传奇。拉帮结派，称兄道弟，又自恃长得漂亮，每每惹祸都能迅速放下身段，娇娇嗲嗲地向老师讨饶，蒙混过关。出手又阔，虽然也不知他哪里来的钱，但每次撒钱都是大手笔，一张小嘴吹得天花乱坠：我爸是沿海首富，有钱！我爸是天才，很牛的！我爸长得，呵呵，漂亮死你们……

直到有一次，纪以宁问跟着允痕一起来家里玩的季封人："你爸爸叫什么名字？"季少爷埋头啃着一个橙子，吃得小脸上都是橙汁，大大咧咧地回答："啊？我没有爸爸呀，骗他们的……"

季封人跟唐允痕的关系很好。

他这人虽然看着不靠谱，但心思还是有的，自吹"慧眼识英雄"，跟唐允痕第一天做同桌起，见他优雅的举止、贵族的气质，季封人就决定要对他下功夫了。唐允痕跟纪以宁抱怨过，自己是不是被人赖上了？纪以宁顿时就笑了，告诉他被人赖上也是一种福气，因为有人愿意跟你做朋友，是好事啊。

唐允痕听了，也就随便季封人赖了。

被他赖得久了、赖得深了，唐允痕也就比外人更看清了一些事。比如，季封人的出手阔绰都是装的，为了阔绰一回，他能省吃俭用好一阵子，每天一个包子当饭吃；再比如，季封人在外天花乱坠地吹"我爸怎样怎样"，私下却从不说，只说"我妈怎样怎样"，虽然听上去都是一个套路，无非把漂亮、有钱、很牛的主语从"爸"换成了"妈"，但唐允痕以一个孩子的敏感觉得这次他不是在吹，因为季封人说起"我妈怎样怎样"时，眼里闪着晶亮的光。

可是外人不这么看啊。

包括绑匪。

他们认定了季封人有个有钱的爸爸，二话不说实施了绑架计划。又在实行时看到他身旁还有一个孩子，索性一不做二不休，一起绑了。手里多一张牌不说，就算是拿去卖钱，这孩子的姿色也和季封人不相上下，是那种一看就能卖个好价钱的脸。

就这样，绑匪不知道，在不经意的歹意间，他们绑了最不能绑的人，得罪了最不能得罪的家族——唐家。

这一天清晨，纪以宁牵着唐允痕的手下楼一起吃早餐。

唐易最近没办法，理亏在前，纪以宁如今算起账来，又有儿子看着，他都只能让着她。唐易本来一早有事，但舍不得错过如今和纪以宁一日三餐共处的机会，吩咐下去把事情推后了，等母子俩下楼，他陪他们一起吃早餐。

男人存了心，不安分。

纪以宁伸手去拿橙汁喝，他一把握住玻璃杯，顺势将她的手一并握住。纪以宁脸一红，轻嗔一句："你干什么？"他笑笑，找了个借口说拿错杯子了，动作却不老实，来回摩挲了几下她的手背才放开，弄得纪以宁气息不稳，一杯橙汁差点握不住。

接下来，他还没有放过纪以宁喝完橙汁时沾在嘴角的机会，靠近她，伸手替她去拭，纪以宁冷不防抬头，发现不知什么时候，两人已近在咫尺，他微微低头就能吻到她。开口一说话，属于他的气息直入她心底。

"昨晚睡得好吗？"

"还好……"

"可是我不好，整晚失眠，你要负责的。"

一顿早餐，吃得五色带荤。

纪以宁正要推开他，却听见管家一声通报："易少，有客人来了。一位夫人，带着一个孩子，说是来谢唐家的救命之恩。"

唐允痕正喝着牛奶，只听见一声高分贝的叫唤："唐允痕！"

允痕小朋友放下牛奶杯就跑了出去，知道是好兄弟来了。

“季封人！”

两个小男子汉，共过患难之后，这就成了生死之交。彼此见面都多了几分英雄惜英雄的滋味，我抱抱你，你捏捏我，友情迅速升华。

季封人小朋友在这次绑架中受的伤比较重。

首先，他是主要作案目标；其次，也是最重要的一点，这是他自找的……

就算是被绑了，季封人也嚣张得很，一张嘴巴快得根本停不下来：你们这些人，不知天高地厚，敢绑我？！知道我是谁吗，我爸，说出来，吓死你们……惹得几个绑匪心里毛毛的，火起来就朝他踢了几脚。季封人毕竟只有五岁，唐易救他出来的时候，发现他已经昏迷了，内伤外伤都不轻。唐易将他送到了邵其轩那里，进了重症监护室。

像是应了那句“坏人长寿”，小坏蛋季封人恢复的速度快得惊人，一点也不浪费邵其轩给他开的药，吃一颗好一点，吃一瓶好一片。邵其轩就对这孩子的家长惊叹过：我还没有见过复原能力这么好的小孩子，身体素质当真不错。

唐易和纪以宁走出去，一眼就看到了庭院中那一位正等着他们的女子。

这是一位很美的女子。

也是一位一看就令人移不开眼睛的女子。

一半，因为美；还有一半，因为一种震惊感。

兜头而来，不给你任何反应的时间，她那孤零零垂着的一双腿，靠在轮椅上的单薄身子，好似一阵风就会将这个人吹得七零八落的样子，都在告诉你一件事：这是一个已经不能走路的美人。

纪以宁心里一紧，觉得眼前的女子更美了。

苦难赋予了她更令人同情的面貌，这一种面貌令她更美、更惊人。她坐在那里，一身素衣，遥遥与你一笑，就会让人有跪下去的冲动，仿佛站着同她讲话都是一种罪恶。她的笑容不全然是无害的，有一丝很淡的邪气在里面，几乎是一种暗示，令你晓得：这人坐着就能美成这样、惊到你，站起来还了得？！

她很瘦，笑容淡淡的，然而一笑，姿态却是高的。仿佛就在告诉你，她什么都没有，也什么都不怕，只能拿这一笑来回报你了，你要不要，她都只给得起这个笑。

“唐先生、纪小姐。”

女子又开口，唤了一声：“季封人。”

小朋友“哎”了一声迅速跑来。

他跑来的样子如此迅速、如此狗腿，让所有在场的大人都明白了：这孩子是很怕他母亲的。

女子吩咐道：“欠人家的，自己去还。”

季封人跪下，规规矩矩地向唐易、纪以宁行了个大礼：“谢谢唐先生、纪小姐的救命之恩。”说完，恭恭敬敬地磕了三个头。

他这头磕得实在，头皮磨破了一层，“咚咚咚”三下磕完抬起来，额头已经渗出了血丝。又不似寻常小孩“叔叔、阿姨”地乱叫一通攀亲热，只规规矩矩地叫“先生、小姐”，他母亲性格中的某种傲气与坦荡已经随着儿子的做派一同现出了。

纪以宁见不得这阵势，俯下身立刻将他扶起来，连声说“快起来，不用这样”。眼见着唐易眼色略深的样子，纪以宁与他有默契，拉着季封人的手进屋，说帮他擦一擦脸，处理下额头的伤，顺道将唐允痕一同带了进去，留唐易和女子在庭院。

唐易一笑，开门见山：“久仰，季清规小姐。”

女子点一点头，并不意外。她清楚，像他这样的人，唐允痕身边有些什么朋友、什么来头，大抵已经查得一清二楚了，就好比她对唐家，也是这样。

唐易站定，望着她。

这是一个很难缠的角色，以一个女子之力，掀起过的风浪曾经毁了多少人的人生，包括她自己的。他站着望她，迎来她一道沉沉的目光，令他丝毫没有居高临下之感。

“我大概是听过一点关于季小姐的传闻，今日见一见，才明白季小姐的手段果然漂亮。”

“哦？”

唐易踱着步子，缓缓开口：“这一次的绑架目标是季封人，最应该着急的也应该是你。然而我得到的真相是，绑匪曾经试图联络你，你接了电话，却兵行险招，走了最危险的那一步。绑匪向你提出赎金要求，你假意答应，实质却什么都没有做，甚至没有联络警方。你以一己之力，引诱绑匪不断向你打电话，为什么？因为你知道，拖延时间是你唯一能做的。你甚至诱导绑匪信了你，已经在亲自去给赎金的路上。你想过没有，一旦对方发现，你连路都走不了，对方一怒之下，两个孩子就真的危险了。你不想救季封人了？不，你想救的；那么，你怎么救呢？你想到了最好的一个办法。那就是你知道，同时被绑架的还有唐允痕。你知道唐允痕身后有谁，你知道唐允痕出事，唐家绝不可能坐视不理。你等的就是这个，为唐家拖延时间，找到他们，然后唐家亲自出面解决这件事，救出唐允痕，也将你的孩子一并救出来。”

说完，他看向她，声音玩味：“站在局外人的角度看，你这一手渔翁得利，非常漂亮。暗中配合，不出一兵，借唐家之手就赢了。但站在父母的角度看，就未免太狠了。小孩子有可能很危险，你想过吗？”

“不会。”

女子未辩驳，她似乎连辩驳都是不屑的，语气很淡：“他命硬，随我。”

唐易没什么表情地看着她：“孤注一掷，将一线生机压在你的计谋之上，对孩子不公平。”

“如果他连这点劫难都闯不过，就不配做我的孩子。”

女子迎向他的质问，昔日令多少人退避的胆量与孤勇再一次现了光：“相对的，若我连自己的孩子都救不了，枉为季清规。”

唐易盯着她，目光沉沉。

一个声音打破了这场面：“妈！妈！”

季封人对母亲的感情可见一二。他极度地爱母亲，爱得火辣辣的；也极度地怕母亲，怕到骨子里一听见她的声音就有跪下的本能。

“妈！”小家伙兴冲冲地跑来，给她看，“纪小姐给我的药，用几天就好了，今天起我就能不住院了！”

女子唤他去道谢。纪以宁生怕他再来磕头，赶紧劝住了，说不用谢，家里正好有，也是顺便的事。女子见纪以宁模样柔顺，便顺从了她一次。这个女子性格中的又一个特色现了出来：她不习惯和柔弱的女孩子做对手，因为她知道这种人不是她的对手。

寒暄了几句，母子俩离去。

纪以宁看着那小朋友推着母亲的轮椅，那么小的一个身影，推得气喘吁吁又不亦乐乎，左一声“妈”又一声“妈”地喊着，纪以宁就知道，这是一对真正的母子，共同走过苦难，血浓于水。

纪以宁忽然道：“她是担心他的。”

“什么？”

“方才你对她讲的，我听见了，”她告诉他，“你漏了一件事。”

“哦？”

“看到她双手关节处的伤口了吗？那样的距离，只可能是被她自己咬出来的。应该是在那一晚，非常担心孩子。虽然凭她的聪明，想到了利用唐家这一计，但终究不晓得兵行险招会不会成功。她没有把握，一整晚咬着自己的手，把自己的一双手咬得伤痕累累，血肉模糊。”

唐易豁然，微微一笑。

这人间还是有些人情味的，这令人愉快。

纪以宁望着那一对母子的背影，轻声道：“没有哪一个母亲，对孩子做得到真正狠心。那一位季小姐，一定也是的。”

夜幕沉沉，唐易在书房处理一些事，正开着视频吩咐下属，冷不防见书房门被人推开，纪以宁的身影随即出现在门口。

一身睡衣，刚洗完澡的她头发还半湿着，柔柔地披散在肩膀上。她似乎有些不好意思，就这样站在门口，柔声问：“你还不睡吗？”

唐易眼色一深，鬼使神差地抬手关了视频，也不管对面的下属还在汇报。他起身朝她走过去，将她拉近身，抵着她的额头，一开口，三分情，七分欲：“这么晚，进一个男人的书房，你懂这是什么意思吧？”

纪以宁脸色微红，没有否认：“允痕已经睡了。我回房等你，你还不回来，所以来找你。”

唐易顿时就笑了，一把将她抱起来。

“终于舍得回来，不扔下我一个人睡了？”

纪以宁被他很抱小孩子那样抱在他的臂弯里，抱得都比他高。她难得可以俯视他，抬手抚上他的脸，有些悔意：“那天是我太冲动了，不该对你发脾气的，我很抱歉。如果没有你，事情不会解决得这么快、这么好。我对你，欠一声抱歉。”

“已经过去了，都没事了。”

他是聪明人，那些不好的、惊险的事，他从不提第二遍。

纪以宁顺势搂住他的颈项，低声在他耳边道：“唐易，你一定要好好的。”

“嗯？”

纪以宁抱紧他。

白天见过那位女子和季封人后，纪以宁不是没有感触。

那女子一定也是曾经有爱情、有热烈的。夫妻一场，却又离散了，彼此孤独地在这人间，迢迢相隔，隔出一段银河的距离来了。连孩子遭遇祸事，身陷危险，都只能依靠过人的计谋，连向孩子的父亲伸手求援都不肯。这天长地久的两个人，说再见就真的是生死各自负，纵然男有决绝、女有烈性，这一幕结局也足以让局外人心酸落泪了。

纪以宁低声倾诉：“我已经做不到可以没有你，像季小姐那样一身烈性地活下去，生死自负了。这样的人生，我已经没有办法做到了……”

暗夜里，她告诉他一句真心：“允痕和你，缺一不可。”

很多年前，他告诉她，我需要你；很多年后，纪以宁才明白“需要你”这种滋味原来是这样的。

多少惊天动地的感情都落在这三个字里了。

唐易抱她回房。

什么是择一人，付深情？这就是了，天下的风景都不如她一笑。

他回应她，君子一诺：“以宁，你永远有我。”

番外四：四海浪平，百川潮落

十月初，英国文化界出了一件怪事。

青年画家徐伊微在个人画展上宣布重磅消息：将把千里之外的C城作为个人画作全球巡展的首站。

这当然不奇怪，奇怪的是后半句。

徐伊微同时宣布：将在C城画展上，对“一生的宿敌”纪以宁女士发出公开挑战赛。

消息公布，英国文化界一片哗然。

业内人士全都在问：纪以宁是谁？

就在英国文化界沸腾与八卦齐飞的时候，千里之外的C城却是一片宁静。

纪以宁是在一次偶然的情况下听见“徐伊微”的名字的。

时近十一月，C城迎来今冬第一次大规模降温。

周五，美术馆二楼侧厅内有一场分享会，主题很硬：《从西方近现代美学角度探讨审美经验的变迁》。

周然一看这题目就头晕，再一看分享人是纪以宁，周然的头立刻不晕了。

这一天，周然如约而至。他到得早，提前半小时就座，已经座无虚席。“纪以宁”这个名字的号召力可见一斑。

从半年前开始，美术馆开辟了这项新业务，以免费分享会的形式吸引客流量，以此作为今后争取资方融资支持的加分项。业务一经推出，从最初的门可罗雀，到如今的炙手可热，美术馆上下功不可没。在所有人里，纪以宁无疑是最大的功臣。

身为C城高等学府人文学院副教授的周然，从专业的角度对纪以宁给出了至高评价。他曾经发自肺腑地对纪以宁提出邀请，认为以她这样的专业素养，屈居在美术馆做一个小小的讲解员，实在是浪费。周然觉得，纪以宁完全当得起高等学府客座副教授的职位。如果她愿意，他非常愿意为她跑一跑关系，将她的人生提上一个新台阶。

然而，对他这个令人心动的提议，后者却只是一笑，说："多谢周先生。"

她无疑是拒绝他了。

周然当然不死心，他惜才，心里对她还有些私人感情。于是他问她为什么不愿意。

纪以宁十分坦然地给了他一个四平八稳的理由："我大学未毕业，中途退学了，所以严格说来只有高中学历，不符合高校任职资质。"

周然"啊"了一声。他在惊讶之后，对纪以宁更敬佩了。

因不可抗力退学后还能锲而不舍自学成才，这是一种什么样的精神？这是真正的对知识的献身精神啊！

周然更努力地邀请她，说现在的大学并不只看重学历。

纪以宁礼貌地听他说完，再次对他说："无论如何，还是多谢你的心意，周先生。"

最后，馆长适时地制止了周然。

馆长什么都没说，只在某一晚闭馆前，招手对他说："你看那边。"

周然站在三楼馆长办公室低头望去，只见对街停车道上，一辆黑色加长车稳稳地停着，纪以宁正穿行马路走过去，立刻有人拉开车门迎接她。她弯腰步入车的时候踉跄了一下，周然看得清楚，车里有人搂住了她的腰，用力将她拉了进去。

周然懂了，心里酸酸的。

馆长告诫他："你欣赏她，当然不碍事。但如果越了界，你就会有事了。不但你有事，我、以宁、这家美术馆，都会有事，懂了吗？"

周然把这番话记在了心里。

这天周五，周然听完分享会，照例和纪以宁寒暄五分钟。现在的周然克制多了，不再存有非分之想，只做业务交流。偶尔，想起馆长的警告，他看纪以宁的眼神中总是带着几分对"大佬的女人"的敬畏。

告别时，周然忽然想起来，问："对了，你认识英国青年画家徐伊微吗？"

纪以宁一愣，随即温柔道："我不认识。"

周然点点头："也对，同名同姓那么多。"

纪以宁问："发生什么事了吗？"

周然顺口告诉她："哦，没什么。一个英国青年画家，最近对C城一个叫纪以宁的人发出了公开挑战信。英国文化界倒是很关注这事，国内一点水花都没有，估计是对徐伊微不感冒。我看她挑战的人叫'纪以宁'，还以为是你。"

纪以宁偏头一笑："这么巧。"

周然微微心动。

他见过很多女孩的偏头一笑，唯有纪以宁这一种，在他心里长久地泛起涟漪。这是多好的一个笑容，毫无攻击性，她笑着就是笑着，仿佛那一刻她什么都不想，就是想给你这个笑容，那微微弯下的眼角和拂起的刘海，都成了他记住这个笑容的一部分。

周然收住心里的涟漪，又寒暄了几句，礼貌地告辞了。

当晚，纪以宁登录英国国家美术协会官网，看见了那封公开信。她长久没有动作，鼠标停留在徐伊微的照片上。

瓜子脸、长卷发、高高挑起的眉，时光没有带走任何面貌，照片上的人和印象中别无二致。

纪以宁看得入神，没有听见背后的脚步声。当她回神时，脚步声已停在她身后。

来人居高临下，一双手抚上她的脸，游移至下颌，微微抬高。她仰头刚对上一双眼睛，薄唇就被人吻住了。

反向接吻，这是调情的好手。

纪以宁拿开他的手，轻轻推开他。

对方显然不吃拒绝这一套，当即将她抱起来。他闲闲一坐，夺了她的座椅，将人放在腿上。这是多好的交流方式，看似在谈话，搂住她腰的手却没闲着。

纪以宁握住他的手，看他："我有事呢，不跟你闹。"

"我跟你闹了吗？"他不承认，满口胡扯，"我跟你做'正经事'呢。为家庭和谐做贡献……"

"说到这个，"她想起了什么，决定愉快地与他分享，"为家庭和谐需要做的更大的贡献，都在等着你呢。"

"哦？"

"这周允痕的幼儿园作业又布置了新任务。目前的任务单上，已经排了四项内容。做一盏体现新年气氛的纸灯笼、画一幅创意型人物画像、捡二十种树叶拼成一幅贴画，还有，在家里养十条蚕宝宝，完成它们的生长记录。"

末了，她提醒他："老师说了，这周是'爸爸当值周'，这些都需要爸爸和宝宝共同完成。那么，就辛苦你了，唐易先生。"

唐易无语至极。一个人纵能上天入地，当了爹、做了妈，也只有乖乖被幼儿园老师布置作业的份。

十点，唐易回到卧室，左手食指多了一个创可贴。

陪唐允痕做了一个纸灯笼，他身娇肉贵、光荣负伤，手指被小刀划了一个小伤口。一流血，他和儿子都不紧张，让管家把药箱拿来，唐允痕揣着一双小肉手亲自给他贴上创可贴。贴好之后父子俩继续埋头做任务，唐允痕完美继承了唐易处事冷静的作风，但他没他爹那么具有攻击性，纪以宁在他的性格里赋予了以柔克刚的一面。

九点五十分，父子俩完工。唐允痕拿着纸灯笼心满意足地回房间睡觉了，临睡前叫了声“爸爸”。唐易会意，在他脸颊上亲了一下，对他道：“快睡吧，很晚了。”

唐允痕“嗯”了一声，这才流露出些许属于小男孩的天真与甜蜜。

回到主卧，推门进去，纪以宁正站在窗边，抱臂看雪景。

窗外下起了大雪，这是今冬C城的第一场大雪，下起来就是漫天漫地，一点也不省着雪花，雪下得又密又厚，单单是看着就令人觉得很过瘾。

唐易从背后将佳人轻轻拥住，头靠在她肩头。他一开口，暗哑的声音就有撒娇的意味：“陪儿子做任务，累死我了。”

纪以宁笑着问：“那么，是唐家的事更难一点，还是陪儿子更难一点？”

“哦，那还是唐家的事更难一点。”

“真有自信啊，允痕爸爸。”

他听出弦外之音：“你今天有秘密。”

纪以宁没有反驳。她偏头，柔柔地反问：“是我有秘密，还是你有秘密？”

唐易在这方面一向擅长装死："那纪小姐先说来听听，看你抓到了我多大的把柄。"

"控制媒体，堵塞信息流，这个把柄大不大？"

唐易直起身，看了她一眼，眼风很艳。他如今脸皮够厚，大方承认："还是没能瞒过你啊。"

纪以宁推了他一把："你去和儿子睡吧。"

唐易哪里会肯。不但不肯，还要把人往床上带。

"去和儿子睡就不了吧，多不好。"

他伸手往她腰上一搂，轻而易举就将她带上了床。纪以宁坐起来，不放过他，开门见山问他："徐伊微向我发出公开挑战赛，这么大的事，你竟然将信息控制得在C城没有泛起一点水花。如果不是周然顺口提起，我还要被你瞒着。"

唐易抓住关键词："周然？跟你走得很近的那个副教授？真让人火大。"

纪以宁："……"

真是每句话都能被他偏离主题。

她看向他，决定不再惯着他："你够了。你对我，一点解释都没有吗？"

唐易迎向她的目光，没有回避："我不喜欢她。"

"谁？"

"徐伊微。"

纪以宁愣了会儿，试图解释："她的这封公开信不会对我产生困扰。你知道的，我早就志不在此。不闻不问也就是了。"

"我不喜欢她的理由不是这个。"

纪以宁脑中闪过一个问号，心里却是微微一沉。

每当他说着不像玩笑的玩笑话时，她都会揪心。他总是这样，将最本质的、痛苦的、艰难的、绝望的真相与想法隐藏在笑言之下。没有人懂他，他也不要人来懂，她用了很多年才得以走近他，但这样的走近也只让她对他懂了一部分而已。这些年每每面对一个真实的他时，她仍然会揪心，有时还会心碎。

她轻声问："那你不喜欢她的理由是什么？"

"你心知肚明。"他低下头，吻一个今晚总是拒绝他的人，"怎么总有那么多人要和我抢你啊？"

纪以宁和徐伊微的关系，不能算是"朋友"。

两人也确实不是朋友。

徐伊微出身英国艺术世家，父母皆是英伦艺术界大师。有了父母的言传身教，徐伊微从小挺拔成长、功课全优，走到哪里都是耀眼的明星。

徐伊微的噩梦从剑桥开始。

百年名校，卧虎藏龙。来自东方国度的同龄学生纪以宁，令徐伊微措手不及。

纪以宁的出现，令徐伊微尝到了技不如人的滋味。她不争、不战，就算旁人对她讲"喂，我一定要赢你"，纪以宁也只会说"嗯，好的"。可是她的作品、天分、成就却无一不在替她出战，每一项都战绩辉煌，有教授评价，这甚至不像是一个二十多岁的学生能画出来的。后来，总是落后纪以宁的徐伊微被冠上了一个略带耻辱性的称号——"万年老二"。

有好事者曾想借这事向徐伊微示好，从而间接向徐家示好。他们说："Eva，我们替你教训教训纪以宁。"

徐伊微怒斥："有病吗？我堂堂正正打不赢纪以宁吗，要你们这群垃圾搅浑水？"

徐伊微心里认定的“堂堂正正打赢”的机会，指的正是毕业作品。每一年的毕业作品展都不仅是剑桥盛事，更是英伦艺术界盛事，具有广泛的国际关注度。这也被称为艺术界新秀走向国际“大拿”道路上的“初次亮相”，徐家身为艺术名门，对其轻重与门道自然知晓。父母叮嘱她，务必拿下第一。Eva 徐自信满满，说这是当然的。

后来那一年，她真的拿下了第一名。毕业作品轰动艺术界，博得满堂彩。

徐伊微内心却极其复杂，失望、愤怒、震惊、彷徨，总之，没有一丝高兴。

因为，她这个“第一名”是在纪以宁的缺席之下获得的。就在毕业前几日，纪以宁忽然失踪了。后来传来说法，只说她已回国，连学位也不要了。再后来，就消息全无了。

徐伊微有时会恍惚，纪以宁这个人真的存在过吗？她就像一个用逻辑无法解读的个体，横空出世，登场即惊艳，又忽然消失了，留给想要努力赶超她的人永远无法赶超的遗憾和失望。徐伊微知道纪以宁从来都没有什么放不下的，但最后纪以宁放下的，其严重性和繁复性还是令徐伊微感到难以理解。名校学位、理想前途、同窗情谊，甚至是传闻中的初恋男友，她都一夜之间放下了。

多年之后，已经是英伦首屈一指的青年艺术家 Eva 徐，在一次宴会上偶然找到了纪以宁的踪迹。徐伊微知道，她耿耿于怀多年的遗憾，这次终于可以来个了断了。

周一，唐易送纪以宁上班。一下车，两人难得地被美术馆门口的阵势惊到了。

长枪短炮，直播报道，媒体严阵以待。

纪以宁惊讶：“今天馆内有什么重大活动吗？没有听说啊。”

她没有猜错，从今日起至本周日，美术馆有同一个重大活动：徐伊微作品全球巡回展之第一站。

如此重大的展览，竟保密成这样，先前对馆内所有员工一丝风声都不透。徐伊微就不怕搞砸名声？

馆长显然是唯一知情人，面对纪以宁的询问，老馆长流露出了“不好意思坑了你一把”的憨笑。

他直言不讳：“是，徐伊微是把我们这家美术馆作为全球巡回展的第一站，半年前她就亲自来找我商谈这件商业合作了。我当然是高兴的，徐伊微如今炙手可热，有她的作品展加持，美术馆的客流量一定十分可观。更厉害的是，她还自掏腰包，支付了一笔不小的合作费。呵，听说过这样新鲜的事吗？”

纪以宁点头：“她一定有她的想法。”

“是的，她的所求就是你。”

“……”

“徐伊微要求，在此之前一切合作内容、时间都对馆内所有员工保密。开展期间，她不会出席，她指定了你作为展览的唯一解说员。”

纪以宁指了指自己：“我？”

馆长点头，顺便指了指门口即将涌入的大批客人以及墙上摆放整齐的作品，对她道：“以宁，徐伊微对你的战书已经完美下达了。”

纪以宁很快明白了“战书”的意思。

这是一个十分不同寻常的展览。

每幅作品下方皆是一片空白，作品名字、立意、创作时间都没有。这些内容都藏在了作品背面。徐伊微设置了十分精巧的互动环节。纪以宁作为唯一的讲解员，需要在毫无资料准备的前提下，准确看透并表达作者的意图、作品的内容、手法的表现。更具有挑战性的是，此次连续七天的展出，每天的作品皆不同，换言之，纪以宁将面临连续七天的高强度挑战。

唐易："呵呵。"

纪以宁纠正他："不要嘲笑别人，对艺术和作品要有尊重之心。"

可惜唐易从来就是那种你越纠正他越不肯的反抗型选手，一听纪以宁竟然偏心别人，小情绪立刻就上来了："她用这么乱来的手段，还真吸引到你了？"

纪以宁无语。

她看向他："这只是正常业务交流，哪里乱来了？再说，提起乱来，有人比得过你吗？"

"哦，这倒是。"

纪以宁更无语了。他竟然还觉得挺光荣？

"好了啦，你回去吧。"她推他出去，生怕他影响这个影响那个，"晚上也不用来接我，我可能会工作晚一点回去，就这样说好了。"

唐易被她推着出去，渐渐被推得很不爽。

任何人，任何事，都不能构成他被她推开的理由。

他忽然停住脚步，反手将人从背后拉至眼前。这个视角挑得极好，楼梯转角处，无人监控之地，特别适合他发挥。

他俯下身，靠得那么近，她几乎以为他要吻她，非常用力的、用他最擅长的把人揉进胸膛融化的那种方式。她天性软弱，第一反应永远是推他一把，但每每最后，欲罢不能的那个人总是她自己。他让情与欲都有了节奏，慢热的人一旦被挑起，总是逃不过深陷的结局。而她何止深陷，还有欲拒还迎的迷恋。

他似吻非吻，贴着她的耳边问："谁跟你说好了？"

纪以宁知道唐易对徐伊微的事心下不爽。

她也知道，唐易不爽的不止一个徐伊微，还有她的一整个"过去”。那些他没有机会参与的“过去”，令她总是时不时被吸引，从他的人生中出走片刻。

换上工作服，戴上员工卡，馆长从她脸上读出了心情：“这件事有让你为难吧？”

纪以宁一笑，没有否认：“一点点，但也还好。”

“那么，你这是接受挑战了？”

“不，我只是想认真工作。”

八点半，准时开馆。人群涌入，山呼海啸。

纪以宁亮相即惊艳，用温柔的态度将局面轻轻一拨，将一场对她的挑战化为无形。她令自己成了一个介质而非目的，为公众搭起了对艺术与文化巡礼的桥梁。

隔日，周刊出街，C城主流媒体对此次展览给出了高度评价。因为徐伊微始终没有出现，纪以宁也四两拨千斤，有意淡化“挑战信”事件，媒体的关注焦点反而聚焦在了艺术领域本身，美术馆成为最大受益方，一时间炙手可热。

一连四天，纪以宁全程高负荷工作，每天在馆内巡展讲解超过十二小时。遇上热情的观众，连中午吃饭时间都被压缩，而她始终礼仪周到。

周然也来参观了一次，在周四傍晚。时近七点，平日早已闭馆，碰上了此次展览，馆内依然灯火通明。周然见到纪以宁时，她已连续工作超过十小时，却和平日里毫无二致。她仿佛是不会变的一个人，不会疲惫，不会生气，不会老去，就这样温柔到了底。周然想，这是多好的人啊，可惜已属于别人。

周五，晚上七点半，结束一天的展览。

纪以宁向馆长报备，说她这周就做到周五，周六开始休年假，下下周的周一才开始上班，这是先前就批准过的。

馆长“啊”了一声，措手不及：“可是徐伊微她这展览……”还剩两天，纪以宁走了，展览怎么办?

纪以宁偏头一笑，依然不疾不徐：“这是徐小姐的问题，不在于我。我说过了，我只为认真工作，而非为任何人。”

换下工作服，她穿好大衣，将扣子一粒一粒扣好，又将白色长围巾绕了几圈，打了一个漂亮的结。

她礼貌地与馆长道别：“今天也谢谢您的关照，我先走了。”随即拿上一个手拎包，缓步走了出去。

台阶下一辆黑色轿车静等许久，司机为她打开车门。车内并没有人，她像是愣了一下，随即弯腰上车。

真是被他带坏了。她坐在后座，有些惭愧地想。没有他坐在车里接她，她这就有点小情绪了，真是不像她。

一直到车子稳稳驶出去，离开了好一会儿，始终目送着这辆车的一个人才从馆内缓缓走出。

徐伊微长身玉立，月光下拖着一个长长的影子。她眼神复杂，情绪想来并不轻松。

馆长笑着对她道：“没想到吧。面对你的挑战，以宁没有输，也没有赢，她是根本就不接招。”

徐伊微淡淡道：“是的。所以这次，又是我输了。”

馆长摇摇头：“你太执着输赢了，其实没有输赢。论才华，以宁未必赢你，她毕竟淡出业界这么多年。”

“不，我说的‘输’，不是指这个。”

“哦？”

“从前我输给她，是输在才华。这次却不是，我输在了‘自我价值体系’。”

馆长转头看她。这个略显沉重的话题，是“输”过的人才有力量谈得起的。

徐伊微耸耸肩，如释重负：“她在剑桥时就讲过，她对自身的困惑和不解只在于一件事——她尚未找到构建自我价值体系的入口。她说她的体系不成形，除了读书、读好书之外没有任何其他办法。但读书是为了什么，人活着又是为了什么呢？她说她不知道。当这个问题解决之日，就是她的自我价值体系构建完成之时。我那时觉得她很招人讨厌，明明那么才华横溢，还说着那些话，就像一个总是考 100 分的人对考 99 分的人说不知道多考一分的意义在哪里。所以我总是以她为目标，想超越她，让她知道被人超越的滋味。但我现在才知道，她说的都是真的，是她对自我价值进行深度思考之后才对自己提出的问题。”

馆长长长地叹了一声，感慨万千：“以宁……那么久以前就在为人生如此努力地思考过啊。”

人类终其一生，不过都是在构建属于自己的价值体系。有些人早，有些人晚，还有些人一辈子都没有找到过。

而什么是自我价值体系呢？就是你作为“你”，仅仅是作为你自己这一个人，为自己构建起的在这个世界的立身之道。它不一定是对的，也不一定是好的，但一定是最适合你的，也是你最能接受的。此后一生，当你痛苦、绝望、彷徨、心碎之时，这套价值体系都将迸发出惊人的力量，挡在你面前，为你抵御世间一切可以毁灭你的东西。在这套价值体系里，你也会犯错，但因有了信仰的力量，这样的错误在你眼中也是好的，犯错也令你心中坦然。

内心因幸福而满足，因满足而宁静，而宁静，从来和外界无关，只在于你自己的这一套体系。

徐伊微有些羡慕：“她找到了。也许是爱情，也许是家庭，也许是别的什么，总之，她已经构建了完整属于她的价值体系。非她体系之外的任何东西，包括功名，包括才华，都入不了她眼了。”

馆长笑了，也许是不愿见一个大好青年因能力不及他人而伤感，他递给徐伊微一幅画：“给你看看这个。”

徐伊微接过：“她画的？”

“不是。”馆长的声音略显神秘，“昨日她先生来看望她，她在忙，他在休息室坐了会儿，最终还是没有打扰她，一个人走了。我整理休息室时看见这幅画，应该是他随手画的。”

一幅铅笔画，画的是山水，笔法甚好。

但在徐伊微这等名家眼里显然不过如此：“还行吧，中规中矩。纪以宁比他更擅长这些，可能是平日里教他的。”

馆长对她这番话不点评，只对她道：“你看一下背面。”

“背面？”

“是，把纸拿起来，对准光线，从背面透光看。”

徐伊微兴致缺缺，但仍照做了。光线透过纸背，她被震住了。

这竟然是一幅双面画！

在光线下，笔触的强弱之分一览无遗，黑白强弱竟构成了另一幅画。

徐伊微被震撼住了：“他画的这是……纪以宁。”

山是她的骨，水是她的人，星星是她的眼。她就是他心里的大好河山、月明星辰。

徐伊微的脸“蹭”地一下就红了。C城卧虎藏龙，她为自己的眼界短浅而羞愧。

她问：“不知这幅画是出自哪位老师之手？我想登门请教。”

馆长大笑：“他可不是什么老师……”

八点半，纪以宁回到家。

管家指指楼上，告诉她易少人在书房，晚饭也是端上去吃的。弦外之音纪以宁一听就懂。这是发脾气呢。

她上楼，推开书房门，那人正坐在办公桌后讲电话。

纪以宁慢慢走过去，听到他讲“这件事我再考虑，不急”，她出其不意，出现在他面前。

两人对视，唐易止住了讲电话的声音。

换作平时，他必定已经搂她入怀。今日，他晾她一回，用力表达被她晾下五天的少爷脾气。

她也不恼，柔柔一问：“在忙？”

他双腿交叠，好整以暇：“对。”

她点点头：“好的。”

转身，故意地，在他心尖勾一勾：“本来还想找你聊一聊。白天有个男孩子来缠我，我有点困扰……”

话音未落，右手当即被拉住。对方用了力，连她人一并拉了过去。

她“哎”了一声，跌坐在他腿上。他左手一搂，就令她动弹不得。

她指指他右手尚未挂断的电话，笑着提醒他：“你不是说你在忙吗？”

电话那边的下属已经一头冷汗。窃听老板隐私对话，这谁敢！

唐易按下挂断键：“我现在就不忙了。”

手一放，手机落到办公桌上，又掉落在地。可见手机主人心不在焉，手里力道都控制得一塌糊涂。

他老毛病又上来了，语带威胁：“有人缠你？”

“唔，是的。”

“为什么？”

“应该是因为，喜欢我吧。”

话音刚落，搂住她腰的手猛地一掐，她被圈得紧紧的，她最熟悉的窒息感又回来了。他发脾气时就这样，下手没轻重，要她示弱为止。

他问：“谁？”

她被他抱得很高，几乎可以与他平视。于是她顺势靠近他，抬手搂住他的颈项，微笑以答：“唐、允、痕。”

唐易：“……”

大意了！连纪以宁都会耍人了……

他用深吻当做报复。

她最不擅长的领域，也是他最擅长的，他物尽其用、合理发挥，将自身天分挥霍在她身上一遍又一遍，迷醉其中，放弃自救。

他将她身上的罪责一条条列明：“你为了一个莫名其妙的‘挑战’，将我和儿子撇开不管，儿子想你想得都跑来找你。这笔账，我跟你怎么算？”

他抵着她的唇，似吻非吻，似惩罚更似调情，她难以招架。

顺着他的话，她心甘情愿，被他牵制住：“那，你想怎样？”

他就像钓到鱼的高手，收网前还要和她玩一玩：“我想得多了。哪种恐怕你都不会喜欢。或者，哪种你都不会愿意承认其实你很喜欢……”

这是只有夫妻间才听得懂的情话。有情有欲，少儿不宜。纪以宁脸色绯红，但破天荒地没有拒绝。

“那你要让我问一个问题。”

“可以。”

他这会儿有耐心得很，基本是一个男人最有耐心的时候。收住了网，又不急着要，对她的要求照单全收。时间过去一分，他心里对她的欲念就增加一分。他占有她的时间，享受她的拖延，为了最后的快乐。

她与他平视，问他："你的双面画，是谁教的？"

这种其乐无穷的时刻，她竟然还有兴致探讨学术问题，真有她的。

谈起这个话题，纪以宁对他十分尊重，目光中充满敬意："下午我看见了你留在休息室的双面画，真的很厉害。我从前只听过有这样一种流派，似乎还和密码学有关。我一直想学，却苦无机会，现实中没有遇到会的人。"她看着他，目光尊敬犹如看见了一位学术大咖，"所以我想知道，你是如何学会的？师从何人？学了几年？"

唐易："……"

他指了指她坐着的某个位置，一开口就是只有夫妻间听得懂的话："哎，我都这样了，你还要跟我聊学术？"

纪以宁一愣，顺着他指的位置看了一眼，她回神，当即想打他。

"你讨厌！"

"哈。"

两个大人，行走于世都甚少有多彩表情，一个永远冷感，一个永远微笑示人，关起门来只剩彼此时却时时刻刻开怀大笑。

一张软沙发，承受了两个人的重量，重重凹陷了进去，两个人紧紧贴合。难得有情人，放着大屋不住，偏要挤一张沙发。

纪以宁伏在他身上，抬头望他："你又让我好奇了。留给我这么多好奇，却不给我答案。"

唐易一笑，若即若离："这是秘密，还是不给的好。"

纪以宁一愣。她久违地从这两个字里闻到了属于"唐家"的气息。

那些腥味的、游走于黑暗的、生死不论的气息，她已经好久没有闻到了，有时她甚至忘记了它们的存在。她着实不该忘记的，该存在的其实一直在，只是被人挡在了她的世界之外而已。

这个人，现在就在她眼前。忽然而起的冲动，她倾身吻他。

一吻缠绵，温柔了他的前世今生。

他卸下设防，告诉她久远的秘密："你方才说错了，它不是和密码学有关，它是和情报学有关。在中东，某些生意之间，有时会用这一种方式。会的人很少，但仍然有人会。除了我之外，我知道的人里，就还有两个。他们抢过我的生意，我也抢过他们的生意。"

"谁？"

"一个叫霍良，还有一个，叫唐律。"

她听愣了。虽然全不认识，但她听得懂只言片语之下曾有的你死我活。

她搂住他，紧紧的。

唐易笑了，拍了拍她的背："这是很多年前的事了，以后不会再有。抛开这些不谈，就像你说的，它只不过是绘画的一种流派而已。"

她要一个承诺："你保证。"

"我保证。"

她笑了，非常灿烂，不像"纪以宁"的灿烂笑容，开怀又耀眼。

俯下身，她轻轻吻他的脸，同样给了他一个承诺："在我心里，你一直是第一位，永远不会变。"

四海浪平，百川潮落。从此世间纷扰激不起她回眸一顾。

番外五：小小交换生

五月最后一天，唐易收到了一条信息。

信息是微信群发消息，来自幼儿园。

中班班主任周旭宣布了六一儿童节的特别企划：亲子交换家庭游戏。

“六月一日这天，小朋友将两两交换，互相去对方家中度过一个难忘的儿童节。体验父母与父母的不同之处，学习离开父母时独立自主的生活方式。在此，希望各位家长做好准备工作，迎接我们的‘小小交换生’吧！”

唐易心里“咯噔”了一下，手指向下滑，点开交换生名单，唐易差点没握住手机。

唐允痕的交换对象一栏里，赫然写着三个字：季、封、人。

唐易被这突如其来的“惊喜”砸晕了。

比起各位家长的诚惶诚恐，小朋友们却是欢呼雀跃，各个兴致勃勃。

这份名单正是出自各位小朋友。

两天前，一上课，周旭就宣布了这一企划，鼓励小朋友们自由组合，交换过节。

“哇——”小朋友们一阵喧哗，跃跃欲试。

季封人被五六个小女孩迅速包围。他是当红炸子鸡，平日里拉帮结派的事没少干，群众基础十分牢固。

“季封人，我去你家吧！”

“季封人，你说你和我最要好啊，你和我换！”

“季封人，你不是说和你最要好的人是我吗？”

季封人大喊一声：“都要好啊！都是我的兄弟、我的姐妹呀！”

他漂亮话说得都不用打草稿，哄得几个小男孩小女孩围在他身边叽叽喳喳地笑。但其实，季封人小朋友对“交换过节”这事一点概念都没有。

往年，无论大小节日，这类幼儿园活动他都是主动申请做后勤服务最积极的那个。站在门口迎宾啦，扫个地啦，当个吉祥物啦，他统统干过。还干得挺好，留下一个“幼儿园后勤保障专业户”的好口碑。于是这两年，季封人几乎没参加过活动。

究其原因，季封人自有一套想法。

一来，他没有爸爸；二来，他妈妈腿坏了，不能走。而幼儿园的活动几乎都需要亲子参加，他不具备参加的条件。

这时候，季封人天生的强大逻辑感就开始发挥巨大的作用。他从不考虑问题原因，他只考虑问题的解决之法。

换了寻常小朋友，遇到这种情况，第一反应一定是：为什么别人都有爸爸就我没有？为什么别人的妈妈都能走路就我妈妈不能？想着想着，就哭了。

但季封人不是，他的第一反应给了他超强的生存能力：没有爸爸，妈妈又不能走，那我该怎么解决这个问题？

这一思考，就让季封人远离了哭泣和胆小的行事方式，而在日后果断又胆大的行事之路上一骑绝尘。

然而这一次，季封人却犯了难。“交换过节”不需要后勤呀！

中班小朋友正好二十四个，他不参加，就意味着还有一个小朋友也不能参加。这种影响他人的事，季封人不太喜欢。

他正纠结着，苏珊珊将他拉到一边，轻声问他："季封人，我和你交换，行吗？"

"啊？"季封人有点神游。

苏珊珊皮肤白、大眼睛、小圆脸，总是穿着公主裙，马尾辫上绑一个大大的蝴蝶结，整个人都长在了季封人的审美点上。

苏珊珊捂住嘴，偷偷告诉他一个秘密："我爸爸也想让我和你交换。他虽然没有说，但我看得出来。"

"为啥？"

"因为，我爸爸喜欢你妈妈。"

季封人挠了挠头："啊？"

苏珊珊用一副恨铁不成钢的表情看着他。

和季封人一样，她也是单亲家庭长大，妈妈早年遭遇车祸，不幸过世。苏爸爸父兼母职，温柔又坚强，将苏珊珊抚养成了同样温柔又坚强的小女孩。巧的是，苏家和季家住在同一个小区。这两年，苏爸爸接送苏珊珊时经常捎上季封人，季家有困难时苏爸爸也经常帮一下忙。他总说这是"举手之劳"，但苏珊珊看得出来，爸爸是喜欢上季封人的妈妈了。苏珊珊曾问爸爸，季阿姨不能走路，你也会一直喜欢她吗？苏爸爸温柔地对她说，喜欢一个人之后，她的"不完美"都会成为你喜欢的理由。

当苏珊珊说完这个理由后，季封人脑中"叮"的一声，神游的智商重新上线了。他自己怎么样乱七八糟都行，事关他妈，不行。

他没给苏珊珊正面回答，当晚立刻跑回去问他妈。

季清规给了他两个字："不行。"

季封人大声迎合："好的，妈！"

季清规又指示他："如果要参加活动，你只能和一个人交换，唐允痕。"

季封人又是一声："好的，妈！"

隔日他就去缠唐允痕。围追堵截、声情并茂，他几乎是挂在了唐允痕身上，把话说得无比夸张："跟我交换吧！求求你！拜托了！"

唐允痕"哦"了一声。

唐允痕的交换对象也确实还没有定下来。不是没人和他交换，是没人敢。他完美继承了唐易冷感的一面，不容易有热情。周围的小女孩们对他跃跃欲试，却没人敢上前。谁知半路杀出个季封人，一缠二闹三上吊，唐允痕被他挂在身上挂得脖子疼，听他讲话就像在听五百只鸭子在吵，只想赶紧打发他。

隔日，在唐易的追问下，唐允痕将这事说了。

唐易听得心梗了。他二话不说，直接打电话给季清规，问她怎么想的。他当年在中东生意上和老对手杀得刺刀见红，一转头如今竟然要担起照顾他儿子的重任，这不合适吧？

面对质问，季清规在电话那头答得很爽快："我不想害别人，旁人没能力蹚我这潭浑水。"

唐易简直气笑了。你不想害别人，你就好意思来害我？

他走回卧室，将手机都扔了。纪以宁问他季小姐刚才的话是什么意思，她没有听懂。

唐易端起水杯，喝了口水："那小孩的爸爸一直在找他们。活要见人，死要见尸。"

纪以宁："然后呢？"

"他们母子俩现在却和其他男人处得很好，甚至差点就要在一起成为一家人。"

纪以宁笑："这是幼儿园游戏啊，这也当真？"

唐易不置可否："季封人那个爹会当真。"

纪以宁："……"

唐易放下水杯，很有种隔岸观火的逍遥：“不过我能理解他。一家三口，有人替代了他的位置，这就是夺妻夺子之恨了。这样的大仇都不报说不过去，换我我也忍不了。”

纪以宁终于理解季清规方才说的“不想害别人”是什么意思了。

六月一日，儿童节。

一大早，唐易就派车将唐允痕送去季清规那里，顺便将季封人接过来。

上车前，唐允痕看出了爸爸的心事，主动问：“爸爸，你有话对我说吗？”

其实他真有，但权衡之下，他还是没有说。最后他捏了一下儿子肉肉的脸，道：“去吧，节日快乐。”

黑色轿车稳稳地驶了出去。

在唐易心里，比季封人来唐家更要命的，就是自己儿子要去季清规那里过一天。他毫不怀疑，季清规如果想要干点什么，这共度的几个小时足够她给唐允痕洗脑了。

他情绪复杂，最后被纪以宁笑着安慰说“没关系的”，拉回屋吃早餐了。

两人正吃着，只听一声震天动地的童声：“唐易叔叔！以宁阿姨！我可太想你们啦！”

季封人高调登场。

他一脚跳下车，直奔大屋，看见站在门口蹲下身迎接他的纪以宁，季封人同学顺着杆儿就往上爬，扑进她怀里就在她左脸颊上亲了一口，嘴巴甜出了新高度：“以宁阿姨！想到今天能和你玩一整天，我昨天晚上都睡不着！”

太能扯了。唐易扶额。这孩子的嘴，真是骗人的鬼。

季封人充分领会了“来者都是客”的精神，一点也不跟人客气，从小背包里掏出一张游乐园的地图，咧嘴一笑：“唐易叔叔！以宁阿姨！我们去环球乐园吧！今天儿童节优惠大放送，我免票，大人半价，划算啊！”

这小子，竟然是做好了攻略来的。

唐易刚想拒绝，一旁的纪以宁已经被攻陷了。

季封人顶着一张笑容灿烂的脸，对纪以宁的杀伤力实在是太大了。她生性含蓄，生活中很少接触非常情绪化的人，连唐允痕都不是。整个唐家受唐易的影响太大，出不了这种热情澎湃的人。当季封人热烈地跑向她时，纪以宁只觉得心都要化了。

没等唐易开口，纪以宁已经满口答应：“嗯，我们一起去。”

这一天，唐易和纪以宁有幸在季封人身上见识到了什么叫做“体力惊人”。

海盗船玩两遍、过山车玩三遍、极限冲浪玩四遍。在纪以宁给他排队去买冰激凌、唐易在一旁接电话讲公事的空档，他还跑去玩了个低空蹦极。

两个大人被吓得半死。

唐易的耐心快被磨没了。他俯下身，对这小孩约法三章：“听好了，你要答应我三件事。不准乱跑、不准离开大人、不准做危险的事。你做不到的话，我就要带你回家了。”

季封人连连点头：“嗯嗯！唐易叔叔，我一定做到，我知道这是唐易叔叔关心我、为我好。”

唐易：“……”

做着最不靠谱的事，说着最甜的话。怎么看都觉得这孩子真是太离谱了。

连纪以宁都有点体力不支。两个大人跟在他身后，说着悄悄话。

纪以宁好奇地低声问："他妈妈给我的印象太深刻了，和这个无比热情、无比灿烂的小朋友相比，完全是两个类型，难道他像他爸爸？"

唐易连连摆手："不不不，他爸爸也完全不是他这个类型。"

聊了几句，连纪以宁都笑了："他真是一个很神奇的小朋友。"

季封人拿着冰激凌，背着恐龙小书包，蹦蹦跳跳又开始了新一轮其乐无穷的游玩。

三个人来到侏罗纪公园景区。季封人"哇"了一声，兴奋点又炸了。

侏罗纪公园是他的朝圣之处，他到哪里都背着恐龙小书包，此时身临其境，兴奋得直跺脚。

公园内最具特色的一个项目是"电影特效公演"。在和观众面对面的近距离之下，通过电脑控制，用真实的海水、船只、武器，上演火灾、坠船、海浪等特效，模拟逃生片段。

唐易牵住季封人的左手。

纪以宁随即紧紧牵住了他的右手。

季封人还没往前冲，就被抓得牢牢的。

唐易再三告诫他："这个项目是近距离表演的，火灾、坠船、海浪等效果都是真实的，所以你一定不能乱跑，我们会一直牵着你的手，知道吗？"

季封人歪了歪小脑袋："哦哦，好的。"

以宁笑问他："是不是不习惯我们这样牵着你？"

"有一点啦，"他确实不习惯，"一直都只有我妈一个人牵着我，从没有两个人一起牵过我。"

一个始料未及的答案。

两个大人对视一眼，沉默了一下，心照不宣地将这小孩的手牵得更紧了。

游戏开始。意外还是发生了。

不是季封人，而是纪以宁。

她的项链忽然断了，吊坠掉在地上，滚落向前，掉进了特效区的海水里，发出了一声清晰的“咚”。

以宁下意识地轻喊了一声：“这是允痕送我的，我最喜欢的……”

唐易开口：“没关系，再……”

一个“买”字还没说出口，他的手就忽然猛地被人挣开。唐易心里一沉，本能地低头，想要迅速抓住季封人。

他的速度已经够快了，季封人的速度却比他更快。

季封人一猫腰，哧溜一下，就从观众区和表演区之间的栏杆缝隙中钻了出去。下一秒，他就干了一件令唐易几乎心脏骤停的事——向前一跃，跳进了水里。

“季封人！”唐易脸色大变。

他是第一个反应过来的，朝工作人员迅速指示：“关程序！停止表演！”

“啊？这？”

工作人员懵了，连滚带爬地跑去控制室。

然而，已经来不及了。

火灾特效表演已经开始，再过三十秒，就是坠船特效表演。到时候，船体会粉碎，钢筋、水泥、木块会一股脑地掉进水里。季封人身高一百二十五厘米、体重四十五斤，在水里哪怕被一块最小的木板砸到，都非同小可。

唐易一个箭步跨过围栏，作势就要跟着跳下水救人。千钧一发之际，一个小脑袋瓜猛地从水里冒了出来。

季封人两条小短腿虽然短，爬起来倒是飞快，三下五除二抓住栏杆迅速爬了上去。

看见正要跳下水的唐易，季封人同学还有时间分了下心，拉了他一起往后倒："唐易叔叔！危险啊！你怎么这么不让我省心呢？！"

话音刚落，"轰"的一声，坠船特效开启，钢筋、水泥、木板炸裂一地，掉落水里，发出轰然巨响。

唐易暴怒了："季封人，你疯了吗？！"

如果这是他儿子，此刻他早就给他一顿打了。

但这不是他儿子啊！不仅不是，还是跟他交过手的人的儿子。他一向不对对家的小孩和女性下手，这是原则。

始作俑者却冲他一笑："我拿回来这个了！"

他将手里的东西往唐易手里一放，唐易看清楚了，正是方才纪以宁掉进水的项链吊坠。

唐易顿时有种想要打死他却又下不去手的感觉。

游乐园的计划被意外打断。十五分钟后，季封人已经被唐易抱回了唐家。

下车，唐易径直抱着他去了浴室，管家已经放好了热腾腾的洗澡水，备好了姜茶。唐易想起来，对他交代，晚上让家庭医生过来一趟，这孩子可能会感冒，要是发烧就麻烦了。

季封人脱了湿漉漉的衣服，趴在浴缸里一动不动。好半天，他才对纪以宁道："以宁阿姨，我自己洗澡就行了，不用麻烦你。男女有别，我有很重要的隐私部位呀。"

唐易把毛巾扔在他头上，不客气地告诉他："你想得挺美。我才不会让她给你洗澡。”

纪以宁都笑了，让季封人放心：“浴缸前的玻璃是里面看得到外面，外面看不见里面的。你放心，阿姨不会进来，也不会看你。”

说完，又问唐易：“那你帮他洗一下？”

“啊，不然呢？”

唐易挽起衬衫袖子，一副送佛送到西的认命表情：“人都泡在这里了，我还能丢出去吗？”

纪以宁会心一笑，难得地捏了一下他的脸：“好久没见你这么生动的小情绪了，季封人小朋友可真厉害。”

唐易：“……”

不一会儿，浴室里就充满了欢声笑语——全部是季封人的欢声笑语。

他就像刘姥姥进了大观园——

“喔！喔！喔！唐易叔叔，这个浴缸太大了吧！”

“哇！哇！哇！还有冲浪功能！”

“什么！什么！还有按摩功能！”

一顿澡洗下来，唐易被他一连串的感叹词和一声声的“叔叔”叫得头都昏了。

管家拿来衣服，唐易给他换上。

季封人眼尖：“是新衣服呀！”他立刻嘴甜，“谢谢唐易叔叔！”

唐易扯了下嘴角，没理他。他在心里把这两件衣服的钱记在了他爸他妈身上，以后一定要让这对夫妻十倍奉还。

给季封人穿好外套，他这才放心了，拿出一点情绪问他：“你不怕死吗？”

季封人：“啊？”

唐易看着他：“方才你跳下水，很大可能会出意外。就算不死，被砸到、呛水、烧伤的可能性也非常高。你不害怕吗？”

季封人挠了挠头：“我不害怕啊。”

“为什么？”

“因为这些事不会发生在我身上啊！”

唐易笑了，不知天高地厚。

“你是动画片看多了，以为自己像超人，有金刚不坏之身？”

“不是啊。是因为，方才在现场，从火灾特效到坠船特效有二十五秒的缓冲时间；现场的水深是一点五米，以宁阿姨的项链吊坠有反光，掉落的位置能看清楚；我从跳下水到捡起来再到游上岸，只需要十五秒钟；就算有意外，我也还有十秒钟的解决时间。所以，我不用害怕啊。”

唐易正俯下身给他扣外套纽扣。听完，男人停了停动作，半晌没动。

他抬头看他：“你计算过？”

季封人正在和一个纽扣较劲。他手太胖，捏住扣子又滑走，随口回答道：“是的呀。”

唐易一扫方才的揶揄，问他：“你什么时候算的？又怎么知道你的计算没有错误？”

季封人心直口快：“我去游乐园之前就计算过啊。游乐园的地形、各类游戏的环境，还有这类游乐园以往发生频率最高的事故原因我都了解过。游乐园的地图，我看过一遍就能背下来了。以宁阿姨对我很好，她喜欢的东西就是我喜欢的东西。我喜欢的东西，我一定会保护好它。”

唐易看着眼前这个孩子。

他终于在这个孩子身上闻到了一丝隐秘的味道。

这孩子身后，有高人。

唐易问他："你一直习惯这么出去玩、出去做事的？"

"啊。难道不应该吗？"

"是你妈妈教你的？"

"对呀！"

难怪。唐易了然。真的是她。

那个曾经被人"金屋藏娇"也藏不住一身锋芒的人，断了腿也断不了一腔孤勇的心。是只有这样一个季清规，才敢立山河大地通上孤危，携万象森罗彻下险峻。

她站在季封人身后，赋予了这个小小的生命体无穷的力量。她教他一处透，千处万处一时透；一机明，千机万机一时明。

提起妈妈，小孩一脸骄傲："我妈说，天下的路就是给天下人走的，没有哪条道是人走不了的。万法皆有解，万事皆可破。"

耍帅结束，季封人又诚实地挠头："虽然我妈说的后面两句我没懂。"

唐易笑了。

上天待季清规不薄。前半生荒唐，无毒不丈夫。后半生出走，却意外地得了一个天真小孩，从此日日是好日。

他难得拿出一份真心，对眼前小孩讲："你有一个很厉害的妈妈，你很幸运。"

当晚，唐易打电话给季清规。

电话里，他简单明了地告诉对方季封人玩累了，发生了一点小意外，没有大碍、有点感冒，小孩已经睡了，今天就不送回家了，明日一定将一个安然无恙的季封人送回。

电话那头传来一声"好的"，十分淡定。顺便告诉唐易，他可以过去接唐允痕回家，不过估计小孩今晚不会太愿意跟他走。

像是印证她所言非假，唐易在电话里听见唐允痕问："是我爸爸吗？"

季清规把电话递给他，下一秒唐易就听见唐允痕斩钉截铁的声音："爸爸，我再住一晚，季阿姨说可以的。"

他有先见之明。碰上季清规，就这几个小时，儿子魂都飞了。

最后，还是纪以宁把他拉走了。

电话那边，唐允痕还在和一盘国际象棋较劲。看似简单可破的棋局，入了局，却处处是险，步步惊心。

棋局是季清规摆的。

一大一小玩真心话大冒险，连下五局，唐允痕连败五局，被季清规套了五次真心话。季清规这家伙没什么谦让精神，摆明了以大欺小，套真心话套得十分到位。再套下去，唐家的人情往来、政商关系，甚至连书房密码都能被她套出来。

最后，她还算有点良心，让了小孩一盘棋。

唐允痕倒也聪明，是个明白人，看着她道："季阿姨，你不用让我。"

对方爽快承认："给你一个问真心话的机会，不要的话就结束了。"

唐允痕立刻改变主意："要！"

季清规抱臂："问。"

唐允痕一下子来了精神："季阿姨，季封人昨天告诉我，苏珊珊的爸爸喜欢季阿姨。那季阿姨你喜欢他吗？你有喜欢的人吗？"

坐在轮椅上的人提醒他："你这是两个问题。"

"那我问后面那个问题。"

"没有。"

图书在版编目（CIP）数据

黑白 / 朝小诚著．-- 南京：江苏凤凰文艺出版社，2021.3

ISBN 978-7-5594-5152-1

Ⅰ．①黑… Ⅱ．①朝… Ⅲ．①长篇小说－中国－当代 Ⅳ．① I247.5

中国版本图书馆 CIP 数据核字 (2021) 第 023880 号

黑白

朝小诚 著

责任编辑 刘洲原
特约编辑 马春雪 夏君仪
装帧设计 程 然 苏 涛
责任印制 刘 巍
封面插画 暖 酒
出版发行 江苏凤凰文艺出版社
南京市中央路 165 号，邮编：210009
网 址 http://www.jswenyi.com
印 刷 天津鑫旭阳印刷有限公司
开 本 880 毫米 ×1230 毫米 1/32
印 张 11
字 数 265 千字
版 次 2021 年 3 月第 1 版
印 次 2021 年 3 月第 1 次印刷
书 号 ISBN 978-7-5594-5152-1
定 价 39.80 元